METAMORPHOSE DES YEUX DE PHILIS EN ASTRES.

DERNIERE EDITION.

A PARIS,
Chez ANTOINE DE SOMMAVILLE, au Palais,
dans la petite Salle, à l'Escu de France.

M. DC. XLIX.

METAMORPHOSE DES YEVX DE PHILIS EN ASTRES.

BEaux ennemis du iour dont les fueillages sombres
Conseruent le repos, le silence & les ombres;
Confidens immortels des âges & des temps,
Vieux enfans de la Terre, agreables Titans,
Qui iusques dans le Ciel sans crainte du tonnerre,
Allez faire au Soleil vne innocente guerre;
Chesnes, Palais sacrez de nos premiers Ayeux,
Conseillers des humains, Interpretes des Dieux,
Ie ne suis point venu dans cette nuit obscure
Rechercher les secrets de la Race future,
Et sans rendre presens les siecles à venir,
Ie ne veux consulter que vostre souuenir.
L'vnique ambition qui flatte ma pensee
Est d'apprendre de vous vne chose passee,
De sçauoir de Daphnis le trespas malheureux,
De sçauoir de Philis les regrets amoureux,

Comme elle eut pour vn mort vne flame viuante,
Et fut changee enfin pour estre trop constante.
Fauorables témoins de leurs chastes desirs
Qui vistes leurs douleurs, qui vistes leurs plaisirs,
Si d'vn semblable trait vostre ame fut touchee,
Decouurez-moy l'ardeur que vous auez cachee,
Et n'apprehendez pas en l'exposant au iour
D'introduire vn profane aux mysteres d'Amour.
Sous des Astres benins, & de qui l'influence
Garde encor auiourd'huy sa premiere innocence,
Des arbres consacrez au Monarque des Dieux,
Se vont offrir à luy iusques dedans les Cieux:
Loin d'eux-mesmes cherchans des routes incognuës,
De leurs bras orgueilleux ils embrassent les nuës,
Leurs troncs vastes & grands, des peuples respectez,
Sont de cent demy-Dieux les viuantes Citez,
Et leurs rameaux espais sous leurs feüilles tremblãtes
Cachent de mille oyseaux les familles errantes.
Dans ce riant sejour, ces hostes sans souci
Celebrent ces beautez qu'ils augmentent aussi;
Les Nymphes pour ouyr leurs charmantes merueilles,
Entr'ouurent leur escorce & prestent leurs oreilles,
Puis leur pied retraçant leurs sçauantes leçons,
Marque en ses pas diuers, leurs diuerses chansons,
Et sur vn tendre émail de mousse & de fougere,
Imprime de leurs soins vne image legere.
Au milieu de ce bois vn liquide cristal
En tombant d'vn rocher forme vn large canal,

Qui comme vn beau miroir, dans sa glace inconstante
Fait de tous ses voisins la peinture mouuante,
Les secrets de son sein sont ouuerts à chacun,
Plus il se monstre pur, plus il se rend commun,
Et decouurant son lit aux plus foibles œillades,
Il trahit la pudeur de ses chastes Naïades,
C'est là, par vn Chaos agreable, & nouueau
Que la Terre & le Ciel se rencontrent dans l'eau;
C'est là, que l'œil souffrant de douces impostures,
Confonds tous les objets auecque leurs figures,
C'est là, que sur vn arbre il croit voir les poissons,
Qu'il trouue les oyseaux auprez des ameçons,
Et que le sens charmé d'vne trompeuse Idole,
Doute si l'oyseau nage, ou si le poisson vole.
C'est là qu'vne Bergere estalant ses attraits,
Fait en se regardant de plus nobles portraits,
Quand le genou courbé sur les fleurs du riuage,
Elle vient arrouser celles de son visage,
Qui remplissant les eaux de feux & de clartez,
Pour vn peu d'ornement leur rend mille beautez.
Partout où d'vn regard elle eschauffe les ondes.
En de nouueaux appas elle les rend fecondes,
Elle n'est plus vnique & les flots embellis,
Aussi bien que la terre ont vne autre Philis.
  Infortuné tesmoin d'vne si haute gloire,
Daphnis, qui sceus trop bien la peindre en ta memoire,
Que le Ciel t'eust chery, si ce portrait fatal
S'y fust esuanoüy comme dans ce cristal.

Ah! que l'heur de tes yeux cousta cher à ton ame?
Ton mal te plut d'abord, & ta naissante flame
Fut comme vn feu de joye allumé dans ton cœur,
Dont le vaincu voulut honorer le vainqueur.
Mais enfin son ardeur deuora tes entrailles,
Et ce feu n'esclaira que pour tes funerailles.
Daphnis en qui les Dieux assemblans leurs thresors,
Firent vne belle ame hostesse d'vn beau corps,
Suiuant vn rauisseur, dont la gueule sanglante
Emportoit dans les bois vne brebis mourante;
Desia son iuste fer luy mesurant le flanc,
Cherchoit à se noyer dans les flots de son sang,
Quãd Philis d'vn regard qui peut tout mettre en cendre,
Reduisit l'assaillant au point de se defendre,
Et d'vn coup innocent luy donnant le trépas,
Le prit en des fillets qu'elle ne tendoit pas.
Comme si les rayons des yeux de la Bergere
Auoient purifié le feu de sa colere,
Vne fureur plus noble est maistresse à son tour,
Et son cœur n'a plus rien que des flames d'amour,
Vne agreable nuit qu'vn trop grand iour enuoye,
Desrobe à ses regards, le larron & la proye,
Et luy-mesme deuient par vn autre destin,
D'vn autre rauisseur la proye & le butin.
Cependant cette belle esgallement atteinte
Des mouuemens diuers de pudeur & de crainte,
A ces deux passions se laisse partager,
Et ne sçait qui fuir, du Loup, ou du Berger.

L'amant & l'ennemy font des effets semblables,
Tous deux luy sont nouueaux, & tous deux redoutable
Et la peur qui l'appelle en des lieux differents,
Rend son corps immobile & ses desirs errants:
Quiconque en ce spectacle eust eu des yeux fidelles,
Eust veu de nouueaux lys, & des roses nouuelles:
Son teint estoit le champ de ces diuerses fleurs,
Et chaque passion y peignoit ses couleurs.
La crainte qui du cœur montoit dans le visage,
A la seule blancheur donnoit tout l'aduantage,
Puis la honte, au secours amenant la rougeur,
Venoit rendre à Philis les larcins de la peur.
Si bien que reprenant sa naïfue peinture,
Deux effets violens reparoient la nature,
Et laissant dans leur guerre vne image de paix,
Rendoient cette beauté plus belle que iamais.
Toutesfois ie vous plains, ô Bergere adorable,
Mais ie plains plus que vous ce Berger miserable,
Ce Berger, qui desia tout percé de vos coups
Va s'attirer encore vn iniuste courroux.
Qui va commettre vn crime en vous disant sa peine,
Et d'vn souspir d'amour allumer vostre haine.
Deesse, vous dit-il, à qui i'offre ma foy,
Laissez & crainte, & honte aux vaincus comme moy.
Il sied mal de trembler quand on a la victoire,
Et le vainqueur ne doit rougir que de sa gloire,
Si toutefois c'est gloire à vos charmes si doux,
De faire vn prisonnier si peu digne de vous,

Et qui plus honoré, que pressé de vos gesnes,
Pour vnique faueur vous demande des chaisnes;
Oüy des fers, sont l'obiet de mon ambition,
Accordez m'en par grace, ou par punition,
Fauorable Maistresse, ou Iuge impitoyable,
Arrestez vn Amant, ou liez vn coupable,
Et me donnés le sort, qu'enfin i'ay merité
Par vn excez d'amour, ou de temerité.
Au seul nom de l'Amour, ce miracle des Belles
Fuit, & semble soudain en emprunter les aisles:
Son erreur luy depeint ce petit Dieu des Dieux,
Aussi cruel par tout, comme il est dans ses yeux,
Et son cœur, où iamais on ne le vit parestre,
Le conçoit seulement tel qu'elle le fait naistre.
D'vn pied viste elle court loin de l'embrasement,
Et comme tout pour elle est plus doux qu'vn Amant,
Elle fend les buissons au peril des blessures,
Et ne craint que du cœur les bruslantes piqûres,
Mais toute la nature a peur pour ses attraits
Chaque buisson retient la pointe de ses traits.
Par respect il s'entr'ouure, & semble qu'il essaye
A faire en s'escartant comme vne double haye,
Où si l'espine auance, elle donne en passant
Aux roses de sa ioüe vn baiser innocent,
Seulement dans sa course vne ronce insolante
Retint de ses cheueux la richesse volante,
Et prenant pour rançon vne part du thresor,
Parut toute superbe en ce vestement d'or,

Si bien

Si bien que le Berger qui ſuiuant la cruelle
Alloit apres ſon cœur, qui fuyoit auec elle,
Trouuant ces beaux filets que l'Amour luy tendoit,
Par vn heureux malheur eut ce qu'il demandoit.
Mais voyez, ô Philis, ſon reſpect & ſa joye,
Regardez comme il eſt le butin de ſa proye,
Par vn ſi doux exemple inſtruiſez voſtre cœur,
Et iugez s'il faut craindre vn ſi noble vainqueur.
Toutesfois, pour ce coup en vain ie l'y conuie,
Chacun doit deux tributs, la franchiſe, & la vie,
Mais le temps de payer eſt dans la main du Sort,
Et l'amour a ſon heure, auſſi bien que la mort.
Elle viendra cette heure, & ſon ame obſtinée,
Peut fuyr vn Berger, mais non la deſtinée,
Le Ciel veut qu'à Daphnis ſes deſirs ſoient offerts,
Et ſon liure d'airain la condamne à ſes fers.
A peine les glaçons, tyrans des belles choſes,
Eurent deux fois fait place à la pompe des roſes,
A peine deux Printemps, ennemis des glaçons,
Eurent paré les champs de leurs rouges moiſſons,
Que Philis oublia ſa rigueur ordinaire,
Et connut que l'amour eſt vn mal neceſſaire,
Son cœur aux premiers coups ſe defend conſtamment,
Et d'abord elle rend ſes beaux yeux ſeulement,
Seulement moins timide, & non pas plus humaine,
Elle oſe contempler & Daphnis, & ſa peine,
Et d'vn meſme regard qui n'eſt plus eſtonné,
Bleſſe, & voit ſans frayeur le coup qu'elle a donné,

Puis elle cherche en luy d'vne vaine pourſuite,
Ce qui fut autresfois le ſujet de ſa fuite:
Elle cherche par tout; & ne s'apperçoit pas
Que par tout elle trouue vne embuſche d'appas,
Et que dãs ce faux biẽ, qu'elle doit longtẽps plaindre,
Tout ce qu'il luy va plaire eſt ce qu'elle doit craindre.
Deſia les ſens rendus attaquent la raiſon,
Et chaque regard porte, & rapporte vn poiſon,
Deſia de tous coſtez où ſon deſir la guide,
L'image du bleſſé pourſuit ſon homicide,
Et comme vne belle ombre, auec vn doux effort,
Vient venger en tous lieux vne auſſi douce mort.
Enfin ce beau vainqueur luy fait rendre les armes,
Enfin de ſes ſoûpirs elle ſeche ſes larmes,
Ces deux Amans parfaits, de meſme feux épris,
En partageant leurs ſoins, vniſſent leurs eſprits,
Et deuenus heureux par de communs ſupplices,
De leurs propres tourmens ils forment leurs delices.
Viuez heureux amans, & parmy les plaiſirs,
Voyez couler vos ans, & croiſtre vos deſirs,
Qu'vne ſi belle vie entre les jeux paſſée,
Ne ſoit rien que d'amour vne longue penſée;
Et que ſur vous les Dieux verſent des biens ſi doux,
Qu'en vous rendant contens ils deuiennent jaloux:
Ou pluſtoſt que les Dieux gouuernans leur tonnerre,
Vous puiſſent oublier en vn coin de la terre,
Et que veillant au ſort du reſte des humains,
Ils ferment ſur le voſtre & les yeux & les mains.

Vostre amour vous suffit pour vous donner leur gloire,
Il esgale vos fers à leur throsne d'yuoire,
Sans auoir tous leurs soins, vous auez ce qu'ils ont:
Et sans estre comme eux, vous estes ce qu'ils sont:
C'est assez seulement que leur grandeur supréme
Se vueille comme vous contenter d'elle-mesme,
Qu'ils gardent dans le Ciel & le mal & le bien,
Ils vous donnent assez s'ils ne vous ostent rien.
Mais, ô Beauté diuine, à qui toute autre cede,
Vn Dieu ne peut souffrir qu'vn homme vous possede,
L'Astre du iour vous voit, il deuient amoureux,
Et par son amour seule il fait trois malheureux.
Le Soleil descendu sur la riue de l'onde
Estoit prest de partir pour voir vn autre monde,
Et porter dans vn char qui trauerse les eaux,
Les richesses du iour a des peuples nouueaux,
Quand ses yeux languissans, & sa foible paupiere,
Qui iettoit à long traits des restes de lumiere,
Virent cette Beauté, digne de mille autels,
Et d'vn regard mourant, prirent des feux mortels.
Elle sortoit du bois, & sur le bord encore,
A l'ombre de Diane, elle regardoit Flore,
Flore, qui ranimoit ses riches ornemens
Auec les doux soûpirs de ses legers Amants,
Et taschant d'arrester ces petits Roys des plaines,
Ouuroit son sein riant à leurs fraisches haleines,
Qui luy rendant la vie en pillant ses odeurs
D'vn humide baiser appaisoient ses ardeurs.

Mais voila tout d'vn coup la Deesse vengée,
Et du Dieu des saisons la fortune changée,
Celuy qui brusloit tout est luy-mesme enflamé,
Ce grand feu consumant luy-mesme est consumé,
Les Amours tous brillans, & de flame & de gloire,
Suiuent leur prisonnier en chantant leur victoire.
Et dans ce char bruslant, mais plus bruslant encor,
Font de nouueaux rayons par leur plumage d'or,
Auec vn doux plaisir ils passent l'onde amere,
Ioyeux de triompher au pays de leur Mere,
Et de punir celuy, dont le iour indiscret
Fit vn crime public de son amour secret.
Il s'en va leur payer par de cruelles gesnes
Le trop visible affront des inuisibles chaisnes,
Et connoistre à la fin par ses propres tourmens,
Qu'on doit moins accuser que plaindre les Amants.
Cependant il s'auance où le destin l'appelle,
Fidelle à la Nature, à soy-mesme infidelle,
Il fuit loin de l'objet qui le rendoit heureux,
Et peut bien estre absent aussi-tost qu'amoureux.
Mais tandis que ses yeux s'en vont payer au Monde
L'adorable tribut d'vne clarté feconde,
Son cœur impatient retournant sur ses pas,
Porte vn autre tribut à de diuins appas,
Et sousmis à deux iougs diuers & necessaires,
Il souffre en deux façons deux mouuemens contraires.
Que ne puis-ie, dit-il, ô Beauté que ie sers,
Posseder librement la gloire de mes fers?

Que ne puis-ie ſans ceſſe, ô flambeau de mon ame
Reſpandre ma lumiere, où i'ay puiſé ma flame?
Et quelle eſt la rigueur qui contre la raiſon
M'ordonne de courir quant ie ſuis en priſon?
Les rayons dont ie voy ma teſte couronnée
Ne conuient pas bien à mon ame enchaiſnée,
Amour, deſtin, tyrans, qui me venez rauir,
Ou laiſſez-moy regner, ou me laiſſez ſeruir.
Dont i'ay pû me cacher à l'horreur des prodiges,
Et laiſſant de moy-meſme à peine des veſtiges,
Pluſtoſt que d'eſclairer de noires actions,
I'ay manqué de promeſſe à tant de nations;
Et mon iuſte deſir trouuera quelque obſtacle,
Si ie veux plus d'vn iour eſclairer vn miracle,
Et ioindre pour l'honneur d'vne rare beauté,
Aux feux de mon amour vn moment de clarté?
Dõc mon œil qui voit tout, ne peut voir ce qu'il aime,
I'oſte la nuit ailleurs, & ie l'ay dans moy-meſme,
Le ſort me liure au monde, & ces cruelles mains
M'immolent tout bruſlant au ſalut des humains?
Dans ces triſtes regrets, dont ſa flame eſt la ſource,
Il commence, il pourſuit, il acheue ſa courſe,
Puis reuient par amour, autant que par deuoir,
Et pour donner le iour & pour le receuoir;
Il vient, & redoublant ſa chaleur couſtumiere,
Il marche tout couuert de traits, & de lumiere,
Et forçant les foreſts qui luy cachent ſon bien,
Eſclaire leur ſecret, pour declarer le ſien.

Mais que seruent ces soins à ce Dieu trop sensible,
S'il trouue dans Philis vne glace inuincible,
Il n'y a rien qui luy plaise, elle fuit en tous lieux,
Et le feu de son ame, & celuy de ses yeux,
Et de sa double ardeur, craignant plus d'vn outrage,
Luy cache également le cœur & le visage.
En vain comme vn esclaue il la suit pas à pas,
Il brusle tout le reste, & ne l'eschauffe pas;
En vain iettant des pleurs, plus que ne fait l'aurore.
Belle, aimez, luy dit-il, celuy que l'on adore,
Il renonce pour vous au droict des immortels,
Il vous demande vn cœur, & non pas des autels,
Et cedant à vos yeux vn honneur legitime,
Il veut tout Dieu qu'il est deuenir leur victime.
Mais quittez vos desseins, ardent Pere du iour,
Et sçachez que sa haine est vn effet d'amour;
L'Image d'vn mortel en son ame tracée,
Fait qu'vne Deïté n'y peut estre exaucée,
Et les yeux d'vn Berger qui n'ont point de pareils,
Sont de cette beauté les Dieux & les Soleils;
L'amour combat l'amour, il s'oppose à soy-mesme,
Philis ne peut aymer, parce que Philis aime,
Elle ne peut offrir des biens qu'elle n'a plus,
Et les dons qu'elle a faits l'obligent au refus.
Quoy! ce refus vous trouble, & vôtre trouble esclate;
Parce qu'elle est fidelle, elle vous semble ingrate,
La vertu vous offense, & vostre cruauté
Veut séparer la foy d'auecque la beauté?

Digne commencement de vostre amour coupable,
S'il faut pour vous aymer, qu'on cesse d'estre aymable,
Et plus digne succez que vostre amour attent,
S'il fonde son espoir sur vn cœur inconstant?
Mais son dépit augmente, & l'Enuie inhumaine
Qui du plaisir d'autruy compose nostre peine,
Vient de son fiel bruslant enuenimer ses fers,
Et porte dans le Ciel les flames des Enfers.
Ses crins longs & picquās, qui de cent coups le percent,
Inspirent à son cœur la fureur qu'ils exercent,
Et leur moindre piqure est vn large canal,
Par où coule à flots noirs vne absinthe fatal,
Comme vn nuage espais qu'vne vapeur enfante,
Ils offusquent l'esclat de sa teste brillante,
Et sur ses cheueux d'or indignement rampans,
Autour de ses rayons enlacent leurs serpens.
Il a beau triompher dans vn char de lumiere,
Des monstres immortels qui bordent sa carriere,
Celuy-cy le surmonte & ioint pour son malheur,
La colere à l'amour, la rage à la douleur:
Comme il n'est plus luy-méme, à luy-méme semblable,
Ce qu'il aimoit le plus luy deuient redoutable,
Il craint de voir Philis, parce qu'il craint aussi
De voir l'heureux Berger qui cause son souci;
Parmy ce qui luy plaist trouuant ce qui le tuë,
En approchant son cœur il destourne sa veuë;
Il ne peut accorder ses yeux, & son desir,
Et de peur de la peine, il renonce au plaisir.

Si par fois il leur iette vn œillade farouche,
Il pense tousiours voir sur les fleurs de leur bouche,
Les traces d'vn soûpir, ou celles d'vn discours,
Dont ces cœurs languissans nourrissent leurs amours,
Si lors qu'ils sont aussi sur l'email du riuage.
Pour cueillir vn boucquet ils panchent le visage,
Dans la timide ardeur qui le vient embraser,
Il croit qu'ils ont dessein de cueillir vn baiser,
Quoy, dit-il aussi-tost, plain de flame & de glace;
Quoy, si deuant mes yeux ils ont bien cette audace,
Et si de leurs transports l'indigne liberté
Ose de mes rayons soüiller la pureté,
Quels feux n'allumera la fureur qui les donte,
Quand ma fuite esteindra la lumiere & la honte:
Quand leur amour exempte, & de crainte & de soin,
Aura mon ennemy pour vnique tesmoin,
Et que la nuit venant, dans les plus sombres voiles,
Cachera leurs larcins à ses propres estoiles?
Puis, comme si son mal s'appaisoit à demy,
Las! ie suis, poursuit-il, mon plus grand ennemy,
Ie leur suis liberal, la nuit leur est auare,
Et ie les viens vnir, quand elle les separe;
C'est moy qui les appelle, & c'est moy dont les feux
Sont de leur rendez-vous le signal amoureux;
Ie viens ouurir les yeux, dont ils blessent leurs ames,
Ie preste les clartez qui rallument leurs flames:
Ils n'auroient point sans moy d'obiets, ny de regards,
Ils n'auroient point sans moy, de fleches, ny de dards,

Ie redonne

Ie redonne l'esclat à ces couleurs viuantes,
Qui peignent dans leurs cœurs ces Idoles bruslantes,
Et ie suis condamné par vne iniuste loy
A leur fournir des traits, contr'eux & contre moy,
Oüy, Beauté, luy dit-il, de qui l'amour m'outrage,
Qui ioins beaucoup d'orgueil auec peu de courage,
Qui refuses vn Dieu qui t'offroit vn autel,
Et profanes ton cœur des flames d'vn mortel,
Pendant que ta rigueur me charge de supplices,
I'entretiens tes plaisirs, i'esclaire tes delices,
Par moy tu vois l'objet où tes yeux se sont pleûs:
Mais par moy desormais tu ne les verras plus:
Ie sçay causer la mort, aussi bien que la vie:
La clarté par mes feux est donnée & rauie,
Ils ont, & dequoy luire, & dequoy consumer,
Et s'ils ouurent les yeux, ils peuuent les fermer.
Le Dieu tesmoigne ainsi la douleur qui le touche,
Mais son visage encore en dit plus que sa bouche,
Et qui voit sa colere, auroit peine à iuger
Que pour toute victime elle veüille vn Berger.
Les Cieux mesme en ont peur, la Nature qui tremble
Croit qu'il veut se venger sur tout le monde ensemble,
Brusler hommes & Dieux, tout perdre en se perdant,
Et de tout l'Vniuers faire vn bucher ardant.
Mais s'il fait craindre à tous sa fureur violente,
Luy seul, craint seulement qu'elle ne soit trop lente,
Il ne trouue en son cours, ny fleuue, ny marais
Où son œil enflammé n'enuenime ses traits:

Il charge ſes rayons de ſes vapeurs funeſtes,
Qui forment dans les airs, les foudres & les peſtes;
Il n'importe qu'il cede à leur obſcurité,
Pourueu qu'à ſon Riual il oſte la clarté;
Plus jaloux du Berger que de ſa propre gloire,
Il veut bien par la honte, acheter la victoire,
Dans l'eſtat malheureux où le deſtin l'a mis,
Il demande ſecours à tous ſes ennemis,
Et fait en s'alliant aux ombres de la terre,
Par vne laſche paix vne plus laſche guerre.
Le Ciel meſme, qui voit ſon Prince languiſſant,
Quitte pour cette fois le ſoin de l'innocent,
Et fermant tous les yeux des fauorables ſignes,
Ouure tous les canaux de ſes ſources malignes,
D'où coulent ſur la terre, en mille petits corps,
Par les routes de l'air mille ſecrettes morts,
Le Chien qui vers le Dieu ſe veut monſtrer fidelle,
Luy preſte par auance vne chaleur mortelle,
La rage du courroux preuient celle du temps,
Et d'vn mordant regard il deſole les champs.
Ce ſerpent qui bien loin de ramper ſur les herbes,
Foule des plus hauts Cieux les campagnes ſuperbes
S'vnit au meſme Dieu pour venger ſon amour,
Et reſpand ſon venin dans la ſource du iour.
Et toy cruel Archer dont les armes bruſlantes
Portent le noir treſpas ſur leurs pointes brillantes,
Tu joins tes traits d'argent auec ſes fleches d'or,
Et fais de deux fureurs vn funeſte treſor?

Enfin de tous les maux la troupe deschaisnée,
Vient charger vn seul iour des crimes d'vne année.
Le Monarque des temps confondant les saisons,
Des Monstres assemblez assemble les poisons,
Et fait de ce meslange vne foudre durable,
Qui frappe sans relasche vn Berger miserable.
Conteray-je les morts, que cét ardent flambeau
Fit descendre à ce iour dans l'horreur du tombeau,
Que Daphnis arriuant dans le Royaume sombre
Vit errer apres luy, comme ombres de son ombre,
Et qui dans son entrée accompagnans ses pas
D'vne pompe funebre ornerent son trespas?
Nul âge n'est exempt de cette injuste guerre,
L'enfant & le vieillard gisent dessus la terre;
Les sexes differens tombent d'vn mesme sort,
Et les champs sont couuerts des moissons de la Mort.
Mais pourquoy diuiser le fleuue de nos larmes?
Ne plaignõs que Daphnis, ne plaignõs que ses charmes
Et sans troubler nos cœurs d'vn vulgaire soucy,
Perdans tout en vn seul, donnons luy tout aussi.
Qui pourroit sans pitié voir l'excez de sa peine?
Il brusle d'vn ardeur qui court de veine en veine.
Et des torrents de feu coulent dans ces vaisseaux,
Où le sang fit couler ses paisibles ruisseaux,
Ce sang chaud & boüillant, cette flame liquide,
Cette source de vie, à ce coup homicide,
En son lit agité ne se peut reposer,
Et consume le champ, qu'elle doit arrouser.

Dans ses canaux troublez, sa course vagabonde
Porte vn tribut mortel au Roy du petit Monde,
Et le cœur infecté par cette trahison,
Au lieu de nourriture, aualе du poison.
Ces atomes viuans, durables estincelles,
Petit corps, qui des corps sont les ames mortelles,
Inuisibles liens, qui iusques au trépas
Attache ce qu'on voit à ce qu'on ne voit pas;
Les Esprits accourus en troupes mutinées,
Font cent tours & retours, en leurs routes bornees,
Et par leurs cours diuers esbranlans tout le corps,
D'vn mouuement confus agitent ses ressorts.
On diroit que son ame en ce mortel orage
Cherche de tous costez à se faire vn passage,
Qu'elle frappe par tout pour rompre sa prison,
Et se sauuer des feux qui brusle sa maison.
Ses yeux sont deuenus deux sanglantes Cometes
Qui d'vn cruel trespas sont les tristes Prophetes,
Son corps auant la mort a demy consumé,
Paroist dans sa langueur vn squellette enflammé,
Et ce teint qui sembloit vne rose animee
N'est plus rien maintenant qu'vne cendre allumee,
Qui doit, comme vn nuage au souffle d'vn zephir,
Se perdre au premier vent de son dernier soupir.
Mais de quelques ardeurs que le Dieu le tourmente
L'ennemy toutefois est plus doux que l'Amante,
Et Philis se noyant dans les eaux de ses pleurs,
D'vne bonté cruelle irrite ses douleurs:

Plus ſon ame eſt ſenſible, & moins elle eſt humaine,
Il ſouffre par l'amour, il ſouffre par la haine,
La rigueur de ſa peine accroiſt par la pitié,
Et la part qu'elle y prend l'augmente de moitié.
Il voit que la Bergere, en ce poinct trop fidelle,
Veut ſouffrir auec luy ce qu'il ſouffre pour elle,
Que d'vn triſte regard nourriſſant ſon ennuy,
Elle ſort d'elle-meſme & vient toute dans luy,
Et que là d'vn œil ferme, & d'vn courage tendre,
Elle prend de ſon mal tout ce qu'elle en peut prendre.
En vain le Dieu jaloux ſe vengeant à ſouhait,
Veut ſauuer ce qu'il ayme, en perdant ce qu'il hait,
En vain pour deſtourner la commune tempeſte,
D'vn rayon ſalutaire il couronne ſa teſte,
Et fait voler prés d'elle vn fauorable eſclair,
Pour defendre l'approche aux injures de l'air.
A l'aſpect du Berger ſon ame l'abandonne:
La pitié fait mourir quand la rage pardonne:
Au lieu de la fureur l'amour lance le trait,
Et Daphnis fait le coup que le Dieu n'a pas fait.
C'eſt là ce qui le tuë, & s'oubliant ſoy-meſme,
Pour plaindre le malheur de la beauté qu'il ayme.
Ceux, dit-il, qui voyez les peines qu'elle ſent,
Que ne m'eſt-il permis de mourir innocent?
On me rend criminel par mon propre ſupplice,
Et ie deuiens iniuſte en ſouffrant l'iniuſtice.
Mais vous-meſme, Philis, vous l'eſtes plus que tous,
Voſtre cœur prend des maux qui ne ſont point à vous,

Et fait en meſme temps cruel & pitoyable,
En m'oſtant ma miſere il me rend miſerable.
Helas! qui m'auroit dit quand ie fus enflammé,
Daphnis tu te plaindras de te voir trop aymé,
L'eußé-je pû penſer, eußé-je bien pû croire,
Qu'on trouuaſt le malheur dans le ſein de la gloire,
Et que moy-meſme vn iour contraire à mes deſirs
I'euſſe fait mes tourmens de mes plus doux plaiſirs?
Donc vn autre deſtin fait que ie ſuis tout autre,
Vous me percez le cœur quand ie touche le voſtre:
Et les traits de pitié que vous iette mon ſort
Retournant contre moy ſont des traits de la mort?
Moderez ces transports, ô Beauté que i'adore,
Et ne m'aymez pas tant ſi vous m'aymez encore,
Auſſi bien tous vos ſoins vont eſtre ſuperflus,
Et ie ſuis deſormais comme ce qui n'eſt plus.
Ie n'ay rien de viuant dans ce moment extreme,
Que le cœur qui ne vit que parce qu'il vous ayme,
Et ie doute, Philis, ſi partant de ce lieu,
Ie pourray bien vous dire; Il vouloit dire Adieu,
Mais au lieu de ce mot, ſa belle ame s'enuole,
Et Philis s'écriant, acheue la parole;
Adieu donc, luy dit-elle, Amant infortuné,
Tu m'oſtes donc, cruel, ce que tu m'as donné,
Cette ame qui fut mienne, à preſent m'eſt rauie,
Et tu peux bien ſans moy diſpoſer de ta vie?
Mais ſi tu prends, Daphnis, vn bien qui fut à moy,
Dieux! pourquoy me laißer celuy qui n'eſt qu'à toy:

Et de quel œil verrois-je en ces deserts funebres,
L'homicide clarté, qui cause mes tenebres?
Non, non, il faut mourir, mon mal est trop pressant,
Ma douleur m'y contraint, mon amour y consent,
Et ce corps affoibly, qui sous le fais succombe,
Ne veut plus d'autre bien que celuy de la tombe.
Allons-y donc ensemble, ô Berger sans pareil,
Ces lieux nous seront doux, ils n'ont point de Soleil,
Les Enfers nous cachans dans leurs demeures sombres
N'auront point de jaloux qui separe nos ombres:
Et de quelque rigueur que leurs Dieux soient blâmez
Il nous sera permis d'aymer & d'estre aymez.
Et bien es-tu content de l'excez de ma peine,
Traistre de qui l'amour est semblable à la haine,
Impatient jaloux des hommes & des Dieux,
Vigilant espion de la Terre & des Cieux,
Toy, par qui les Amans, victimes de l'Enuie,
Sont asseurez de perdre, ou l'honneur ou la vie.
Au moins n'as-tu rien veu dans nostre chaste amour,
Qui blessast la pudeur, & qui craignist le iour.
Ainsi parloit Philis mortellement atteinte,
Ses pleurs impatiens viennent couper sa plainte,
Mais par vn tel effort, qu'on doute à voir ses yeux
Si c'est pour l'interrompre, ou pour l'acheuer mieux,
Son cœur que la douleur a percé de ses armes,
Respand à gros boüillons vn deluge de larmes,
Qui noyant de son teint les mourantes couleurs,
Precipite sa course au milieu de ses fleurs.

Tel qu'on voit vn torrent, fier enfant de la Thrace,
Qui maintenant est onde, & n'aguere estoit glace,
Par les mains du Printemps de ses fers affranchy,
Tomber du haut du mont que la neige a blanchy,
Puis venir deposer ses eaux & sa furie
Dans le sein fleurissant d'vne ieune prairie.
Telles pouuoit-on voir les larmes de Philis,
Qui tomboient sur vn teint & de roses & de lys,
Puis faisoient en joignant leurs ondes redoublees,
Comme vn fleuue nouueau de perles assemblees.
Dieux! que l'Astre du iour voyant cette langueur
Se trouue tourmenté par sa propre rigueur!
Qu'il deuient malheureux par sa propre vengeance!
La cheute d'vn Riual abbat son esperance,
La haine de Philis croist auec son ennuy,
Et sa vaine fureur retombe dessus luy.
Quelque brillant qu'il soit, vne ombre le surmonte,
Et toutes ses clartez n'esclairent que sa honte.
Il void que le Berger en mo[illegible] ne perd rien;
Il est jaloux du mal comme il le fut du bien,
Son esprit agité regarde auec enuie,
La gloire de sa mort, comme l'heure de sa vie,
Et voudroit, si le sort se laissoit gouuerner,
Luy rauir le trespas qu'il vient de luy donner.
Mais Daphnis en tous lieux luy dispute la place;
Par tout il le combat, & par tout il le chasse,
Et quoy qu'ait fait le Dieu, quoy qu'il fasse aujour-
Il ne peut ny mourir, ny viure comme luy; (d'huy,

Il ne

Il ne peut meriter, ny retenir les larmes,
De l'aymable beauté, dont il ressent les armes,
Elles coulent encore, & couleroient tousiours,
Si les pleurs & les maux auoient vn mesme cours,
Et si les eaux que verse vne triste paupiere,
Sans manquer de suiet, ne manquoient de matiere,
Mais Philis impuissante à plaindre ses malheurs,
Voit durer ses ennuis plus long-temps que ses pleurs.
Ces humides enfans d'vne douleur amere,
Par vn sort auancé meurent deuant leur mere;
Ils meurent, & mourant font mourir les clartez
De ces yeux qui regnoient sur tant de libertez.
Les ruisseaux enflammez de ces sources nouuelles,
Comme vn sablon doré, roullent mille estincelles,
Et leurs derniers boüillons entraisnent auec eux
Au milieu de leurs eaux, mille globes de feux.
L'amour pleure luy mesme en voyant tant de charmes
Dans les yeux de Philis se distiller en larmes.
Et fondre ces miroirs dont les rayons vainqueurs
Sceurent fondre pour luy tant de glaces de cœurs.
Ces miroirs esclatans, faits d'ondes, & de flames,
Par qui l'œil voit les corps & descouure les ames
Ces miroirs qui font voir par d'vtiles accords,
Le dehors au dedans, le dedans au dehors,
Ces miroirs animez où toute la Nature
Vient faire à diuers temps sa diuerse peinture,
Et tracer vne image admirable en ce point,
Que par elle on voit tout & qu'on ne le voit point.

Ainsi furent esteint ces flambeaux redoutables,
Ainsi furent punis ces illustres coupables
Le Dieu qui languissoit de regret & d'amour,
Ne peut souffrir la nuit dans ces Palais du iour,
Et destinant sa flame à de plus doux vsages,
En donna par ces mots de fidelles presages,
Si, dit-il, ô Beauté, dont i'adore les fers,
Ie pouuois rappeller les ombres des Enfers,
Comme ie puis bannir les ombres de la terre
La tombe vous rendroit le bien qu'elle resserre,
Et vous auriez de moy par vn double deuoir,
Et la veuë & l'obiet que vous aymiez à voir.
Mais puisque le destin me paroist si contraire,
Que ie ne suis puissant, que quand ie veux mal faire,
Qu'Amant trop malheureux, trop heureux ennemy,
Ie fais le mal entier, & le bien à demy,
Ne pouuant restablir vostre gloire premiere,
Ie fais ce que ie puis ie vous rends la lumiere.
Il parle, & les effets ses paroles suiuans,
Il change ses yeux morts en deux Astres viuans,
Qui conceus des rayons de ses plus belles flames,
Comme il esclaire aux corps embraserent les ames,
Tant que le sort permit en faueur de ces lieux,
Que la terre eust vn biẽ, qui n'estoit deû qu'aux Cieux.
Mais si tost que Philis eut acheué sa course,
Ces flambeaux détachez reuindrent vers leur source,
Et placez dans les Cieux, qu'ils rendirent plus beaux
Ils sont comme ils estoient, les deux Astres iumeaux.

FIN.

www.ingramcontent.com/pod-product-compliance
Ingram Content Group UK Ltd.
Pitfield, Milton Keynes, MK11 3LW, UK
UKHW012130240726
13965UKWH00005B/2083

9 782013 092968

Springer Theses

Recognizing Outstanding Ph.D. Research

For further volumes:
http://www.springer.com/series/8790

Aims and Scope

The series “Springer Theses” brings together a selection of the very best Ph.D. theses from around the world and across the physical sciences. Nominated and endorsed by two recognized specialists, each published volume has been selected for its scientific excellence and the high impact of its contents for the pertinent field of research. For greater accessibility to non-specialists, the published versions include an extended introduction, as well as a foreword by the student’s supervisor explaining the special relevance of the work for the field. As a whole, the series will provide a valuable resource both for newcomers to the research fields described, and for other scientists seeking detailed background information on special questions. Finally, it provides an accredited documentation of the valuable contributions made by today’s younger generation of scientists.

Theses are accepted into the series by invited nomination only and must fulfill all of the following criteria

- They must be written in good English.
- The topic should fall within the confines of Chemistry, Physics, Earth Sciences, Engineering and related interdisciplinary fields such as Materials, Nanoscience, Chemical Engineering, Complex Systems and Biophysics.
- The work reported in the thesis must represent a significant scientific advance.
- If the thesis includes previously published material, permission to reproduce this must be gained from the respective copyright holder.
- They must have been examined and passed during the 12 months prior to nomination.
- Each thesis should include a foreword by the supervisor outlining the significance of its content.
- The theses should have a clearly defined structure including an introduction accessible to scientists not expert in that particular field.

Jianxian Gong

Total Synthesis of (±)-Maoecrystal V

Doctoral Thesis accepted by
Peking University, Beijing, China

Author
Dr. Jianxian Gong
School of Chemical Biology and Biotechnology
Peking University Shenzhen Graduate School
Shenzhen, Guangdong
People's Republic of China

Supervisor
Prof. Zhen Yang
College of Chemistry and Molecular Engineering
Peking University
Beijing
People's Republic of China

ISSN 2190-5053 ISSN 2190-5061 (electronic)
ISBN 978-3-642-54303-6 ISBN 978-3-642-54304-3 (eBook)
DOI 10.1007/978-3-642-54304-3
Springer Heidelberg New York Dordrecht London

Library of Congress Control Number: 2014931688

Printed on acid-free paper

Springer is part of Springer Science+Business Media (www.springer.com)

Parts of this thesis have been published in the following journal articles:

Gong J, Lin G, Li C-C et al. (2009) Synthetic study toward the total synthesis of maoecrystal V. Org Lett 11:4770–4773 (Reprinted with permission. Copyright (2010) American Chemical Society.)

Gong J, Lin G, Sun W-B et al. (2010) Total Synthesis of (±) Maoecrystal V. J. Am. Chem. Soc. 132:16745–16746 (Reprinted with permission. Copyright (2009) American Chemical Society.)

Supervisor's Foreword

The field of total synthesis of natural products is practiced in a scientific and artistic way. The strategy should be balanced based on the dimensions, geometries, and symmetries of the molecules. During the pursuit of total synthesis, the artistic taste was exercised in the way combining chemical reactions to arrive at a strategy that will lead to the target molecule. The powerful methodology and sophisticated instrumentation available today have profoundly affected the way in which organic molecules are synthesized and characterized. In spite of the great advances that have enormously facilitated our operations, the synthesis of organic molecules even of medium levels of complexity still faces practical, theoretical, and logical challenges.

This thesis focuses on the total synthesis of Maoecrystal V. Maoecrystal V, a natural product with potent biological activity, is a novel diterpenoid which was isolated from the leaves of Chinese medicinal herb, Isodon eriocalyx, by Prof. Handong Sun and co-workers. The synthesis challenge exists in the novel pentacyclic ring system and six chiral centers, including four continuous chiral centers, three all quaternary carbon centers.

Many distinguished synthetic groups have carried out the total synthesis toward Maoecrystal V due to the complexity of the structure and the importance of its bioactivity. The thesis mainly focuses on two aspects: the first part is the stereoselective construction of the tetracyclic model system and the second part is the first total synthesis of natural product Maoecrystal V. Based on the model study, the total synthesis of Maoecrystal V is accomplished in 17 steps, 1.2 % yield.

In such an exciting field, only a tip of the iceberg in terms of molecular diversity from nature has been just touched by the synthesis. With the development of organic synthesis, I strongly believe that we are going to see a lot of creative and efficient strategies for the synthesis of complex molecules. As Prof. K. C. Nicolaou said "It's rather complicated to even define art, science, and technology. There is a triangle of art, which is the pursuit of something new, usually associated with esthetics; science, the pursuit of something new, perhaps the understanding of nature; and technology, the application of science." Keeping ourselves busy inventing and discovering new generations of medicine used in the pharmaceutical and biotechnology industries will always be our unremitting pursuit.

Beijing, March 2013 Zhen Yang

Contents

Abbreviations

Ac	Acetyl
AVMA	Asymmetric vinylogous Mukaiyama aldol
Bn	Benzyl
Boc	*t*-butoxycarbonyl
BOM	Benzyloxymethyl
i-Bu	*i*-butyl
n-Bu	*n*-butyl
t-Bu	*t*-butyl
Bu	Butyl
CAN	Cerium(IV) ammonium nitrate
Cp	Cyclopentadienyl
DBU	1,8-diazabicyclo[5.4.0]undec-7-ene
DEAD	Diethyl azodicarboxylate
DIBAL-H	Diisobutylaluminum hydride
DIPEA	*N,N*-diisopropylethylamine
DMAP	*N,N*-4-dimethylaminopyridine
DME	1,2-dimethoxyethane
DMF	*N,N*-dimethylformamide
DMP	Dess–Martin Periodinane
DMSO	Dimethylsulfoxide
dr	Diastereoselective ratio
EA	Ethyl Acetate
EE	2-ethoxyethyl
Et	Ethyl
eq.	Equivalent
HMPA	Hexamethylphosphoramide
i-Pr	*i*-propyl
LDA	Lithium Diisopropylamide
LiHMDS	Lithium Hexamethyldisilazide
NaHMDS	Sodium Hexamethyldisilazide
Me	Methyl
MEM	(2-methoxyethoxy) Methyl
MES	Mesityl
MOM	Methoxymethyl

MS	Molecular Sieves
OTf	Triflate
PE	Petroleum Ether
PG	Protective Group
Ph	Phenyl
Piv	Pivaloyl
PPTS	Pyridinium *p*-toluenesulfonate
Py	Pyridine
RCM	Ring Closing Metathesis
RT	Room Temperature
SM	Starting Material
TBAF	Tetrabutylammonium fluoride
TBS	*t*-butyldimethylsilyl
TBDPS	*t*-butyldiphenylsilyl
TMEDA	*N,N,N′,N′*-tetramethylethylenediamine
TIPS	Triisopropylsilyl
TEA	Triethylamine
THF	Tetrahydrofuran
TLC	Thin Layer Chromatography
TMS	Trimethylsilyl
TMSCl	Trimethylsilyl chloride
Ts	*p*-toluenesulfonyl

Chapter 1
Research Background of Total Synthesis of Natural Product Maoecrystal V and Its Family

1.1 Introduction to the Research Background of Total Synthesis of Natural Products

Natural products refer to chemical components or metabolites produced by a living organism inside human beings and animals, plants, insects, marine lives and microorganisms [1]. Natural products are very important for drug discovery, because more than one third of the drugs in current clinical use come directly from natural products or derivatives developed with active ingredients of nature products as the lead compounds. China is famous for its massive land as well as its enrichment in natural product resources. Moreover, China has thousands of years' experience of using Chinese herbal medicine. Therefore, China has unique advantages on natural product research. In recent years, Chinese researchers have successfully isolated and extracted a large number of natural products, as well as identified their structures and realized the synthesis for the first time.

Total synthesis of natural products is an important part of organic chemistry. In principle, it starts with relatively simple small-molecule compounds through reasonable combination and application of the existing organic synthesis reactions, step by step to accomplish the construction of natural products with relatively complicated structures. In the early development process of organic chemistry, the primary mission of total synthesis was to confirm or correct the structures of natural products, check the applicability of existing methods as well as develop new methods for organic synthesis. Therefore, total synthesis of natural products is a powerful tool to promote the development of organic chemistry. In the early days, though limited by the available synthesis methods, organic chemists used their superb wisdom to come up with numerous total synthesis works through rigorous reasoning and clever design, these works are not only extremely high-valued in science but also reached a very high level of logical thinking and artistic design. Along with the development of synthetic and analytic methods and chiastopic fusion of various subjects, especially chemistry, biology, pharmaceutics and medicine, the mission of total synthesis has been changed to get the rare natural products, study the structure-activity relationship of important biological-

J. Gong, *Total Synthesis of (±)-Maoecrystal V*, Springer Theses,
DOI: 10.1007/978-3-642-54304-3_1,

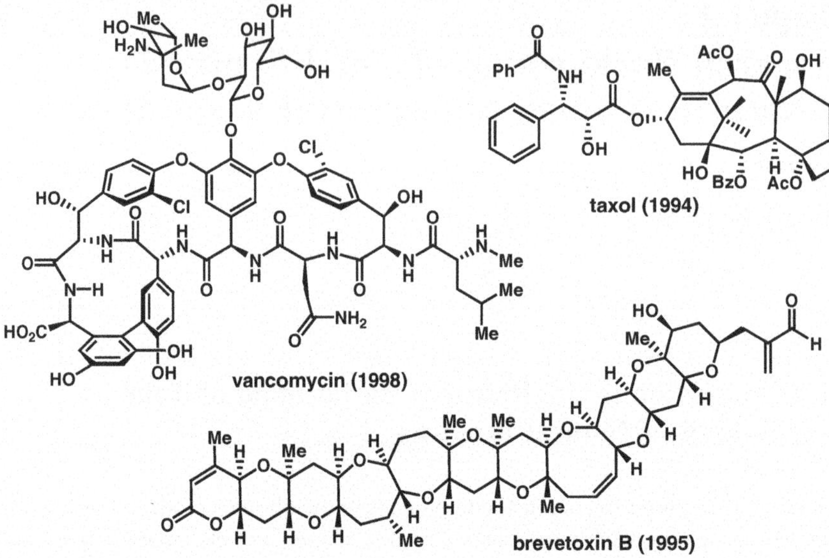

Fig. 1.1 Representative complicated natural products [1]

active natural products, and finally promote the research and development of natural product drugs and structure similar drugs. Certainly, the contribution of total synthesis is not only limited in the fields of chemistry and natural products, it has been also gradually applied to the development of new materials, new drugs, environmental science and so on. In addition, total synthesis research is able to help us to enlarge our scope of knowledge, cultivate the skill of conducting literature survey, develop the ability of organizing and allocating resources, foster the judgment and determination at critical moments as well as improve the anti-pressure ability and so on.

In 1828, German chemist Wöhler's success in the synthesis of urea marked the beginning of the modern organic synthesis [2]. Organic chemistry has made brilliant achievement in the following 180 years, and the syntheses of lots of complicated natural products have been conquered by organic chemists. The most representative ones in the recent 20 years (Fig. 1.1) are Taxol, Vancomycin, Brevetoxin A and B, palytoxin and so on.

Take palytoxin for example (Fig. 1.2), its structure has 64 chiral centers. In 1994, Kishi etc. first completed the total synthesis of this natural product [3], which made people realize how precise and complicated can the organic synthesis be. With outstanding wisdom and strong willpower, organic chemists showed their amazing creativity.

E.C Kornfeld from Eli Lilly and Company first separated vancomycin from the soil of deep forest in Borneo, which was collected by a churchman [4]. The bacteria producing vancomycin was named Amycolatopsis orientalis. Vancomycin was originally used to fight against the staphylococcus aureus which is resistant to

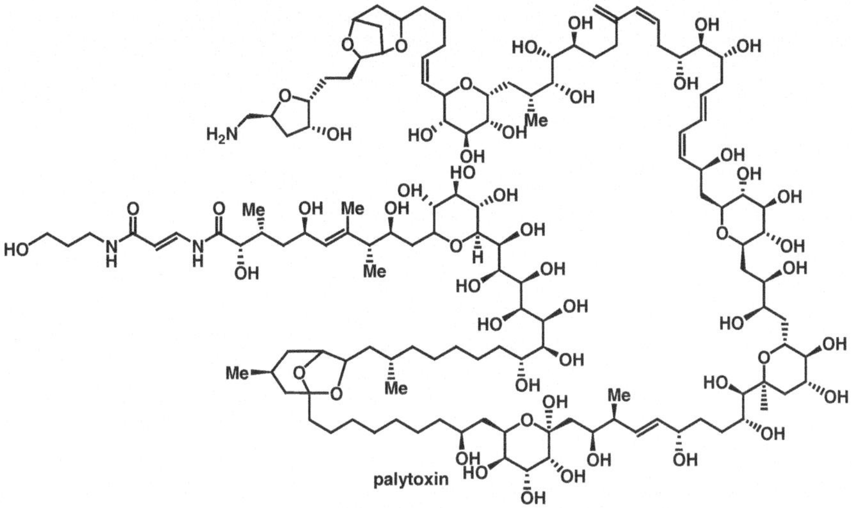

Fig. 1.2 The structure of palytoxin (Reprinted with the permission from Ref. [3]. Copyright 1994 American Chemical Society)

penicillin. With the follow-up research, people found that staphylococcus subcultured on medium containing Vancomycin didn't show obvious drug resistance even after many generations. Although Vancomycin obtained FDA's permission in 1958 [5], it didn't become the first-line anti-infection drug for two obvious flaws: (1) Isolation purity was not high enough in the early time, which led to obvious ototoxicity and renal toxicity. (2) It cannot be taken orally but has to be injected intravenously. However, when more and more staphylococcus developed drug resistance to penicillin antibiotics, Vancomycin became "the last line of defense" in fighting with infectious bacteria [4–6].

In view of the great value and potential of vancomycin in anti-infective field, it is very meaningful to develop a total synthetic route to improve the structure of Vancomycin (Fig. 1.3), reduce the toxicity as well as enhance the stability. So far as we know, several groups have been involved in the total synthesis of vancomycin, including K.C. Nicolaou and D. Boger from Scripps Research Institute, and D.A. Evans from Harvard University [7].

As time went on, there appeared 'super bacteria' such as Vancomycin-resistant enterococci. The activity of vancomycin against these bacteria has reduced nearly 1,000 times comparing to that in the old time. Boger discovered the analogs of Vancomycin through reforming the total synthesis route. These analogs have increased the anti-infective activity up to 40 times that of the ordinary vancomycin, which is the best result achieved so far, and this result can only be achieved by total synthesis. Therefore, we can say that total synthesis can make contributions to humanity in different ways in the new era.

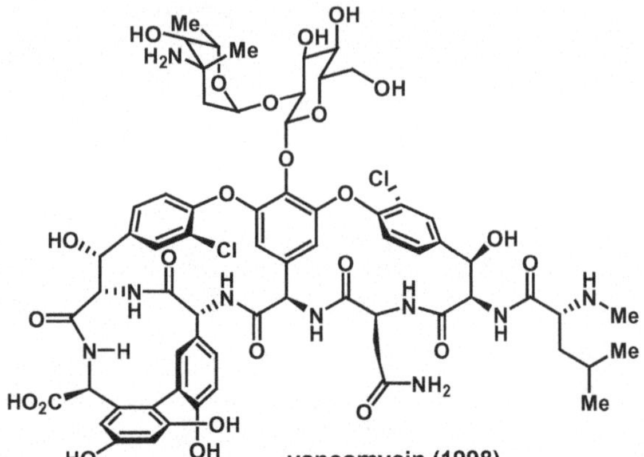

Fig. 1.3 The structure of vancomycin (Reprinted with the permission from Ref. [7]. Copyright 2011 American Chemical Society)

Nevertheless, no matter how fast the organic synthesis develops, there are still a lot of natural products chemists cannot conquer. The complexities of natural organisms are always beyond our imagination. The exploration of complicated natural products always challenges the wisdom and creativity of organic chemists. Furthermore, the cross fusion of various subjects in modern era put forward new requirements and challenges for chemists working in the field of total synthesis of natural products. It requires them to have not only excellent chemistry skills and visions but also open mind in the new era. It also requires chemists to be able to analyze problem in the views over various fields.

1.2 Terpenoids

Terpenoids, sometimes called isoprenoids, are a large and diverse class of naturally occurring organic compounds. Terpenoids derived from five-carbon isoprene units assembled and modified in thousands of ways. The word "Terpenoid" comes from "turpentine" (Latin: *balsamum terebinthinae*), which means "pine oil". Till now, the number of isolated terpenoids has reached more than 55,000 [8].

Terpenoids are widely distributed in nature; they mainly exist in plants, animals and microorganisms. Terpenoids are used extensively with a long history. The earliest application can be traced back to ancient Egypt, when people widely used this kind of compound in the manufacturing of spices, medicine, pigment and antiseptic. Many terpenoids have been proved to be the active components in Chinese medicinal herb. At the same time, terpenoids are essential basic raw materials in cosmetics and food industry. Even in the automobile and aircraft industry, terpenoids have found the applications such as terpenoids rubber and so on [9–11].

Terpenoids synthesis research made huge contributions to the development of organic chemistry. Although all terpenoids are constituted by single or multiple

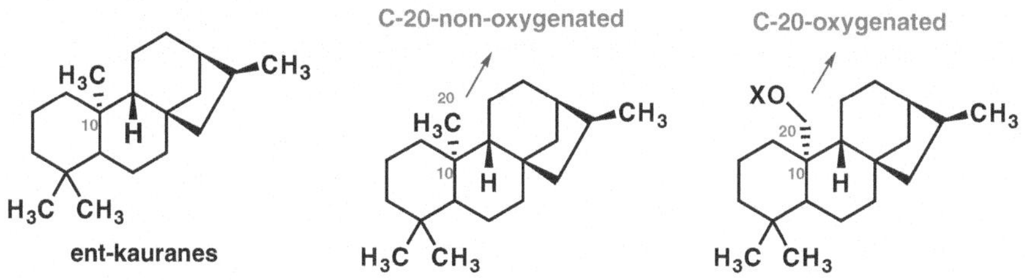

Fig. 1.4 Structure and classification of ent-kauranes [13]

isoprene fragments, they have various skeleton structures and oxidation mechanisms, therefore the synthesis route for each molecule is unique. Because of the complexity of the synthesis, the research of terpenoids leads to the booming development of various synthetic methods [8–11]. For instance, through the research of terpenoids, chemists discovered and understood many skeleton rearrangement reactions in the early days [11], which laid a solid foundation for the later development of this type of chemical reaction. As we can see, researches related to terpenoids' synthesis made great contribution to the development of organic chemistry with immeasurable intellectual significance.

1.3 Ent-Kaurane Diterpene

Novel diterpenoids are natural products made up of 4 isoprene units. Ent-kaurane diterpenes is a diterpene with significant biological activity. This series of compounds include two main categories: C-20-non-oxygenated ent-kauranes and C-20 oxidized ent-kauranediterpene (Fig. 1.4), and nine subcategories under them [12, 13].

The biosynthesis route of ent-kauranes starting from isoprene is shown in Fig. 1.5 [14].

The family of ent-kauranes has good biological activity, and many of them have excellent antimicrobial activity. For example, in the antimicrobial study of Enmein [15, 16], researchers found that enmein lost its activity after hydrogenation and proposed that Alpha methylene cyclopentanone was the antibacterial element unit of the compound. It is generally believed that the active mechanism is Michael addition reaction and therefore we can conclude that the compound can interact with enzymes containing mercaptan. The intramolecular hydrogen-bonding interaction between C-6 hydroxyl and C-15 carbonyl is able to enhance the antimicrobial activity. Moreover, if the molecules contain C-6, C-7, and C-14 intramolecular hydrogen-bonding interactions, their resistance to tumor will be enhanced.

Fig. 1.5 Biosynthesis of ent-kauranes [14]

Fig. 1.6 Structure of eriocalyxin B [15]

Table 1.1 Antimicrobial activity of eriocalyxin B [16]

Bacteria categories	Bacteria name	MIC (mg/L)
Gram-positive bacterium	Staphylococcus aureus	31
	Staphylococcus epidermidis	62
	Streptococcus sanguis	62
Gram-negative bacterium	Escherichia coli	500
	Enterobacter	2,000
Saccharomycetes	Candida	62
Fungus	Saccharomyces baillii	62.5

In this table, eriocalyxin B has good activities against most gram-positive bacterium and some of saccharomycetes and fungus. Meanwhile, it shows weaker inhibitory activities against gram-negative bacterium

Eriocalyxin B is one of the representatives of ent-kauranes family, which not only has intramolecular hydrogen-bonding interaction, but also has an ideal structure as the conjugate addition receptor (Fig. 1.6) [16] (Table 1.1).

Similarly, in the studies of these compounds, people found that the intramolecular hydrogen-bonding interaction between C-6 hydroxyl and C-15 carbonyl in alpha methylene cyclopentanone also played an important role in antitumor activity. Take eriocalyxin B for example, it has inhibitory effects on six kinds of human cancer cells, i.e. K562, HL-60, A549, MKN-28, HCT and CA, where significant cell apoptosis can be observed. In 2007, Chinese academicians Zhu

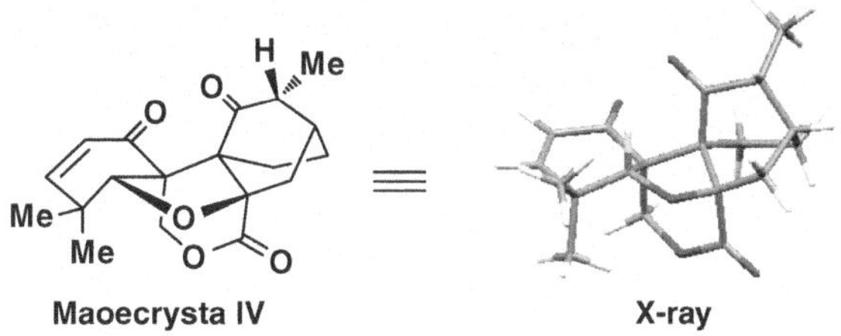

Fig. 1.7 Single crystal structure of Maoecrystal V (Reprinted with the permission from Ref. [19]. Copyright 2004 American Chemical Society)

Chen, Handong Sun and Saijuan Chen reported that Eriocalyxin B [15] triggered the degradation of AML1-ETO oncoprotein, which made Eriocalyxin B a potential anti-cancer drug. The experiment result shows that acute myeloid leukemia cell line Kasumi-1 is most sensitive to eriocalyxin B. Alpha methylene cyclopentanone also makes eriocalyxin B a toxicant for insect growth; therefore it can be used as pesticide.

1.4 Isolation and Structure Identification of Diterpenoid Natural Product Maoecrystal V

Isodon is a kind of plant which can be used as traditional drug. In traditional Chinese medicine, the processed products derived from various *Isodon* plants are used in the treatment of a variety of diseases, which drives many chemists focusing on separating and purifying the active ingredient from this kind of plants [17]. Handong Sun's group isolated Maoecrystal V from *Isodon eriocalyx* as well as other 50 Ent-kaurane compounds including 30 new natural products. At first, the structure of Maoecrystal V was analyzed by 1D NMR, 2D NMR, MS and IR. While the accurate structure had not been confirmed until the X-Ray single crystal results were obtained (Fig. 1.7) [18–20].

Natural product Maoecrystal V, which belongs to the ent-kaurane family (Fig. 1.8) [18], is one of more than 600 novel diterpenoids isolated from *Isodon* found in tropical and sub-tropical areas.

Comparing to the structures of other members of its family, Maoecrystal V has a unique bicyclic system, a spirocyclic lactone backbone, a high-tension oxygen bridge structure, and six chiral centers, four quaternary carbon chiral centers, and three of which are fully contiguous substituted carbon chiral centers. It is found that Maoecrystal V has the most complicated structure compared to other members of its family, which brings us great challenges in synthesis.

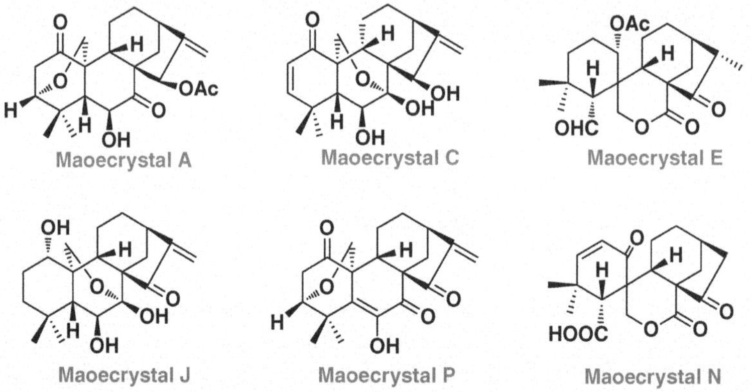

Fig. 1.8 Natural products of maoecrystal family [18]

Fig. 1.9 Biosynthesis of Maoecrystal V [20]

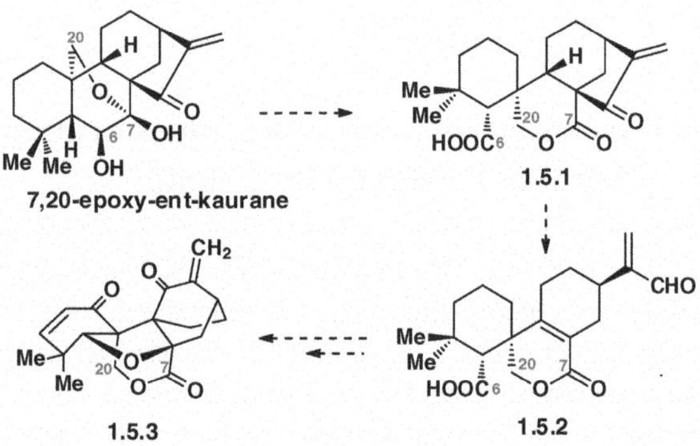

1.5 Biosynthetic Hypothesis for Maoecrystal V

As Sun and his colleagues reported, Maoecrystal V was obtained from structure conversion of other ent-kauranoid compounds. Starting from 7,20-epoxy-ent-kaurane [20, 21] (Fig. 1.9), aldehyde (1.5.2) is obtained after dehydrogenation rearrangement, and finally the carbon framework of Maoecrystal V is obtained through decarboxylation and rearrangement. Although it seems that the biochemical conversion has high efficiency under enzyme catalysis, it is not so practical in the laboratory at this moment. Hence, the design of synthetic route is significantly different form the process of biosynthesis.

1.6 Bioactivity of Maoecrystal V

Besides the complicated structure and huge challenge in synthesis, natural product Maoecrystal V draws scientists' attention because of its excellent bioactivity. The study of Sun's group shows (Table 1.2) Maoecrystal V has highly selective

Table 1.2 Comparison of IC_{50} of Maoecrystal V and *cis*-platin (Reprinted with the permission from Ref. [19]. Copyright 2004 American Chemical Society)

	IC_{50} (μg/mL)				
	K562	A549	BGC-823	CNE	HeLa
Maoecrystal V	6.43 × 104	2.63 × 105	1.47 × 104	nda	0.02
cis-Platin	0.38	1.61	0.25	2.31	0.99

K562 myelogenous leukaemia cells, *A549* carcinomic human alveolar basal epithelial cells, *BGC-823* human gastric carcinoma cell, *CNE* human nasopharyngeal carcinoma cell, *HeLa* human cervical cancer cells

cytotoxicity for human HeLa Cells. In the meantime, Maoecrystal V shows no significant cytotoxicity for three human tumor cell lines [19].

Though Maoecrystal V does not contain alpha methylene cyclopentanone, it still has relatively high activity and selectivity, which shows a major discrepancy with former study of ent-kaurane compounds' cytoactive. Consequently, the active mechanism of Maoecrystal V should be studied further.

1.7 A Brief Review on Synthesis Works of Maoecrystal V

Attracted by the unique bioactivity and extremely complicated high-tension multi-ring structure, several famous groups worldwide reported their synthesis strategies. So far, eight groups have published their model studies of Maoecrystal V (Fig. 1.10), including some world-known groups: Prof. K. C. Nicolaou and Prof. P. S. Baran from Scripps Research Institute, Prof. S. J. Danishefsky from Columbia University, Prof. E. J. Sorenson from Princeton University, Prof. D. Trauner from German and so on [22]. Our group started the synthesis of natural product Maoecrystal V in 2009 and first accomplished the total synthesis of this very molecule in 2010. In the following sections, I will briefly introduce the synthetic strategy of our group, and review the literatures related to the synthesis of natural product Maoecrystal V.

1.7.1 The Synthetic Strategy of Our Group

Chinese organic chemists are making great efforts to push forward the development of organic synthesis research in China and achieve world-class results. Based on this consensus, our group is aiming at realizing the natural products' first isolation and extraction, first structural identification, first total synthesis in China. Therefore Prof. Yang suggested that for my Ph.D. research I should choose a natural product isolated by Chinese group and its total synthesis had not been reported yet. Natural Product Maoecrystal V became a good candidate, as it was

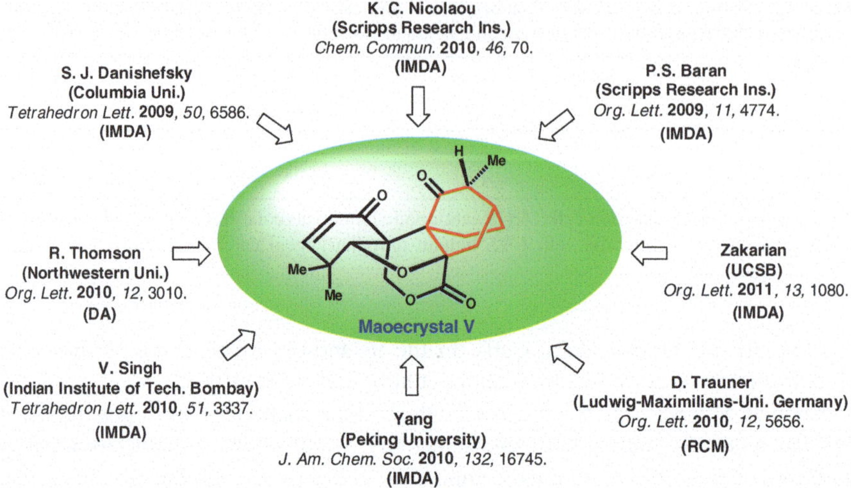

Fig. 1.10 Current situation of synthesis of Maoecrystal V

isolated and extracted by Sun's group from Kunming Institute of Botany, Chinese Academy of Sciences, and they also completed its structure identification analysis for the first time. Considering the unique bioactivity and extremely complicated structure of Maoecrystal V, I chose it as the target molecule for my doctoral research.

To achieve this target, I first analyzed the structure of natural product Maoecrystal V from different perspectives, then designed a variety of total synthesis strategies accordingly. Here is a brief introduction to the design ideas and synthetic routes.

1.7.1.1 Oxidative Coupling Strategy (Synthetic Strategy 1)

Through the retrosynthetic analysis of the molecular structure of natural product Maoecrystal V, I found it possesses a 1,4-dicarbonyl unit, therefore proposed a synthetic strategy based on oxidative coupling and Diels–Alder reaction. (Fig. 1.11)

As the literature shows, Prof. P.S. Baran from Scripps Research Institute developed a methodology, which realized oxidative coupling at α-position of the carbonyl group to form C–C bond [23–25] (oxidative coupling) and construct 1,4-dicarbonyl compound. In the retrosynthetic analysis, we can use this methodology to construct the C–C bond in the late stages, thus the natural product Maoecrystal V can be transformed to compound 1.7.1 by disconnecting the C–C bond. Compound 1.7.1 can be generated from substrate 1.7.2 through intramolecular Oxa-Michael reaction, while 1.7.2 could be prepared by intermolecular esterification reaction of substrates 1.7.3 and 1.7.4, while substrate 1.7.4 can be obtained by intermolecular Diels–Alder reaction of compounds 1.7.5 and 1.7.6.

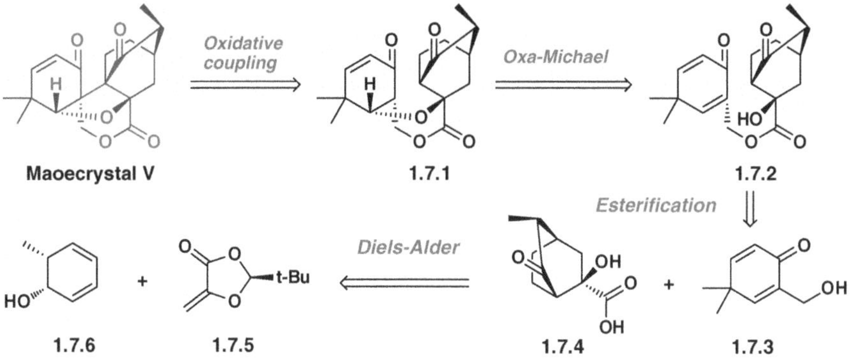

Fig. 1.11 Oxidative coupling strategy

Fig. 1.12 Baran's attempt to form quaternary carbon via oxidative coupling (Reprinted with the permission from Ref. [25]. Copyright 2008 American Chemical Society)

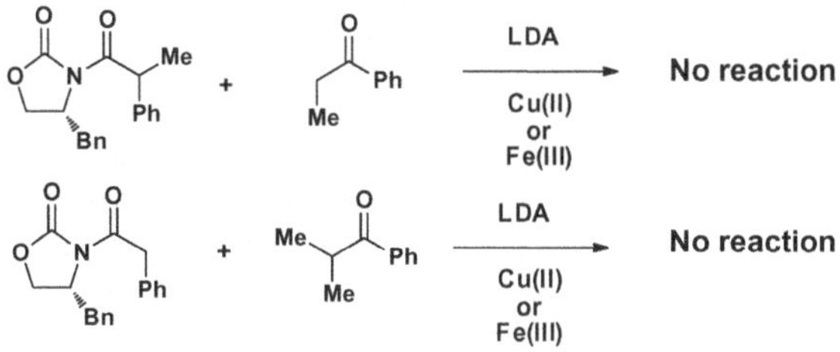

Fig. 1.13 Attempt to construct quaternary carbon via oxidative coupling reaction

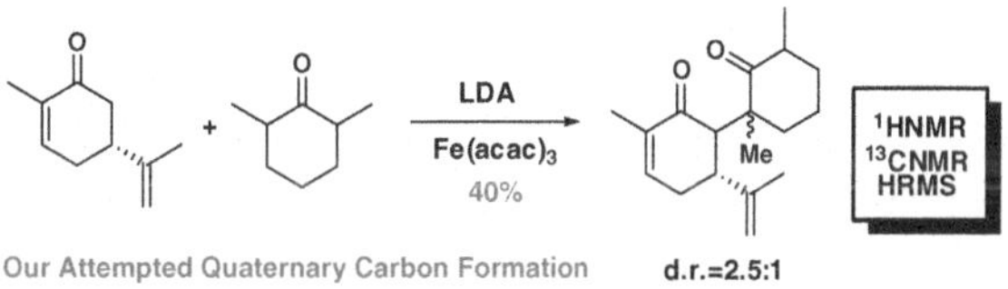

However, in the report of Baran's group, α-positions of the carbonyl group in most substrates do not contain substituents, and they failed in the formation of quaternary carbon (Fig. 1.12). In the design of synthetic route, considering that the construction of quaternary carbon by oxidative coupling is the key reaction of synthesis, it is necessary to conduct a model study to promote the efficiency of oxidative coupling at the beginning.

Take oxidative coupling as the key reaction of model study, I tried to utilize commercially available R-(+)-Carvone and 2,6-dimethyl cyclohexanone as starting materials to complete intermolecular oxidative coupling reaction (Fig. 1.13). The key of this design is to utilize oxidation reaction to form quaternary carbon center, and I expected the result of this research could simulate the key reaction of the real route to some extent. What surprised me is, the expected oxidation coupling product with a yield of 40 % and d.r. ratio of 2.5:1 was achieved after the reaction. This result showed it is feasible to construct quaternary carbon center via intermolecular oxidative coupling.

Fig. 1.14 Oxidative coupling/IMDA strategy

Although it has been proved that intermolecular oxidative coupling reaction can form quaternary carbon center, we found the synthesis of compound 1.7.1 (see also Fig. 1.11) would be difficult, especially considering the subsequent oxidative coupling reaction will proceed under strong basic condition, which may induce retro-oxa-Michael reaction. Due to these reasons, I decided to put aside this route and look for other possibilities.

Analyzing the shortcomings of the aforesaid synthesis route, we could find, first of all, the design of oxa-Michael reaction is not rational enough; secondly, it is much more difficult to construct quaternary carbon center in the late stage of synthesis. For these reasons, the oxidative coupling should be arranged in the early stage of the whole synthesis route. It not only can avoid retro-oxa-Michael reaction, but also can lower the difficulty of constructing chiral quaternary carbon.

As shown in Fig. 1.14, the characteristic of this new design is to utilize intermolecular oxidative coupling reaction to construct quaternary carbon center of compound 1.7.9 in the early stage of the synthetic route. Compound 1.7.9 will yield diol 1.7.10 after deprotection. The primary hydroxyl group in diol 1.7.10 can go through selective esterification and give mixed hemiketyl under acidic conditions first, and then afford intermediate 1.7.11 with elimination of methoxyl group. Intermediate 1.7.11 will yield the core structure of natural product Maoecrystal V after intramolecular Diels–Alder reaction.

The advantage of this synthetic strategy is its conciseness and high-efficiency. Beginning with compound 1.7.7, the core structure of natural product Maoecrystal V can be obtained in only six steps. Furthermore, this design proposed that the IMDA reaction can be utilized to synthesize the core structure of Maoecrystal V from the starting material with 6,7-bicyclic structure. This design provides us a good guidance for the total synthesis research.

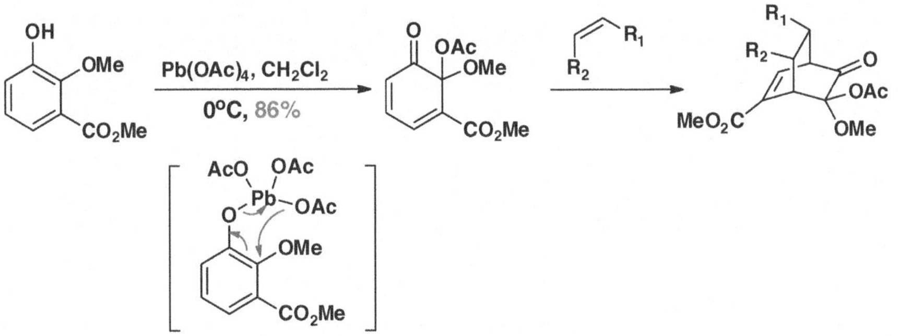

Fig. 1.15 Tandem Wessely oxidative dearomatization/IMDA reaction (Reprinted with the permission from Ref. [26]. Copyright 2004 American Chemical Society)

Nevertheless, when we tried to synthesize the starting compound 1.7.7, the hydroxyl group at β-position of the carbonyl group would easily trigger elimination reaction under alkaline condition and yield corresponding a, β-unsaturated ketone. Taking into account that oxidative coupling reaction requires strong basic condition, we had to give up this synthesis route at this stage. Moreover, Prof. Baran from Scripps Research Institute reported the methodology of synthetizing natural product Maoecrystal V via oxidative coupling in the meantime [25]. In order to avoid using the similar methodology, we began to explore other synthesis strategies.

1.7.1.2 Tandem Wessely Oxidative Dearomatization/IMDA Strategy (Synthetic Strategy-2)

Literature reported that phenolic compound would yield substituted ortho-quinone compound after Wessely oxidative dearomatization reaction. The obtained compound could act as a diene to trigger intramolecular or intermolecular Diels–Alder reaction and produce [2.2.2] bicyclic compound. This synthetic methodology has been extensively used in total synthesis [26].

In consideration of the high efficiency of oxidative coupling/IMDA strategy shown in Fig. 1.15, we tried to utilize tandem Wessely oxidative dearomatization/IMDA strategy to construct the core structure of Maoecrystal V. As shown in Fig. 1.16, the key intermediate 1.7.14 can be constructed by coupling of lead reagent [27], and this synthetic methodology has been extensively used in total synthesis. Therefore, a tricarbonyl compound 1.7.13 was designed to form 1.7.14 together with a substituted aryl lead reagent under basic condition. The carbonyl compound 1.7.13 was envisioned to obtain from known diketone 1.7.12.

It is obviously seen in Fig. 1.16, the synthetic strategy of tandem Wessely oxidative dearomatization/IMDA reaction can effectively avoid the flaws of oxidative coupling/IMDA strategy in synthesizing the core structure of Maoecrystal V

Fig. 1.16 Tandem Wessely oxidative dearomatization/IMDA strategy

(Fig. 1.14), where compound 1.7.7 is eliminated under basic condition. The difficulty lies in this synthetic route is how to effectively construct intermediates 1.7.14 and 1.7.19.

1.7.1.3 Tandem Aldol/Oxa-Michael/Aldol/Lactonization Strategy (Synthetic Strategy 3)

Tandem reaction has been one of the hot topics in organic synthesis in recent years, and Prof. Nicolaou is an outstanding representative. With his pioneering work, it has become one of the mainstream methodologies to efficiently synthesize natural product via tandem reaction. However, how to design and apply tandem reaction to the complex total synthesis of natural products is still a challenge for synthetic chemists.

Based on the concept of tandem reaction, a series of synthetic routes have been developed, including an intramolecular Aldol/Oxa-Michael/Aldol/Lactonization synthetic strategy (see Fig. 1.17). The retrosynthetic analysis indicated that the synthesis starts from compound 1.7.21, which first undergoes an intramolecular Aldol reaction then immediately intramolecular Oxa-Michael reaction to form the tricyclic system. Finally through the intermolecular Aldol reaction and intramolecular esterification reaction, the tetracyclic skeleton of Maoecrystal V can be constructed. And 1.7.21 can be provided by the relatively simple materials 1.7.22 and 1.7.23 through Suzuki cross-coupling reaction.

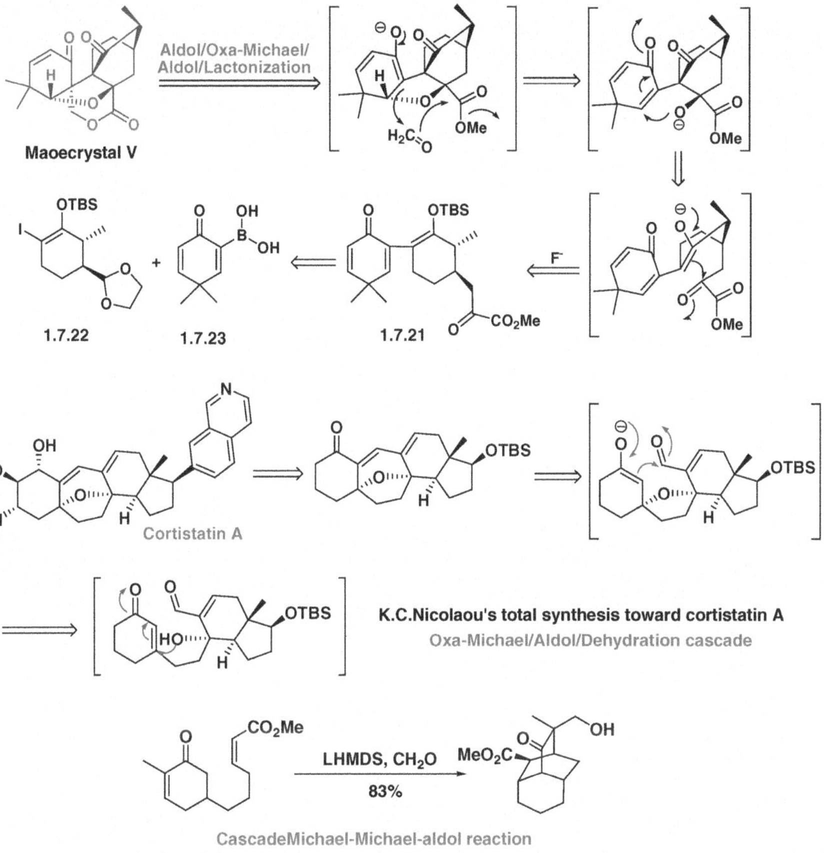

Fig. 1.17 Tandem Aldol/Oxa-Michael/Aldol/Lactonization strategy (Reprinted with the permission from Ref. [28]. Copyright 2008 Wiley-VCH Verlag GmbH & Co. KGaA, Weinheim)

Similar tandem Aldol/Oxa-Michael/Aldol/Lactonization reactions have been reported in literatures, which include Prof. Nicolaou's total synthesis research of cortistatin A [28, 29].

1.7.1.4 Pyrone IMDA Strategy (Synthetic Strategy 4)

The forth synthetic strategy is to utilize pyrone structure to trigger intramolecular Diels–Alder reaction [30]. In this strategy, we can construct the core structure of Maoecrystal V via compound 1.7.26. As shown in Fig. 1.18, natural product Maoecrystal V can be transformed to compound 1.7.24 via simple functional group transformations, and compound 1.7.24 can be prepared by compound 1.7.25 via ring-opening lactonization. Compound 1.7.25 can be constructed by compound 1.7.26 via intramolecular Diels–Alder reaction of pyrone. The precursor (1.7.26)

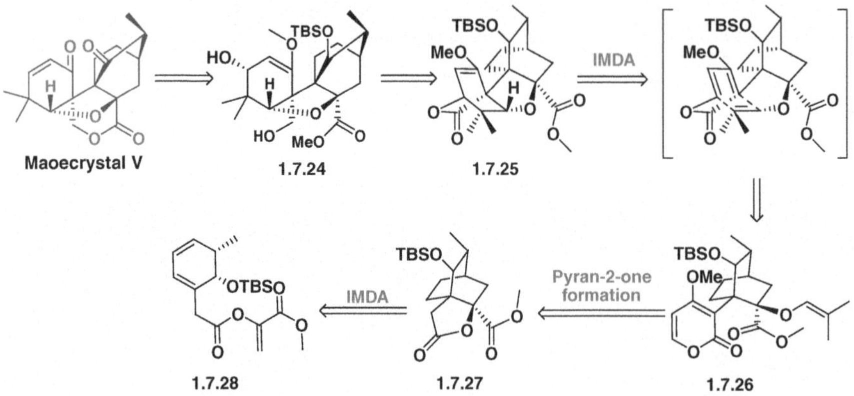

Fig. 1.18 Pyrone IMDA strategy

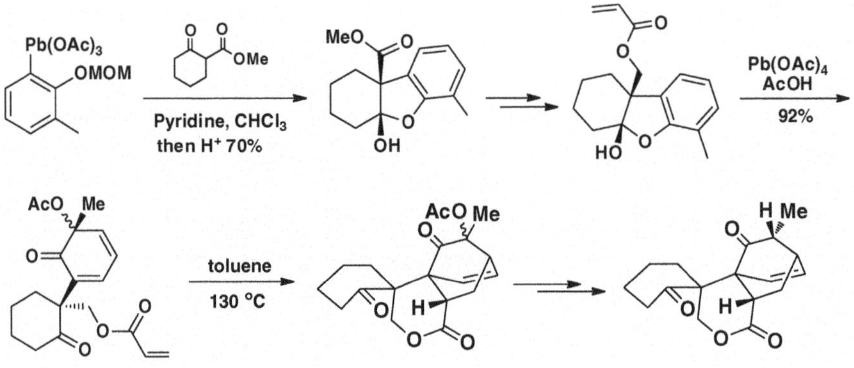

Fig. 1.19 Model research (Yang's group)

of Diels–Alder reaction can be synthesized by compound 1.7.27 via the reported pyrone formation method. Compound 1.7.27 was designed to be constructed by intramolecular Diels–Alder reaction. Considering that this strategy utilizes intramolecular Diels–Alder reaction twice and is lack of inventiveness, we use it for backup.

After careful consideration and primary exploration, we decided to utilize tandem Wessely oxidative dearomatization/IMDA strategy to construct core structure of Maoecrystal V. Figure 1.19 shows the route of model synthesis. The main purpose of the model research is to look for efficient method to construct two continuous chiral centers in the molecule and quickly synthesize the [2.2.2] ring system on the right side of the molecule structure. Pb(IV) mediated coupling reaction was utilized to construct chiral quaternary carbon center on the right side, and $Pb(OAc)_4$ was added to realize tandem oxidative dearomatization/

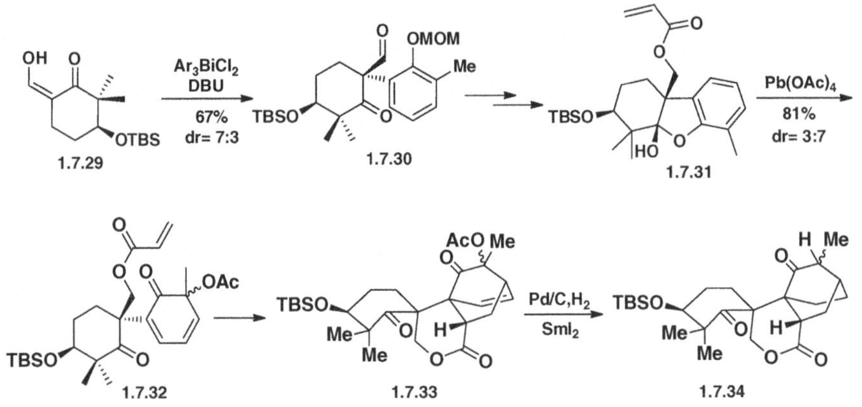

Fig. 1.20 The synthesis research of Baran's group (Reprinted with the permission from Ref. [31]. Copyright 2009 American Chemical Society)

intramolecular Diels–Alder reaction, which constructed the caged scaffold and another quaternary carbon chiral center. The final compound was designed to be obtained via functionalization.

1.7.2 The Synthesis Research of Baran's Group

When we published our model study of natural product Maoecrystal V, Prof. Baran from Scripps Research Institute also published their synthetic strategy at the same time (Fig. 1.20) [31]. In their model, the Wessely oxidative dearomatization/ IMDA reaction is also employed as the key reaction.

With aldehydes and ketones substrates as the starting materials, Baran's group completed the coupling of two fragments using aryl Bi reagent, and obtained hemiketyl compound. They constructed diene fragment via Wessely oxidation first, and then constructed the core structure of Maoecrystal V via intramolecular Diels–Alder reaction. After hydrogenation with Pd/C and removal of acetyl with SmI_2, they finally obtained the model compound of Maoecrystal V. These results were the same as ours. Comparing the difference between the models developed by Baran's group and us, we found Baran's model has relatively complete functional groups, which allow them to carry out follow-up study targeting at the total synthesis. Whereas our goal is to explore the molecular property, which provides the necessary information for the exploration of total synthesis route.

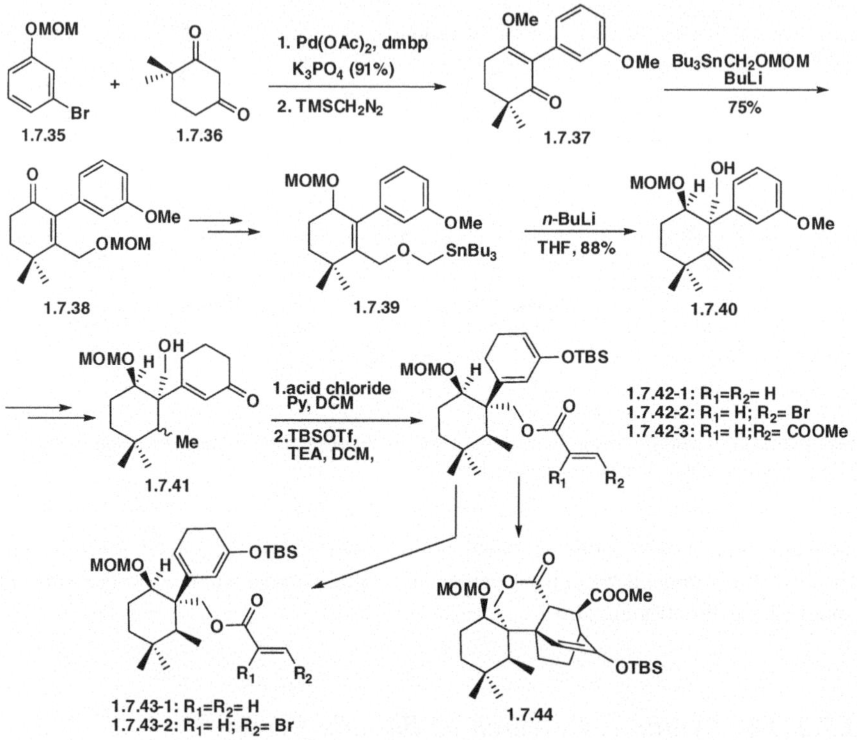

Fig. 1.21 The synthesis research of Danishefsky's group (part 1) [32]

1.7.3 The Synthesis Research of Danishefsky's Group

In 2009, Danishefsky's group reported the model study of Maoecrystal V (Fig. 1.21) [32]. The key reactions in their study mainly include Pd(II)-catalyzed coupling reaction [2, 3] rearrangement reaction and intramolecular Diels–Alder reaction. It worth mentioning that the three research groups mentioned above used the similar synthetic strategy to complete the synthesis of core structure model of Maoecrystal V.

Pd(II)-catalyzed coupling reaction connected the left and right fragments and yielded compound 1.7.37, and then obtained [2, 3] rearrangement precursor via organotin reagent's attack. They introduced the [2, 3] rearrangement into the side chain and thus the quaternary carbon chiral center can be obtained (1.7.40). Aryl fragment underwent Birch reduction to achieve dearomatization and connected dienophile fragments after several steps, and then obtained TBS protected dienophile structure 1.7.42. 1.7.42 underwent intramolecular Diels–Alder reaction under sealing condition, when the side chain is acrylic structure, the target product cannot be obtained, so does bromoacrylic acid structure. However, the esteryl structure connected to side chain could yield the product of intramolecular Diels–

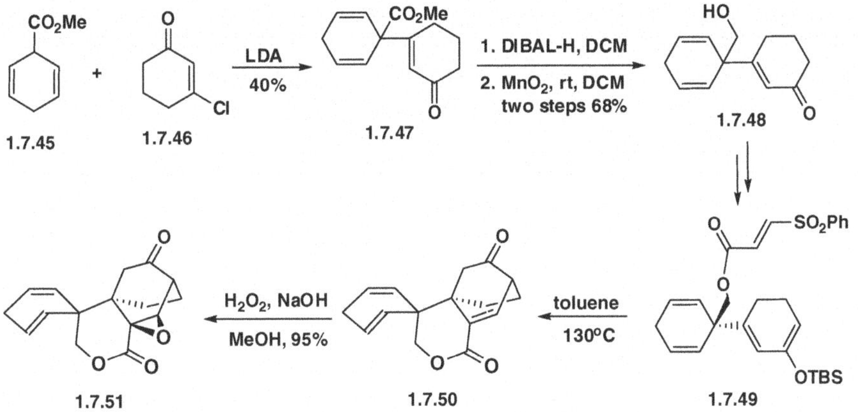

Fig. 1.22 The synthesis research of Danishefsky's group (part 2) [33]

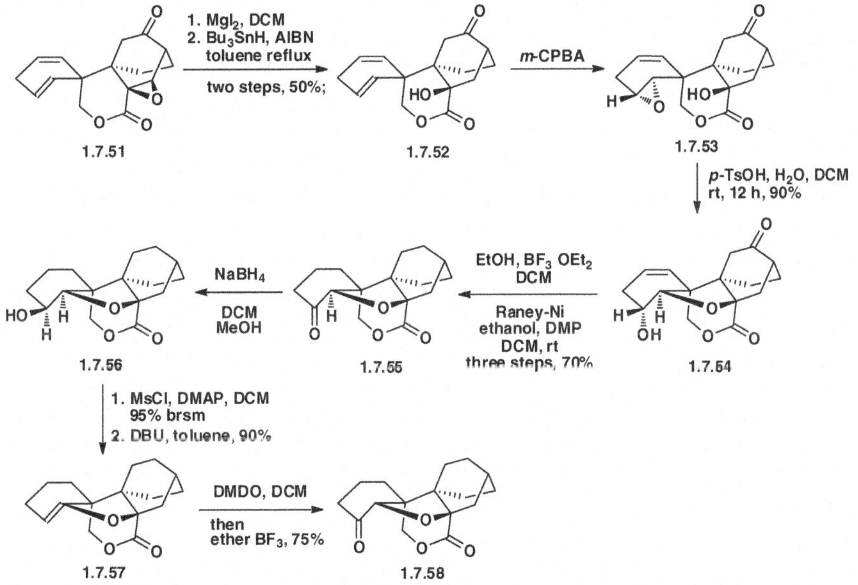

Fig. 1.23 The synthesis research of Danishefsky's group (part 3) [33]

Alder reaction. Then TBAF removed TBS and led to the hydrolysis of silyl enol ether to release carbonyl group, finally the synthesis ended in two steps to generate compound 1.7.44 from intramolecular Diels–Alder reaction, with a yield of 48 %. Unfortunately, the facial selectivity given by intramolecular Diels–Alder reaction was just opposite to the natural product.

In 2011, Danishefsky's group reported new results of Maoecrystal research (Figs. 1.22, 1.23) [33]. The key reaction was also intramolecularly Diels–Alder reaction. However, in order to solve the problems such as the undesirable facial selectivity given by intramolecular Diels–Alder and construct the key oxa-bridge skeleton, significant adjustments were made in the new synthetic route.

The strategy started from using the tandem Michael addition–elimination reaction to connect fragments 1.7.45 and 1.7.46 to afford 1.7.47. The esteryl and carbonyl groups of 1.7.47 underwent reduction to afford alcohol hydroxide under DIBAL-H condition and then oxidized by MnO_2 to produce 1.7.48. After multi-step conversion, the side chain of dienophile was connected and dienophile structure was constructed to form the precursor (1.7.49) of intramolecular Diels–Alder reaction. Compound 1.7.49 went through IMDA under condition of refluxed toluene, and then obtained the product 1.7.50. It is worth mentioning that because the structure of the precursor is meso, no matter which side of it was attacked in Diels–Alder reaction, the same product was obtained. Furthermore, the benzene-sulfonyl group of the dienophile can be eliminated; therefore the Endo/Exo selectivity of Diels–Alder reaction can be ignored. This design successfully resolved the possible issues in Diels–Alder reaction. After selective epoxidation, compound 1.7.51 was obtained, which set the scene for constructing oxa-bridge skeleton.

After a two-step conversion, compound 1.7.51 was transformed to tertiary hydroxyl compound 1.7.52. Taking advantage of the inductive effect of hydroxyl group, double bond spatially close to the hydroxyl group was selectively epoxided and yielded compound 1.7.53. Taking 1.7.53 as the precursor for constructing the oxa-bridge skeleton, it went through the intramolecular attack under acidic conditions. Compound 1.7.54 first formed ketal protecting group for its carbonyl group under acidic conditions and then removed the ketal group to afford saturated alkyl group. At the same time the double bonds was reduced. DMP oxidation converted hydroxyl group to carbonyl group. Then $NaBH_4$ was utilized to reduce carbonyl group. The configuration of carbonyl group was reversed and gave compound 1.7.56. MsCl protected secondary hydroxyl group and converted it into leaving group then completed elimination reaction under DBU strong basic condition to afford compound 1.7.57. Under DMDO epoxidation conditions, double bond in compound 1.7.57 was oxidized to epoxide. Then the epoxide was treated with boron trifluoride diethyl ether to get the rearrangement product 1.7.58. Here the chiral center in oxa-bridge could be reversed to gain the model compound which had the same structure as the natural product.

Generally speaking, Danishefsky's group first tried to synthesize Maoecrystal V based on Diels–Alder reaction. Unfortunately, the facial selectivity given by intramolecular Diels–Alder reaction was not as expected. In the second route developed by Danishefsky's group, they utilized meso precursor for the Diels–Alder reaction and eliminable dienophile as the side chain. Finally they succeeded in solving the problem of facial selectivity given by the intramolecular Diels–Alder reaction.

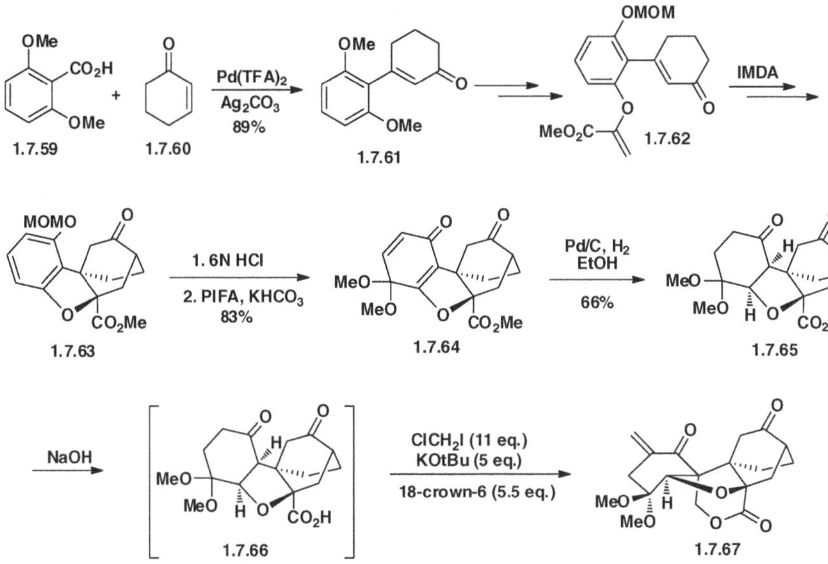

Fig. 1.24 The synthesis research of K. C. Nicolaou's group (part 1) [34]

1.7.4 The Synthesis Research of Nicolaou's Group

Nicolaou's group also employed intramolecular Diels–Alder reaction to construct the core structure [34, 35]. But the dienophile they used was different from Baran's and Danishefsky's groups. The dienophile of Nicolaou's group was connected on the oxygen atom which constructed the oxa-bridge. Therefore it was possible to complete the intramolecular Diels–Alder reaction and at the same time construct the oxa-bridge which was difficult to synthesize. The details of this route are shown in Fig. 1.24 [34].

Through the decarboxylation Heck reaction catalyzed by Pd, substrate 1.7.59 and 1.7.60 were connected to form compound 1.7.61. Compound 1.7.61 underwent multi-step conversion such as deprotection/protection then formed compound 1.7.62. Compound 1.7.62 underwent TBS protection and gave corresponding silyl enol ether dienophile. Then the intramolecular Diels–Alder reaction gave compound 1.7.63 which contains [2.2.2] structure. After removing MOM protecting group under HCl condition and undergoing the PIFA oxidative dearomatization reaction, compound 1.7.63 was transformed to 1.7.64. Under Pd/C hydrogenation, the double bond of compound 1.7.64 was removed and formed compound 1.7.65. Under NaOH conditions, compound 1.7.65 was hydrolyzed to acidolysis product 1.7.66. Under basic conditions, 1.7.66 reacted with $ClCH_2I$, underwent alkylation reaction and elimination reaction to afford the model molecule of Maoecrystal V in one step.

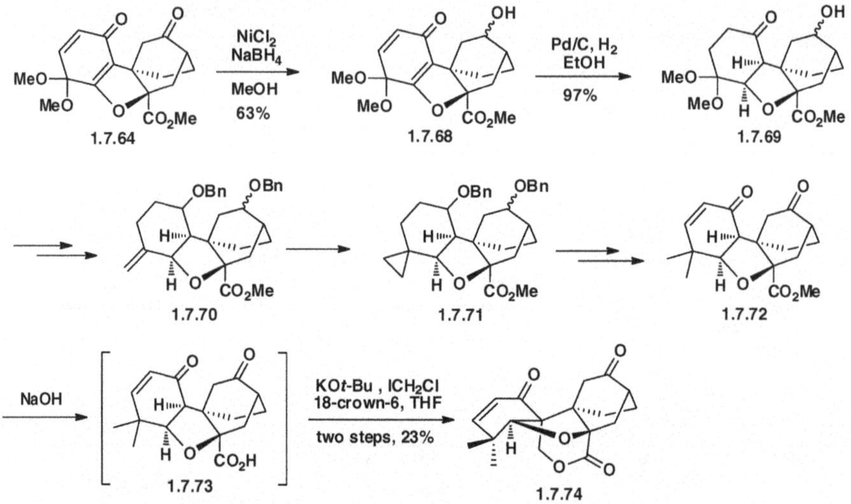

Fig. 1.25 The synthesis research of K. C. Nicolaou's group (part 2) [35]

Figure 1.25 shows the synthetic strategy [35] utilized by Nicolaous's group with intermediate 1.7.64. After selective reduction of the carbonyl group in [2.2.2] ring system, intermediate 1.7.64 was converted to alcohol 1.7.68. Under the reduction condition of Pd/C, it was converted to compound 1.7.69. After multi-step conversion, the ketal structure of 1.7.69 could transform to double bond and give 1.7.70. 1.7.70 underwent multi-step conversion, including cyclopropanation, cyclopropane ring opening reaction, to afford intermediate 1.7.72. After NaOH hydrolysis, 1.7.72 was converted to intermediate 1.7.73 and this intermediate was used to construct model 1.7.74 after alkylation.

The functional groups of model compound 1.7.74 used by Nicolaou's group were comparatively complete and the key oxa-bridge was successfully constructed. However, structure identification showed that, the chiral center in the oxa-bridge of this model was opposite to the chiral center in the natural product. Moreover, the position of carbonyl group on the caged scaffold was also different from the natural product. Through reviewing the research of Nicoloau's group we realized that their synthetic route was very effective for the oxa-bridge construction via intramolecular Diels–Alder reaction. This research laid a solid foundation for the development of the total synthesis route.

1.7.5 The Synthesis Research of Singh's Group

In 2010, Singh's group utilized the tandem oxidative dearomatization-IMDA reaction to construct the model molecule of Maoecrystal V [36] 1.7.81 (Fig. 1.26). Starting from compound 1.7.76, they utilized oxidative dearomatization-IMDA

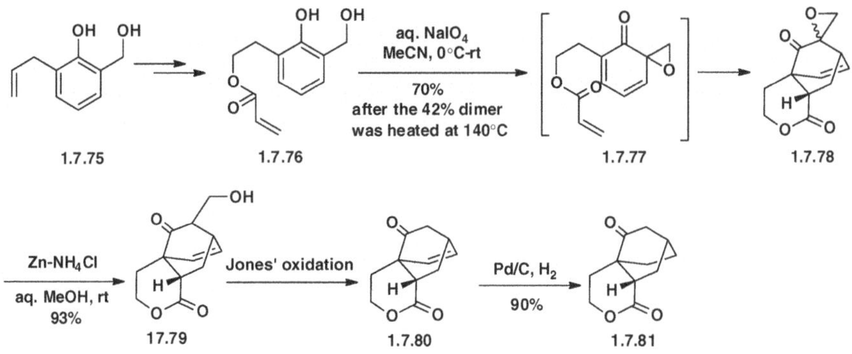

Fig. 1.26 The synthesis research of Singh's group [36]

reaction to obtain the core structure. Then after several steps such as epoxy ring opening, Jones oxidation and Pd/C reduction, they eliminated the functional groups and finally obtained the model structure similar to the right side of natural product Maoecrystal V.

By comparing the synthesis strategies of Singh's group and Baran's group, we can find that there have been three groups utilizing tandem oxidative dearomatization-IMDA strategy to synthesize natural product Maoecrystal V. It embodies the fierce competition worldwide in the field of total synthesis of natural product.

1.7.6 The Synthesis Research of Thomson's Group

In 2010, Thomson's group utilized Nazarov reaction as the key reaction to construct the quaternary carbon chiral center [37]. In their design, Thomson's group expected to construct tetrahydrofuran ring of Maoecrystal V in the late stages of synthesis. They also adopted Diels–Alder reaction to construct the core [1.2] structure. However, Thomson's group utilized intermolecular Diels–Alder reaction, which is different from the strategies used by previous groups. As Fig. 1.27 shows, precursor 1.7.82 underwent multi-step conversion and yielded condensation product 1.7.83. In the Nazarov cyclization process with $FeCl_3$, because of the steric effect of TBS protective group, spiro-compound 1.7.84 was obtained stereoselectively. In intermolecular Diels–Alder reaction, endo was the major product. Thus, after nitro configuration inverse, hydrogenation reduction and Jone's oxidation, intermediate 1.7.86 was obtained effectively. Finally, compound 1.7.86 underwent Rubottom oxidation, which introduced hydroxyl group to the α position of ketone, then gave compound 1.7.87. Unfortunately, they failed to convert compound 1.7.87 to natural product Maoecrystal V.

To construct the core structure of Maoecrystal V, Thomson's group utilized 1.7.58 as the starting material to carry out the new synthetic strategy (Fig. 1.28).

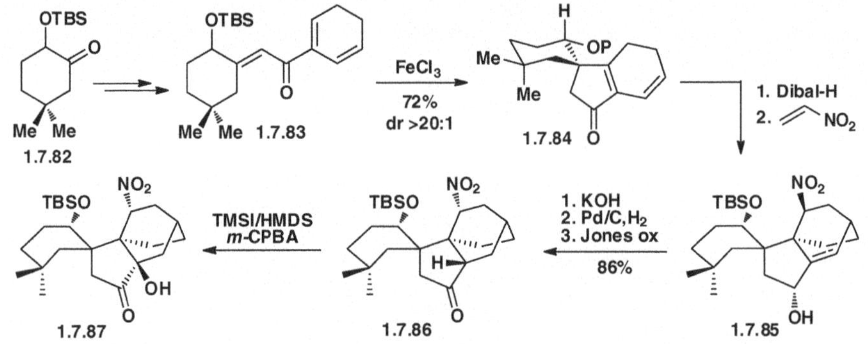

Fig. 1.27 The synthesis research of Thomson's group (part 1) [37]

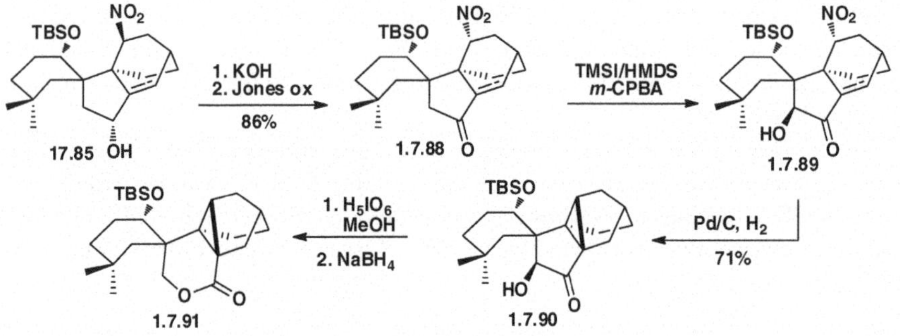

Fig. 1.28 The synthesis research of Thomson's group (part 2) [37]

Firstly the nitro configuration in compound 1.7.85 was inversed under the base condition. Then the hydroxyl compound was oxidized by Jones antioxidant to afford ketone 1.7.88. After compound 1.7.89 generated from 1.7.88 under Rubottom oxidation, a side reaction was triggered under the hydrogenation conditions and it formed three-member ring product 1.7.90. Although the a-hydroxyl ketone part of compound 1.7.90 could be cleaved by periodic acid and reduced to lactone structure, this synthesis route was not feasible for the total synthesis of natural product.

The advantage of the synthesis strategy of Thomson's group is that they utilized Nazarov reaction to construct the key quaternary carbon center of Maoecrystal V. Also it is very ingenious to use the substrate conformation to control the selectivity of intermolecular Diels–Alder. However, in the late stages of the synthesis, the formation of three-member ring during the construction of oxa-bridge made this route unable to be used for the total synthesis of Maoecrystal V.

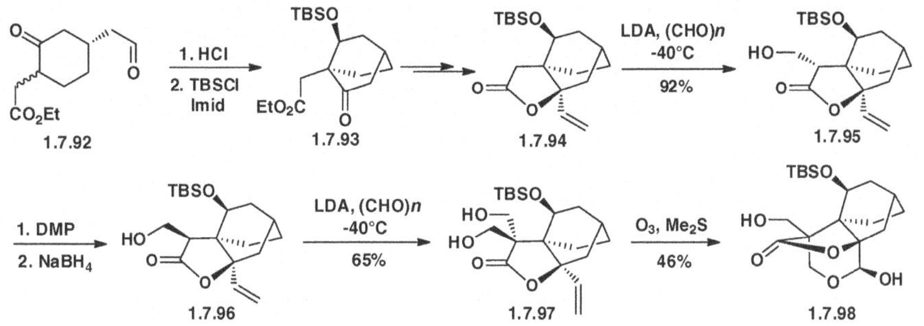

Fig. 1.29 The synthetic study of Trauner's group (Reprinted with the permission from Ref. [38]. Copyright 2010 American Chemical Society)

1.7.7 The Synthesis Research of Trauner's Group

In 2010, Dirk Trauner's group took aldol reaction as the key reaction to construct the core structure of Maoecrystal V [38]. This is the only group who did not use Diels–Alder reaction in the synthesis of [2.2.2] core structure of Maoecrystal V. They took compound 1.7.92 as the raw material, and after several condensation reactions they constructed compound 1.7.97. In this way, after ozone cleaved the unsaturated double bond of intermediate 1.7.97, it formed aldehyde which reacted with hydroxyl of the side chain to form acetal structure and yielded compound 1.7.98.

Though the strategy developed by Trauner's group has some unique features in the construction of the core structure of the molecule, it is still difficult to realize the total synthesis of Maoecrystal V starting from intermediate 1.7.98, because ring system of the left side of the molecule has a relatively high tension (Fig. 1.29).

1.7.8 The Synthesis Research of Zakarian's Group

The synthetic strategy of Zakarian's group had some similarities with Nicolaou's group [39]. They both completed the construction of oxa-bridge in the early stage. The difference is, Nicolaou's group constructed the [2.2.2] ring system and built the oxa-bridge at the same time, while Zakarian's group firstly constructed the tetrahydrofuran ring frame and then utilized intramolecular Diels–Alder reaction to construct bicyclo [2.2.2] octane structure (Fig. 1.30).

The synthesis route of Zakarian's group was: taking sesamol as the raw material to react with neopentyl alcohol under the Mitsunobu conditions to get compound 1.7.99. After multi-step conversion, 1.7.100 was obtained with tetrahydrofuran ring structure. LAH reduced the ester group of 1.7.100 to afford alcohol 1.7.101.

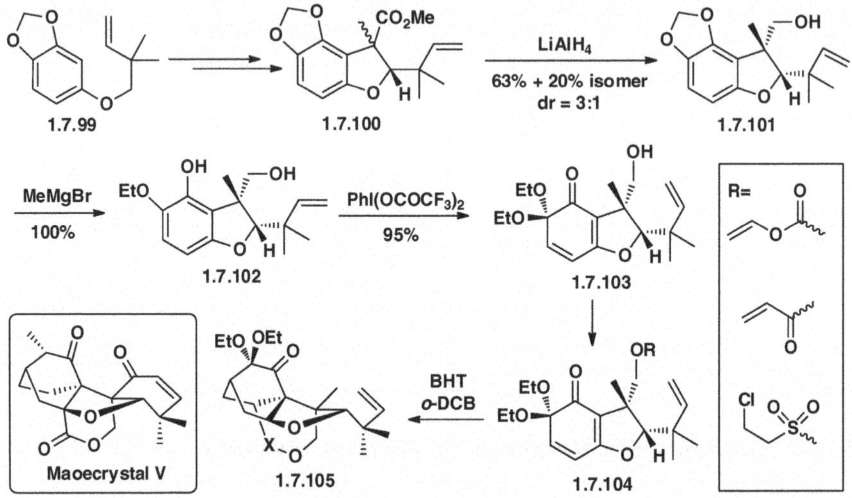

Fig. 1.30 The synthesis research of Zakarian's group (Reprinted with the permission from Ref. [39]. Copyright 2011 American Chemical Society)

With the format reagent, it underwent ring-open reaction to get 1.7.102. Oxidative dearomatization constructed the Diene fragment. After screening different dienophile, the product being able to trigger Diels–Alder reaction was obtained. Finally, the model compound with core structure of Maoecrystal V can be constructed.

Observing the key reaction of the synthetic strategy of Zakarian's group, we can find that they also utilized oxidative dearomatization and intramolecular Diels–Alder reaction to construct [2.2.2] bicyclic system.

1.8 Brief Summary

In conclusion, eight research groups have been involved in the total synthesis research of Maoecrystal V. In most occasions, Diels–Alder reaction was used to construct the core structure of Maoecrystal V, in which oxidative dearomatization and IMDA played a crucial role in the construction of the core structure. Based on the analysis of previous synthesis strategies, it can be confirmed that, Diels–Alder reaction as the ancient and classical reaction plays a very important role in the total synthesis. It also has incomparable superiority in constructing quaternary carbon center stereoselectively.

At the same time, with its unique antitumor activity, Maoecrystal V draws the attention of synthetic chemists worldwide as well as brings the fierce competition in synthesis research. On the road leading to the successful total synthesis of Maoecrystal V, we are greatly challenged.

References

1. Xu R, Ye Y, Zhao W (2006) Introduction to natural product chemistry, 1st edn. Science Press, Beijing, pp 1–98
2. Wöhler F (1828) Ueber künstliche bildung des harnstoffe. Pogg Ann Phys Chem 12:253–256
3. Suh EM, Kishi Y (1994) Synthesis of palytoxin from palytoxin carboxylic acid. J Am Chem Soc 116:11205–11206
4. WikiPedia (2012) Vancomycin. http://www.wikipedia.org. Accessed 18 April, 2012
5. Levine DP (2006) Vancomycin: a history. Clin Infect Dis 42:S5–S12
6. Griffith RS (1981) Introduction to vancomycin. Rev Infect Dis 3:200–204
7. Xie J, Pierce JG, James RC et al (2011) A redesigned vancomycin engineered for dual D-Ala-D-Ala and D-Ala-D-Lac binding exhibits potent antimicrobial activity against vancomycin-resistant bacteria. J Am Chem Soc 133:13946–13949
8. Breitmaier E (2006) Terpenes: flavors, fragrances, pharmaca, pheromones. Wiley, Weinheim
9. Maimone TJ, Baran PS (2007) Modern synthetic efforts toward biologically active terpenes. Nat Chem Biol 3:396–407
10. Streitwieser AH, Kosower EM (1992) Introduction to organic chemistry. MacMillan Publishing Company, New York
11. Ruzicka L (1953) The isoprene rule and the biogenesis of terpenic compounds. Experientia 9:357–367
12. Fujita E, Node M (1984) Diterpenoids of rabdosia species. Prog Chem Org Nat Prod 46:77–157
13. Thurlow KJ (1998) Chemical nomenclature, 1st edn. Kluwer Academic Publisher, Norwell, pp P55–P101
14. Dewick PM (1995) The biosynthesis of C5–C20 terpenoid compounds. Nat Prod Rep 12:507–534
15. Wang L, Zhao WL, Yan JS et al (2007) Eriocalyxin B induces apoptosis of t(8;21) leukemia cells through NF-κB and MAPK signaling pathways and triggers degradation of AML1-ETO oncoprotein in a caspase-3-dependent manner. Cell Death Differ 14:306–317
16. Sun HD, Xu Y, Jiang B (2001) Diterpenoids of *Isodon* species, 1st edn. Science Press, Beijing, pp p1–p122
17. Yu D, Wu Y (2005) Advances in natural product chemistry, 1st edn. Chemical Industry Press, Beijing, pp P1–P155
18. Sun HD, Li S (2012) Diterpenoids chemistry, 1st edn. Chemical Industry Press, Beijing, pp P1–P89
19. Li S-H, Wang J, Niu X-M et al (2004) Maoecrystal V, cytotoxic diterpenoid with a novel C19 skeleton from *Isodon* eriocalyx (Dunn.) Hara. Org Lett 6:4327–4330
20. Sun H-D, Huang S-X, Han Q-B (2006) Diterpenoids from *Isodon* species and their biological activities. Nat Prod Rep 23:673–698
21. Shen Y-H, Wen Z-Y, Xu G et al (2005) Cytotoxic ent-kaurane diterpenoids from *Isodon* eriocalyx. Chem Biodivers 2:1665–1672
22. Gong J, Lin G, Li C-C et al (2009) Synthetic study toward the total synthesis of Maoecrystal V. Org Lett 11:4770–4773
23. Baran PS, Richter JM (2004) Direct coupling of indoles with carbonyl compounds: short, enantioselective, gram-scale synthetic entry into the hapalindole and fischerindole alkaloid families. J Am Chem Soc 126:7450–7451
24. Baran PS, Richter JM, Lin DW (2005) Direct coupling of pyrroles with carbonyl compounds: short enantioselective synthesis of (S)-ketorolac. Angew Chem Int Ed 44:609–612
25. Demartino MP, Chen K, Baran PS (2008) Intermolecular enolate heterocoupling: scope, mechanism, and application. J Am Chem Soc 130:11546–11560
26. Magdziak D, Meek SJ, Pettus TRR (2004) Cyclohexadienone ketals and quinols: four building blocks potentially useful for enantioselective synthesis. Chem Rev 104:1383–1430

27. Pinhey JT (1991) Organolead(IV) tricarboxylates, new reagents for organic synthesis. Aust J Chem 44:1353–1382
28. Nicolaou KC, Sun Y-P, Peng X-S et al (2008) Total synthesis of (+)-cortistatin A. Angew Chem Int Ed 47:7310–7313
29. Ihara M, Makita K, Tokunaga Y et al (1994) Stereoselective formation of three carbon–carbon bonds by cascade reaction with enolate anion: synthesis of tricyclo [6.2.2.01,6] dodecane and tricyclo [5.3.1.03,8] undecane derivatives. J Org Chem 59:6008–6013
30. Liu Z, Meinwald J (1996) 5-(trimethylstannyl)-2H-pyran-2-one and 3-(trimethylstannyl)-2H-pyran-2-one: new 2H-pyran-2-one synthons. J Org Chem 61:6693–6699
31. Krawczuk PJ, Schone N, Baran PS (2009) A synthesis of the carbon skeleton of Maoecrystal V. Org Lett 11:4774–4776
32. Peng F, Yu M, Danishefsky SJ (2009) Synthetic studies toward Maoecrystal V. Tetrahedron Lett 50:6586–6587
33. Peng F, Danishefsky SJ (2011) Toward the total synthesis of Maoecrystal V: an intramolecular Diels–Alder route to the Maoecrystal V pentacyclic core with the appropriate relative stereochemistry. Tetrahedron Lett 52:2104–2106
34. Nicolaou KC, Dong L, Deng L et al (2010) Synthesis of functionalized Maoecrystal V core structures. Chem Commun 46:70–72
35. Dong L, Deng L, Lim YH et al (2011) Synthesis of an advanced Maoecrystal V core structure. Chem Eur J 17:5778–5781 S5778/5771–S5778/5740
36. Singh V, Bhalerao P, Mobin SM (2010) A tandem oxidative dearomatization/intramolecular Diels-Alder reaction: a short and efficient entry into tricyclic system of Maoecrystal V. Tetrahedron Lett 51:3337–3339
37. Lazarski KE, Hu DX, Stern CL et al (2010) A synthesis of the carbocyclic core of Maoecrystal V. Org Lett 12:3010–3013
38. Baitinger I, Mayer P, Trauner D (2010) Toward the total synthesis of Maoecrystal V: establishment of contiguous quaternary stereocenters. Org Lett 12:5656–5659
39. Gu Z, Zakarian A (2011) Studies toward the synthesis of Maoecrystal V. Org Lett 13:1080–1082

Chapter 2
Model Study of Maoecrystal V

2.1 Model Study of Maoecrystal V: Synthesis Strategy

Maoecrystal V is a C-19 diterpenoid natural product with rare caged skeleton. The main difficulties of synthesis were forecasted through structure analysis: (1) construction of highly compact five-membered ring; (2) installing continuous quaternary carbon chiral center; and (3) construction of [2.2.2] bridge ring. For these reasons, total synthesis of Maoecrystal V should conquer enormous challenges in both strategic design and practical reaction exploration. Exploring meritorious methods for basic skeleton construction of Maoecrystal V is the foundation of total synthesis. It is necessary to build up a model in order to provide worthy information for further total synthesis study.

We decided to omit the oxa-bridge subunit in model study. Introducing oxa-bridge is the most challenging step of the total synthesis of Maoecrystal V, we planned to solve this problem in the late stages of total synthesis. Although the similar cycloalkene ketone fragment (right side) has been reported in the literature, the methyl groups, double bond, and ketone group were deleted in our final scheme, which means the replacement of right synthetic fragment with commercially available cyclohexanone. The efficiency would be significantly improved by the simplification. Cyclohexanone kept the oxygen atom of oxa-bridge, which maintained the feasibility of constructing oxa-bridge structure. Based on the analysis, natural product Maoecrystal V was simplified to model compound 2.1.1 (Fig. 2.1) for early study.

2.2 The Model Synthesis of Maoecrystal V

Figure 2.2 depicts the retro-synthesis analysis of Maoecrystal V. Intramolecular Diels–Alder (IMDA) reaction was utilized as a key reaction in our retro-synthesis of Maoecrystal V to construct the main skeleton [2.2.2] caged scaffold. The IMDA

J. Gong, *Total Synthesis of (±)-Maoecrystal V*, Springer Theses,
DOI: 10.1007/978-3-642-54304-3_2,

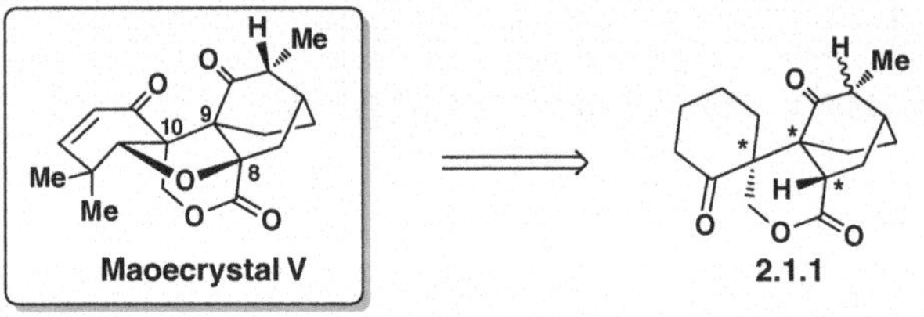

Fig. 2.1 Model study of Maoecrystal V

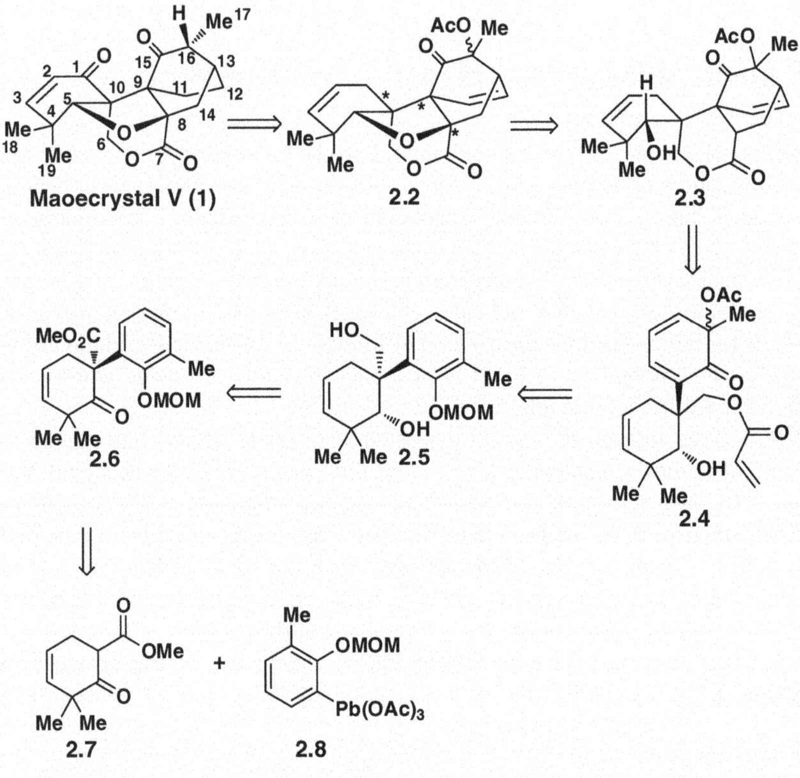

Fig. 2.2 The retro-synthetic analysis of Maoecrystal V

precursor could be disconnected to diol 2.5, which could be obtained by 2.6 after several conversion steps. The construction of 2.6 was based on the arylation reaction of 1,3-dicarbonyl substrate 2.7 and organic lead compound 2.8. The design and key reactions will be briefly introduced in the following sections.

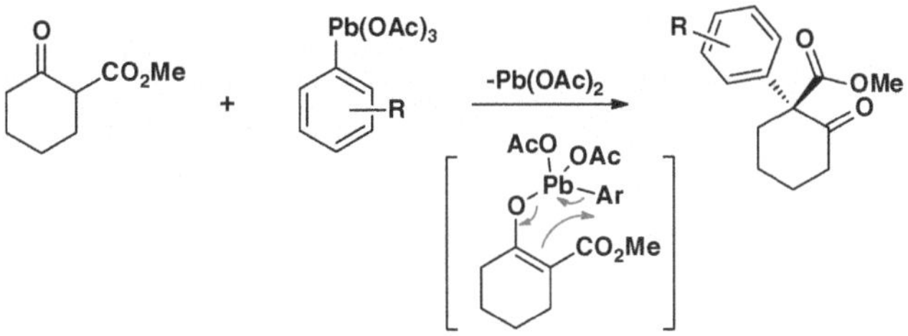

Fig. 2.3 Pinhey arylation

2.2.1 Pinhey Arylation

In the retro-synthetic analysis of Maoecrystal V, α-arylation reaction was used in 1,3-dicarbonyl compound. The conversion could be achieved through the Pinhey arylation reaction (Fig. 2.3). Pinhey reaction was found and developed by Pinhey's group in the 1970s. The α-arylation reaction occurred between a tetravalent organic lead reagent and 1,3-dicarbonyl compound. Although its mechanism was still not fully understood, Pinhey speculated that it might be a process of reductive elimination. It could realize the coupling of soft carbon nucleophilic reagent and strong aryl lead reagent.

2.2.2 The Development and Synthetic Application of Diels–Alder Reaction

2.2.2.1 A Brief Introduction to Diels–Alder Reaction

Diels–Alder reaction [1, 2] (Fig. 2.4) happens between conjugated dienes and double bond substrates to form substituted cyclohexene system. Even if the atoms in some positions are non-carbon heteroatoms, the reaction still can occur normally. The reaction was first discovered by Otto Paul Hermann Diels and Kurt Alder in 1928. They won the 1950 Nobel Prize for chemistry because of this discovery.

Diels–Alder reaction has several significant features [1, 2]: First of all, Diels–Alder reaction is a thermal driving reaction, usually triggered by heating. Secondly, the reaction is widely used in constructing a new six-membered ring structure. In the process of the conversion, 3 π bond systems are opened to form 2 new C–C σ bonds and a new C–C π bond. All the fractures and formations of chemical bonds are finished in one-step transformation.

The dienes of Diels–Alder reaction: Dienes can be either chain or circular structure and may contain different substituent groups. The limitation is that diene must contain s-*cis* configuration. Bulky substituent groups may affect the most stable conformation of diene, which leads to the failure of the reaction. For cricoid

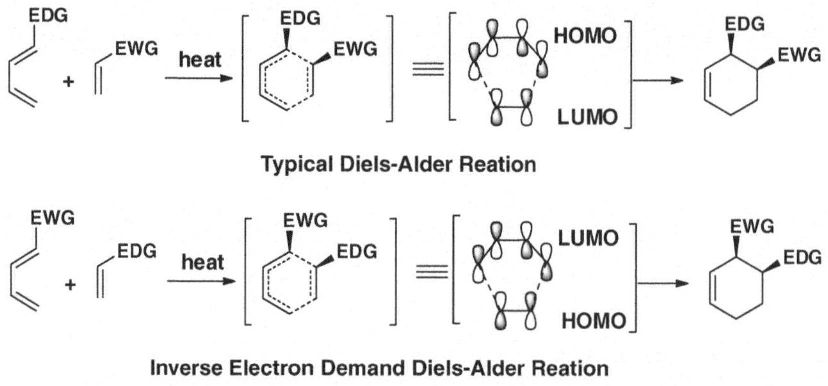

Typical Diels-Alder Reation

Inverse Electron Demand Diels-Alder Reation

Fig. 2.4 Mechanism of Diels–Alder reaction [1, 2]

dienes, most of them are s-*cis* configurations. Chemist developed various Diels–Alder reactions by artful designs, which produced a series of dienes with unique characteristics, such as the famous Danishefsky's diene and dendralenes [1, 2].

Dienophile: In a typical Diels–Alder reaction, dienophile (double bond) has to connect electrophilic functional groups. The strong electron-withdrawing ability of the substituent, and the quantity of substitutional groups, both have positive effect on Diels–Alder reaction. In some cases, Diels–Alder reaction cannot be triggered. It means that Lewis acid was needed to activate the reaction [1, 2].

Reaction rules: (1) Syn-addition principle: Diels–Alder reaction is triggered by overlapping dienophile and the p track of π bond in diene. Therefore, Diels–Alder reaction is a stereospecific reaction, and the initial latent chiral center substituent remains unchanged. (2) Endo-addition principle: In the cycloaddition reaction, the electron-withdrawing group of dienophile heads to the internal direction of diene. It can be explained by the secondary track overlap, but there are some limitations, so this rule is not suitable for all cases [1, 2].

The regioselectivity of Diels–Alder reaction [1, 2]: If the diene contains strong electronic group in the normal Diels–Alder reaction, and dienophile contains strong electron-withdrawing group, the product will obtain high regioselectivity (Fig. 2.5).

2.2.2.2 Intramolecular Diels–Alder Reaction

Intramolecular Diels–Alder (IMDA) reaction is a common type of Diels–Alder reaction. This is one of the powerful methods in the synthesis of polycyclic compounds and has been widely applied in the synthesis of complex natural products.

Intramolecular Diels–Alder is an important method to construct bicyclic system. Because IMDA can construct two rings in one-step conversion, it is a highly efficient method.

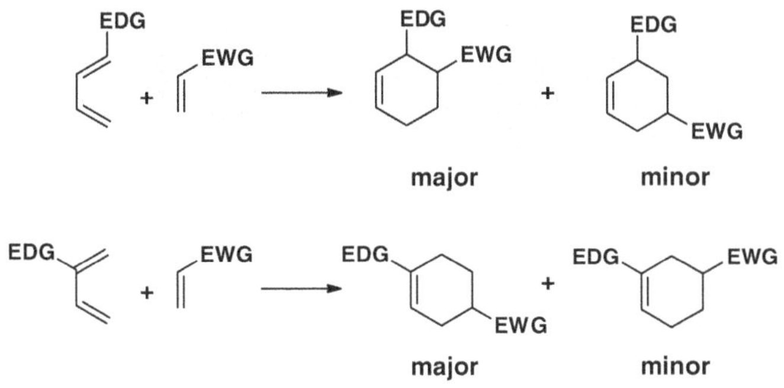

Fig. 2.5 The regioselectivity of Diels–Alder reaction [1, 2]

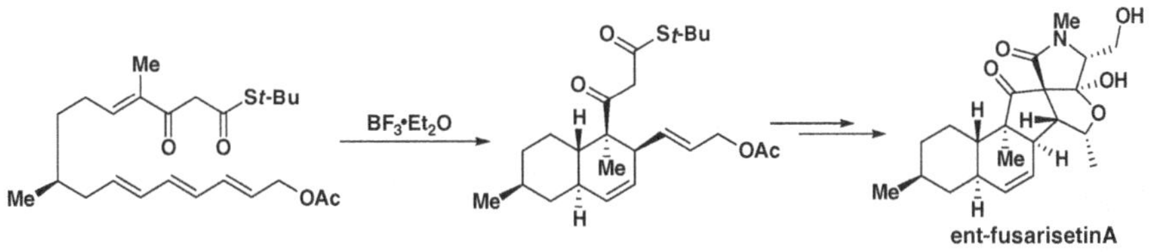

Fig. 2.6 *Ent*-fusarisetin A construction from Ang Li's group via IMDA [3]

In 2011, Prof. Ang Li from SIOC finished the first total synthesis of the enantiomer of fusarisetin A [3] (Fig. 2.6). In their report, intramolecular Diels–Alder was used as a key reaction to construct 6,6-bicyclic system. After several steps, they successfully obtained the enantiomer of the natural product and thereby corrected the absolute configuration of natural product.

Taber's group [4] also used IMDA (Fig. 2.7) in the construction of natural product *trans*-dihydroconfertifolin. Through heating the inseparable E/Z isomer 2.2.1, the IMDA reaction was triggered and gave target compounds 2.2.2 and 2.2.3, which could be separated through the column chromatography and recrystallized with the proportion of 4:1. Taber and his colleagues constructed the key 6,6-bicyclic systems with IMDA. From the transition-state analysis (2.2.6 and 2.2.7), the target product should be obtained from E type. Double bond in compound 2.2.2 was transformed into propane structure under Simmons–Smith reaction, and the yielded 2.2.4 was hydrogenated with PtO_2 to open propane ring, giving target compound *trans*-dihydroconfertifolin 2.2.5. Accordingly, the usage of IMDA reaction to construct bicyclic system can significantly improve the efficiency and quickly construct the target structure.

Transannular Diels–Alder reaction is also one of the most prominent synthetic methods of intramolecular Diels–Alder reaction. The applications of transannular Diels–Alder reaction are mostly found in biomimetic synthesis. The reasonable use of transannular Diels–Alder strategy can significantly simplify the synthesis route and improve the artistic quality of synthesis, and at the same time, it can also provide a meaningful reference for the speculation of the routes of biosynthetic

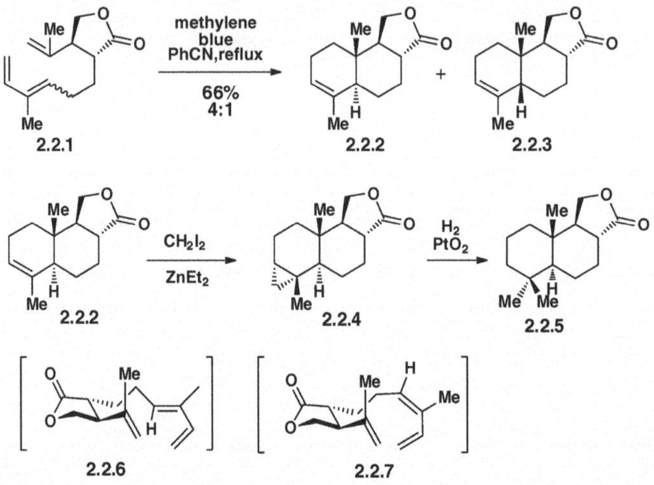

Fig. 2.7 The *trans*-dihydroconfertifolin bicyclic system constructed by Taber's group via Diels–Alder reaction (Reprinted with the permission from Ref. [4]. Copyright 2002 American Chemical Society)

transformation. One of the representative synthesis works was from Evans [5, 6], that is, the synthesis of molecular FR182877 (Fig. 2.8). They utilized Suzuki coupling reaction, firstly connected (E)-vinylboronic acid fragment and vinyl dibromide, and then closed the macro-ring using intramolecular SN_2 reaction. They got two isomeric products with different substitutes at α-position of ester. Without separation, they put the mixture into the next reaction of constructing the double bond and got transannular Diels–Alder product in one single step.

The multiple conversions, including a configured double bond, a carbon Diels–Alder reaction, and a hetero-Diels–Alder reaction, were completed in one step, and the basic molecular skeleton was completed efficiently. Later, Evans et al. completed the total synthesis of FR182877 through a simple transformation of functional groups. Interestingly, Sorensen group [7, 8] also completed the total synthesis of the same molecule, and the strategy they used shows almost no difference compared with that used by Evans. It shows that chemists have remarkably similar understanding toward this molecule [9].

2.2.2.3 Construction of [2.2.2] System via Diels–Alder Reaction

Another application of Diels–Alder reaction is to construct [2.2.2] system. Generally speaking, the [2.2.2] ring system is either the core structure of target molecular or one important precursor, which undergoes a series of rearrangement and ring opening reaction to construct the target skeleton.

A typical example is the construction of vinigrol, which was done by Professor Baran [10] from Scripps Research Institute, San Diego.

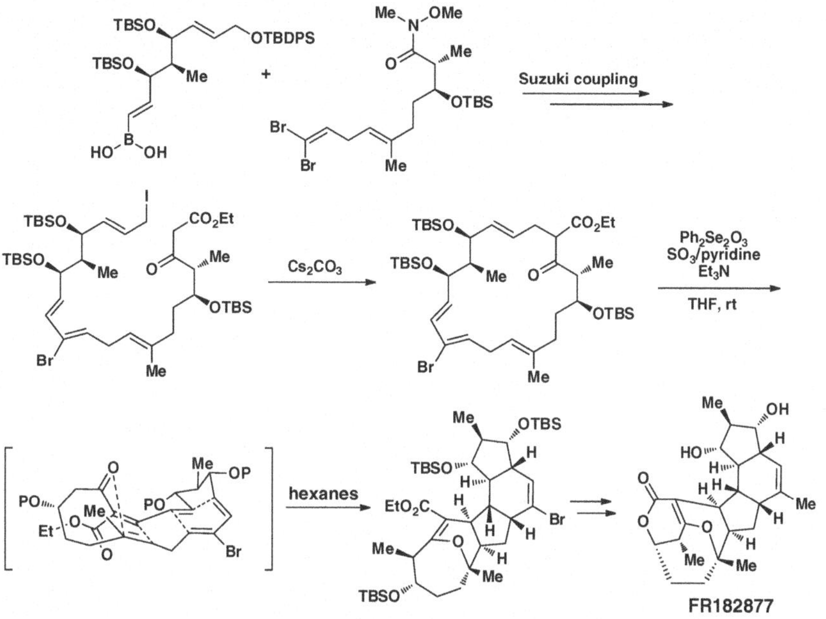

Fig. 2.8 The application of transannular Diels–Alder reaction in total synthesis (Reprinted with the permission from Ref. [6]. Copyright 2003 American Chemical Society)

As shown in Fig. 2.9, in their total synthesis of vinigrol, Baran used Diels–Alder reaction to construct [2.2.2] system at the first step and then successfully completed the synthesis of vinigrol via functionalization and rearrangement. The [2.2.2] bridge ring that was constructed by Diels–Alder reaction was used in the rearrangement process. It played an important role in the construction of octatomic ring, which had large ring tension in vinigrol skeleton.

In the synthesis of natural product connatusin A, Banwell and his colleagues [11] also used Diels–Alder reaction to construct [2.2.2] ring system at the initial steps in the preparation of starting material (Fig. 2.10). After getting the caged scaffold precursor, they successfully obtained the target product connatusin A via multiple transformations such as rearrangement. Therefore, after constructing [2.2.2] ring system by Diels–Alder reaction, we can use rearrangement to significantly improve the synthesis efficiency and quickly obtain the desired natural product.

2.2.3 *Construction of [2.2.2] System via Sequential Oxidative Dearomatization/IMDA Reaction*

Oxidative dearomatization reaction can start from ortho-substituted phenol and quickly construct dienes structure after oxidation. It is often used to design Diels–Alder reaction.

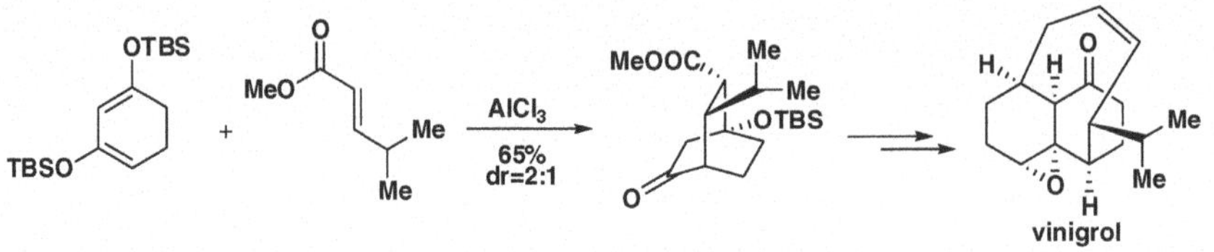

Fig. 2.9 The construction of [2.2.2] ring system by Baran's group via Diels–Alder reaction (Reprinted with the permission from Ref. [10]. Copyright 2008 Wiley–VCH Verlag GmbH & Co. KGaA, Weinheim)

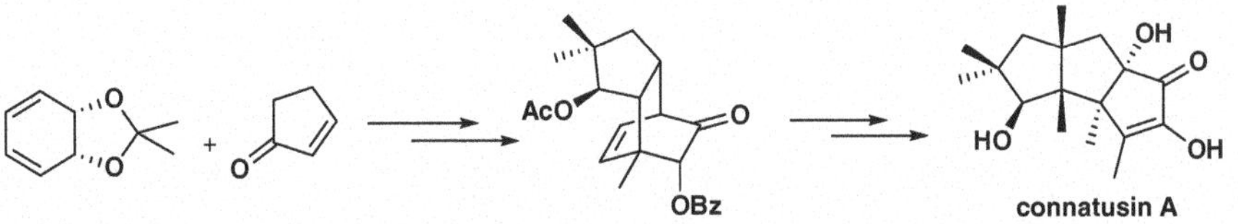

Fig. 2.10 The construction of [2.2.2] ring system by Banwell's group via Diels–Alder reaction

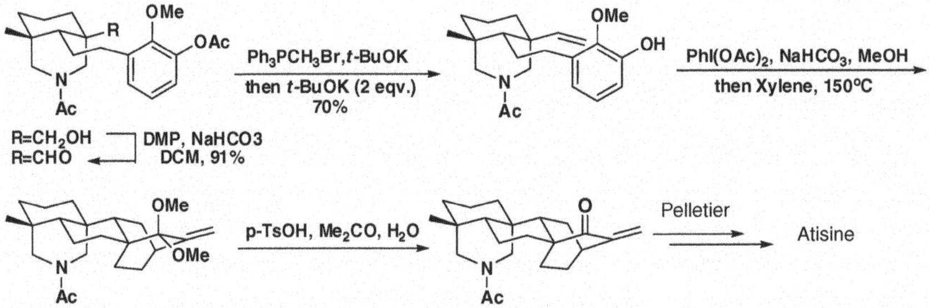

Fig. 2.11 Synthesis of atisine by Prof. Fengpeng Wang

Prof. Fengpeng Wang from Sichuan University utilized oxidative dearomatization reaction to construct the precursor of intramolecular Diels–Alder reaction in the synthesis of atisine [12]. As shown in Fig. 2.11, after Diels–Alder reaction, the core structure of atisine could be obtained. After several steps of functional group conversion, they obtained the common precursor of the synthesis used by Prof. Pelletier and completed the formal total synthesis.

Danishefsky's group [13] utilized sequential oxidative dearomatization/IMDA reaction to finish the total synthesis of natural product 11-O-debenzoyltashironin. As shown in Fig. 2.12, after undergoing oxidative dearomatization, the phenol substrate formed ten-membered ring skeleton. Under microwave heating, the core structure of natural product was obtained. This step could also be seen as transannular Diels–Alder reaction. After several conversions, Danishefsky's group obtained the natural product 11-O-debenzoyltashironin.

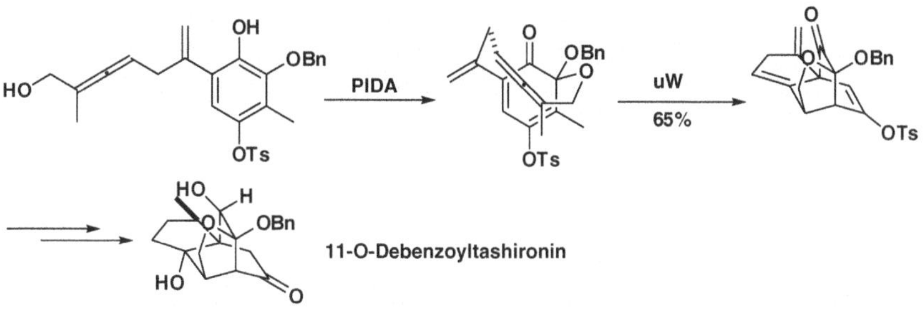

11-O-Debenzoyltashironin

Fig. 2.12 The synthetic research of 11-O-debenzoyltashironin from Danishefsky's group (Reprinted with the permission from Ref. [13]. Copyright 2006 American Chemical Society)

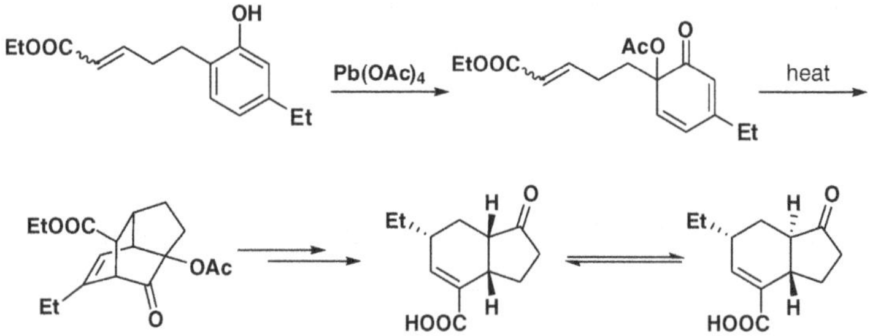

Fig. 2.13 The synthesis of coronafacic acid by Macas's group

Macas also utilized sequential oxidative dearomatization/IMDA reaction strategy in the synthesis of coronafacic acid [14]. As shown in Fig. 2.13, first of all, it triggered oxidative dearomatization of phenol substrate as well as connected the side chains, and then, it underwent intramolecular Diels–Alder reaction and obtained the intermediate containing [2.2.2] structure. After several conversions such as rearrangement, they obtained the target natural product coronafacic acid. Interestingly, the final products existed as tautomers.

Liao's group [15] used the masked benzoquinone to trigger intramolecular Diels–Alder reaction and completed a series of total synthesis (Fig. 2.14). In the total synthesis of bilosespenes A and bilosespenes B, they used oxidative dearomatization to construct masked benzoquinone. With the allyl alcohol, they triggered oxidative dearomatization of the phenol substrate using iodosobenzene diacetate. At the same time, they completed the allyl alcohol protection to benzoquinone. And the intramolecular Diels–Alder reaction happened between the double bond of side chain and the diene in bone structure, and [2.2.2] caged scaffold system was constructed.

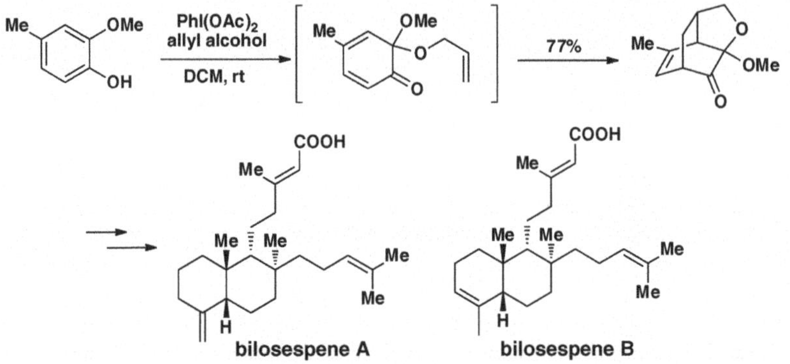

Fig. 2.14 The application of oxidative dearomatization and Diels–Alder reaction in total synthesis (Reprinted with the permission from Ref. [15]. Copyright 2003 American Chemical Society)

2.2.4 The Model Study of Maoecrystal V

The investigation and survey of the literature hinted us that the application of intramolecular Diels–Alder to construct the core structure of Maoecrystal V was a wise choice. By analyzing the structure of the target molecule, we found the [2.2.2] system was especially suitable to be constructed using IMDA. The usage of Diels–Alder reaction was powerful to introduce the quaternary carbon on [2.2.2] bridge. According to Liao's work [15], we found that the carbonyl structure existing on the caged scaffold of Maoecrystal V was suitable to be constructed by oxidative dearomatization. Thus, the molecule was disconnected to compound 2.3, and the intermediate could be obtained through 2.6. Intermediate 2.6 can be obtained through the Pinhey arylation (Fig. 2.15).

Model compound 2.1.1 was designed to test key reactions, which may be applied to the total synthesis, such as intramolecular Diels–Alder reaction, Wessely oxidative dearomatization reaction, and Pinhey arylation. The synthetic strategy of model research is shown in Fig. 2.16; compound 2.1.1 could be constructed from the precursor 2.1.2 after IMDA. Compound 2.1.2 could be prepared from compound 2.1.3 through esterification. Compound 2.1.3 could be obtained from 2.1.4 by reduction. Compound 2.1.4 was designed to be obtained by Pinhey arylation between 1,3-keto ester compounds 2.1.5 and organic lead compound 2.1.6. The advantage of this model system is that it contains three key reactions in total synthesis design, which can effectively supply the synthetic information for the total synthesis.

The feasibility of Pinhey arylation (Fig. 2.17) was tested in the initial stage. Starting from the o-methoxy bromobenzene 2.2.8, under the condition of butyl lithium, quenched with tributyltin chloride, organic tin compound 2.2.9 was obtained with 85 % yield. Compound 2.2.9 under lead(IV) acetate/mercuriacetate condition gave Pb(IV) compound 2.2.10 with 72 % yield. According to the

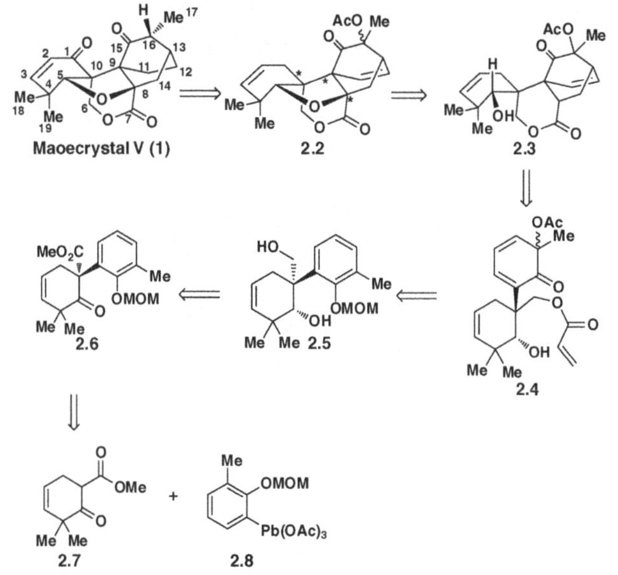

Fig. 2.15 The synthetic strategy of Maoecrystal V

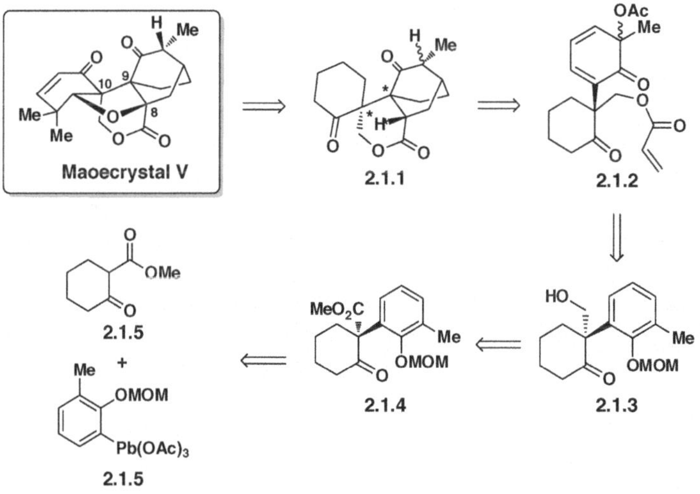

Fig. 2.16 The model synthetic strategy of Maoecrystal V

literature, Pinhey arylation triggered by organic lead reagent 2.2.10 and 1,3-dicarbonyl compound 2.2.10 can give coupling product 2.2.12 with 95 % yield. We made this progress at the early stage of research, which proved the feasibility of Pinhey arylation. More importantly, Pinhey arylation can be scaled

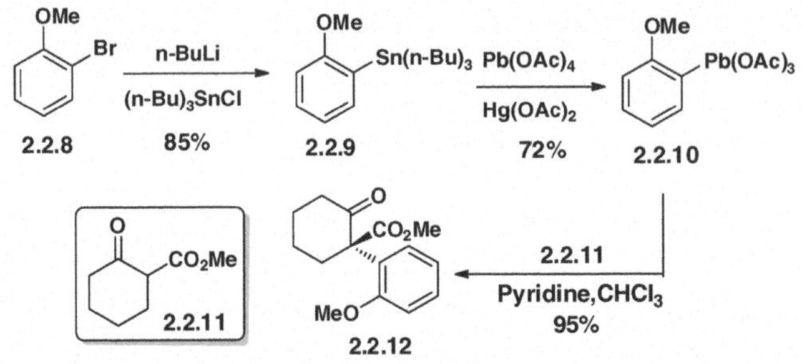

Fig. 2.17 The implementation of Pinhey arylation

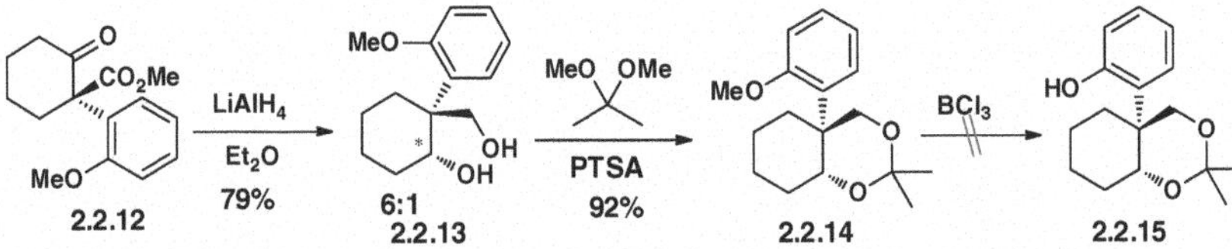

Fig. 2.18 Attempt to remove the methoxyl group on phenol

up to a few hundred grams, which is advantageous for the future preparation of starting material for total synthesis.

After obtaining 2.2.12 from coupling reaction, lithium aluminum hydride was used to reduce carbonyl and ester group simultaneously to give diol 2.2.13 as a mixture with the proportion 6:1 and 79 % yield. Then, 2,2-dimethoxypropane was used to protect 1,3-diol and gave 2.2.14 with 92 % yield (Fig. 2.18). The choice of protecting group was extremely critical. The removal of methoxyl group was firstly tested in the model. The deprotection product could not be obtained from compound 2.2.14 with excess boron trichloride, and only diol 2.2.13 was produced. Methoxyl group in diol 2.2.13 could not be removed to give phenolic hydroxyl group, so the methyl protection was not a good choice for this substrate.

MOM was considered as an excellent protecting group for phenol according to the literature. MOM group has the following advantages: (1) The conditions of removing or protecting are relatively mild; (2) MOM is resistant to alkali, and it is stable under strong basic conditions; (3) MOM can also act as the directing group to functionalize the ortho position of benzene.

As shown in Fig. 2.19, starting from *o*-cresol 2.2.16, with NBS ortho-bromination and then MOM protection of phenolic hydroxyl group, compound 2.2.17 was obtained in two steps with 55 % overall yield. Reacted in butyl lithium and then quenched with trimethyl borate, arylboronic acid ester was obtained. The boric acid ester was in situ hydrolyzed to boric acid compound 2.2.18 with diluted HCl to give 45 % yield. Compound 2.2.18 was reacted with lead (IV) acetate/mercury (II) acetate to convert the boric acid into lead reagent 2.2.19. Without

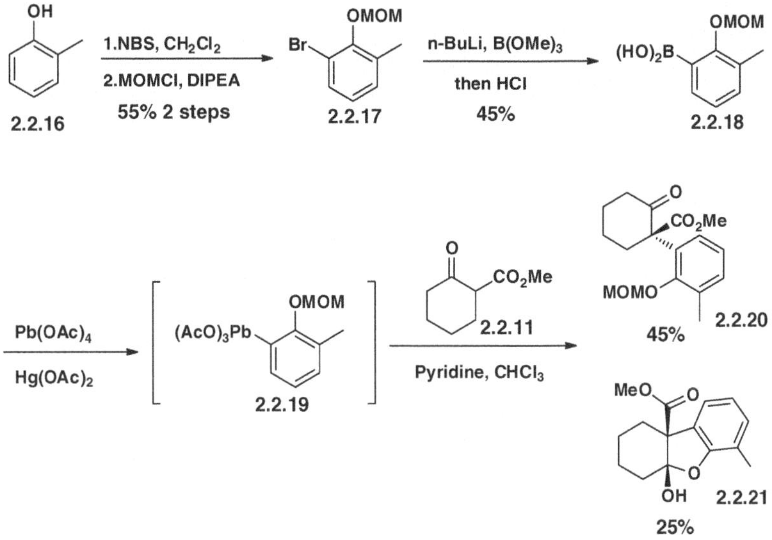

Fig. 2.19 The utilization of MOM group as Pinhey arylation substrate

further separation and directly added pyridine and dicarbonyl fragment 2.2.11, 2.2.20 was obtained as a coupling product with 45 % yield. The coupling process was not stable to repeat the yield. MOM deprivation was always observed after quenching to produce 2.2.21. And a hemiketal structure was formed between phenolic hydroxyl group and adjacent carbonyl group on the cyclohexanone fragment. A large amount of concentrated sulfuric acid was needed in the quenching step to precipitate divalent lead, but MOM was easily removed under this strong acid condition. The quenching process should be handled carefully. The usage of acid, the stirring time, and temperature should be strictly controlled to avoid the removal of MOM group under acid conditions.

Though MOM deprivation product 2.2.21 was accidentally obtained, it was still useful to test two key reactions for total synthesis: Wessely oxidative dearomatization reaction and intramolecular Diels–Alder reaction (Fig. 2.20). A pair of diethyl phthalate derivative 2.2.22 with the ratio of 2:1 and 95 % yield could be obtained from phenol 2.2.21 in acetic acid solvent with the presence of lead tetraacetate at room temperature after 5 min. Then, we tried intermolecular Diels–Alder reaction. Unfortunately, both substrate 2.2.22 and dimethyl acetylene dicarboxylate were not producing Diels–Alder product 2.2.23 under toluene refluxing or sealing tube heating conditions, only gave the results of raw material recovery.

Although intermolecular Diels–Alder reaction was failed, Wessely oxidative dearomatization was satisfactorily successful. Thus, functionalizing the coupling product 2.2.20 with side chain and trying intramolecular Diels–Alder reaction were necessary. As shown in Fig. 2.21, intermediate 2.2.20 was dissolved in THF.

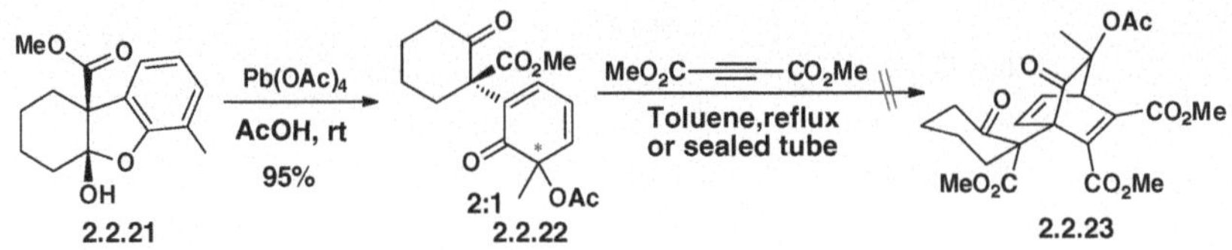

Fig. 2.20 The first attempt of Wessely oxidative dearomatization and Diels–Alder reaction

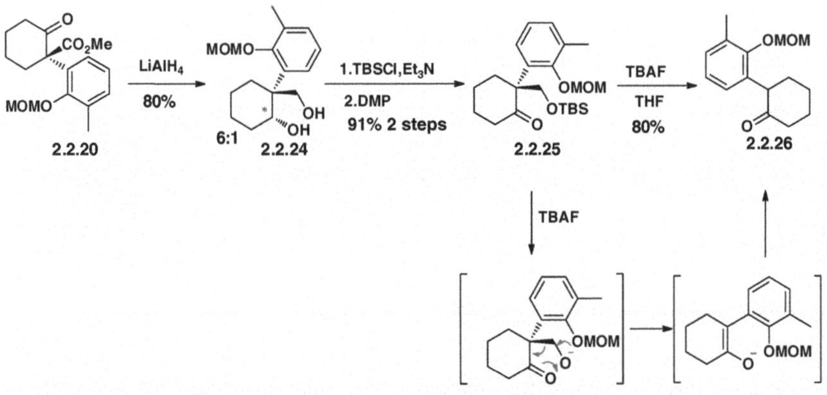

Fig. 2.21 The possible mechanism for retro-aldol condensation

Ketone and ester in the substrate were reduced with excess lithium aluminum hydride. Then, a pair of diol product 2.2.24 was generated at 6:1 ratio with 80 % yield. The diol compounds were solid, and the crystal was obtained. The X-ray structure confirmed that the side chain of primary hydroxyl group and secondary hydroxyl group were in different positions of cyclohexane six-membered ring. The main product had *trans*-diol structure. TBSCl/pyridine selectively protected primary hydroxyl group, Dess–Martin oxidized the secondary hydroxyl group, and then transformed it into ketone to get 2.2.25. The overall yield of the two steps was 91 %. The following step was to remove TBS protecting group.

In order to get the target compounds, we tried various methods (Fig. 2.22), including diluting reaction concentration, using anhydrous TBAF, etc., but all of them were not good enough. Finally, we fortunately found that the substrate 2.2.25 could be transformed to de-TBS product 2.2.27 under TBAF/AcOH condition with 55 % yield. Using HF/pyridine to react in CH_2Cl_2 solvent, the reaction gave product 2.2.27 with 35 % yield, together with the main MOM-removed product hemiketal 2.2.28 (48 % yield). If taking pyridine as the solvent and adding HF/pyridine as the reagent to remove TBS, TBS was specifically removed and retro-aldol reaction did not happen (88 % yield). The inference was that TBAF was strong alkaline and the specificity of the target product structure might easily trigger retro-aldol reaction. The condition of HF/pyridine was acid, which actively suppress retro-aldol process.

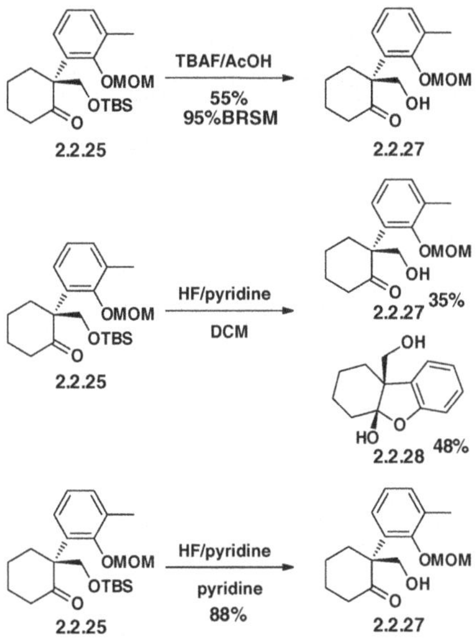

Fig. 2.22 Conditions screened to remove TBS protection group

After the removal of TBS group, the primary hydroxyl group in compound 2.2.27 was connected with acrylic side chain through the condensation with EDC/DMAP and gave compound 2.2.29 with 71 % yield. TMSBr was used for the removal of the MOM group and could get the target product at −78 °C with a good yield. However, the product was different from what we expected. After careful analysis, it was shown that once the MOM group was removed, the phenolic hydroxyl and ketone carbonyl group on cyclohexanone formed hemiketal structure (95 % yield), giving the [6-5-6] bicyclic product 2.2.30. Under similar conditions, compound 2.2.27 was reacted with bromo-acrylic ester derivatives 2.2.31, giving 29 % yield. MOM protection group was removed by TMSBr, which produced hemiketal 2.2.32 with 95 % yield. A bromine atom was introduced on the dienophile side chain in order to keep an active site for constructing tetrahydrofuran oxa-bridge after IMDA (Fig. 2.23).

There were no examples of aryl ketal compounds' oxidative dearomatization could be found in the literature of earlier research, so it was unknown whether it could be converted successfully to give the desired oxidative dearomatization. Iodobenzene diacetate analogs were first used as the antioxidant; unfortunately, this type of oxidizing agent could not gain the expected target product. However, when $Pb(OAc)_4$ was used as the oxidizing agent, the oxidative aromatization products 2.2.33 and 2.2.34 could be obtained with a high yield and good regioselectivity (Fig. 2.24). After comparison, we believed that the difference between $Pb(OAc)_4$ and iodosodiacetate and its analogs was as follows: (1) $Pb(OAc)_4$ reacted in an acidic system; hence, a certain proportion of the ketal could exist in the form of opening intermediate; (2) $Pb(OAc)_4$ had a better oxidation performance; therefore, it could effectively capture the raw materials in

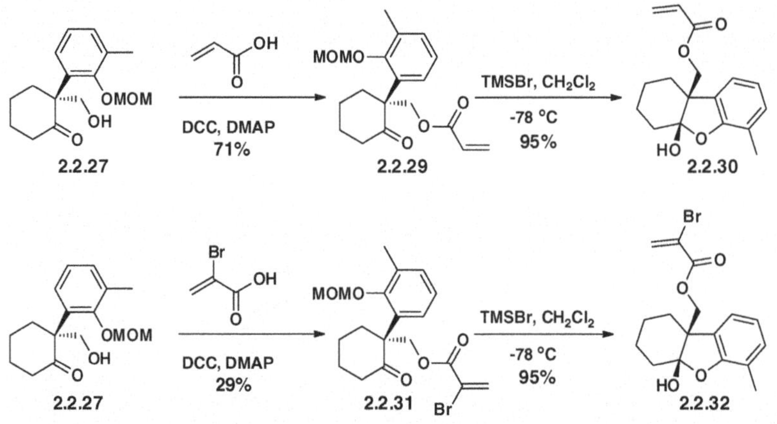

Fig. 2.23 The synthesis of hemiketal 2.2.30 and 2.2.32

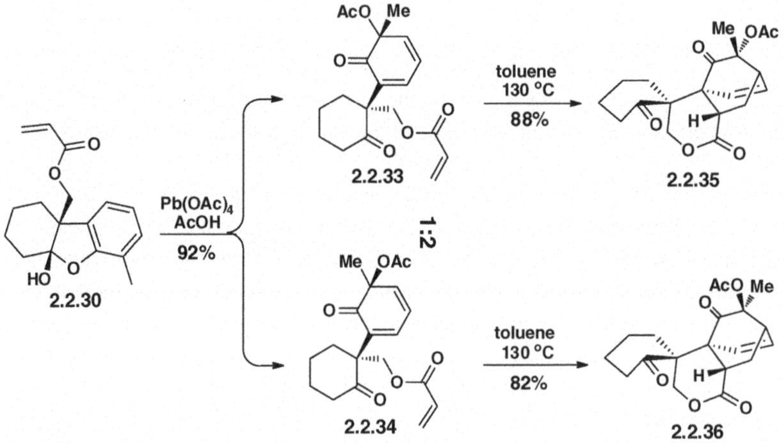

Fig. 2.24 Wessely oxidation and intramolecular Diels–Alder reaction of model study

ketal opening form, pulling the reaction equilibrium to the target product until it was fully converted.

Via separation and identification, it was found that the oxidative dearomatization did not supply sole product; instead, it obtained a pair of isomers at acetyl position. If the two isomers underwent the key IMDA reaction separately, two IMDA products 2.2.35 and 2.2.36 were obtained. The structure of the product with smaller R_f value was confirmed by single-crystal X-ray diffraction experiments (Fig. 2.25). The stereochemistry of resulting quaternary carbon center was identical to target natural product. This was the most relevant information in terms of the total synthesis. However, we were still concerned whether the IMDA result of the other isomer 2.2.35 was consistent with the structure of Maoecrystal V.

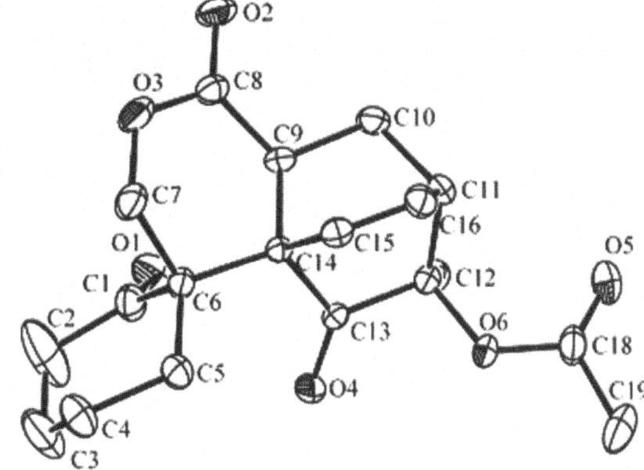

Fig. 2.25 Single-crystal diffraction diagram of IMDA product 2.2.35

As shown in Fig. 2.26, the other IMDA precursor 2.2.32 also underwent Wessely oxidative dearomatization to create a pair of separable 2:1 products 2.2.37 and 2.2.38 with 92 % total yield. Unfortunately, the precursors could not be transformed into IMDA products under the same conditions. It was speculated that the steric hindrance of the bromine atom blocked the activity of the reaction.

With successfully constructed [2.2.2] bicyclic product in hand, since two IMDA isomers were already obtained, it was inferred if IMDA product 2.2.36 could be identified to have the same structure with another X-ray confirmed product after several conversions, the relative configuration on molecular skeleton of the two isomers would be same. Therefore, the two IMDA products were subjected to the same functional group conversions (Fig. 2.27). The unsaturated double bond of IMDA product 2.2.35 (with X-ray identification) was reduced under Pd/C hydrogenation. The compound 2.2.41 was obtained in the yield of 90 %. Acetoxyl group was removed through SmI_2 reduction, and 2.2.43 and 2.2.44 were obtained with 2:1 proportion in methyl position giving 68 % total yield, which could be separated by column chromatography. On the other hand, the IMDA product 2.2.36 (without X-ray identification) could be transformed into a pair of separable 3:1 isomers with the same procedure of Pd/C hydrogenation and samarium di-iodide reduction. Compared with the NMR of the isolated compounds, it was found that the spectrums of the compounds from two different IMDA were the same (two isomers of the final products could be compared separately). Therefore, the quaternary carbon chiral centers at the key position in the basic skeleton of the two IMDA isomers were identical. The only difference of the isomers was at the acetyl position. Thus, the oxidative dearomatization/IMDA reaction was perfectly applied in the model construction and appeared highly efficient in constructing the skeleton of Maoecrystal V. The IMDA selectivity has concerned us in the early stage since it was difficult to predict the facial selectivity of IMDA. However, the model experiment gave us the skeleton structure identical to Maoecrystal V. There was no clear and definite explanation for the selectivity. Computational chemistry was also used to explain the selectivity of IMDA. Unfortunately, so far no reasonable explanation has been obtained for the result.

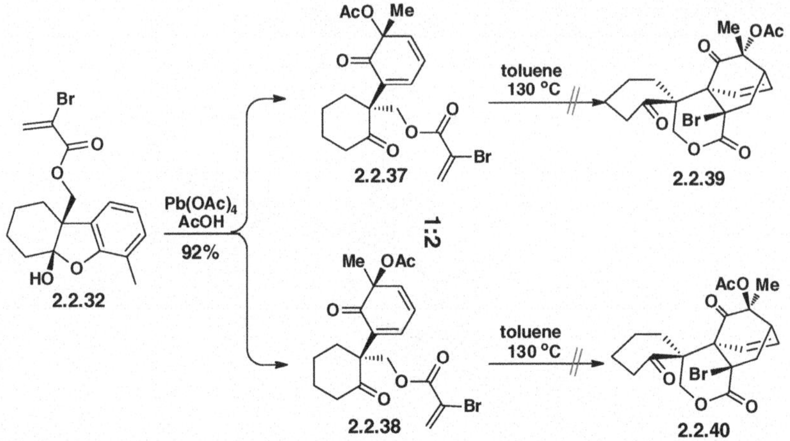

Fig. 2.26 Failure attempt on intramolecular Diels–Alder reaction

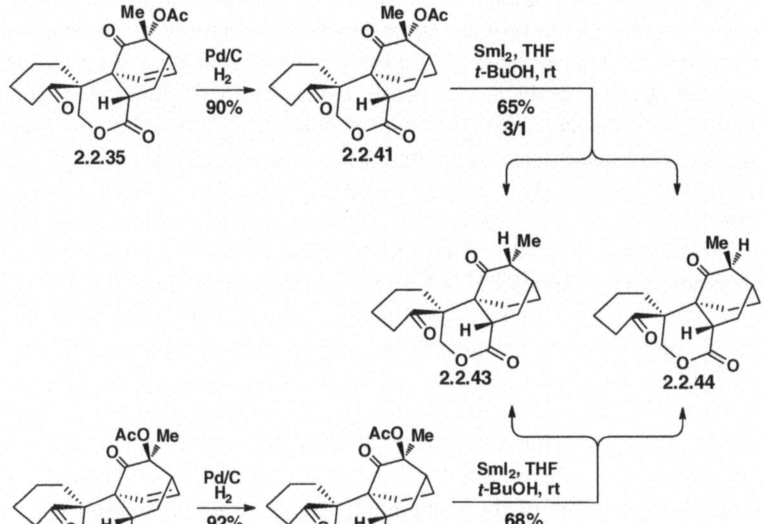

Fig. 2.27 The structure proof for intramolecular Diels–Alder product 2.2.36

A different route for removing acetyl oxygen group through SmI_2 reduction is shown in Fig. 2.28, and acetoxyl group of 2.2.41 was dislodged under the potassium carbonate/methanol condition. Compound 2.2.45 was obtained with 95 % yield; the structure was confirmed by single-crystal X-ray diffraction experiment. The hydroxyl group of compound 2.2.45 was removed to produce 2.2.43 and 2.2.44 with 3.8:1 ratio under SmI_2 reduction to give 84 % yield. The results of this

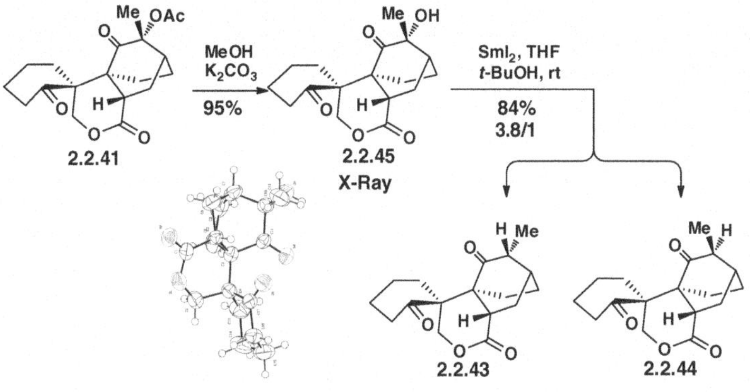

Fig. 2.28 The structure of intramolecular Diels–Alder product 2.2.36

experiment were just contrary to what Molander's group reported. Their result showed that acetoxyl substrate would give better yield and diastereoselectivity. However, the α-hydroxyl carbonyl substrate 2.2.45 showed a better result, indicating the reaction had a strong relationship with the substrates.

In the process of coupling reaction, as described previously, the usage of dilute acid leads to the by-product 2.2.21. After removal of the MOM group, the newly formed five-membered hemiketal ring was quite stable. The by-product could not be reprotected with MOM to give the desired one. The protection would first happen at the hemiketal hydroxyl position. At the beginning of our model synthesis, this result caused great trouble because it significantly reduced the efficiency of preparing the precursors. However, dearomatization can be successfully carried on even with the removal of the MOM group and formation of hemiketal structure. Hemiketal structure did not affect the key dearomatization, which was proved by our research. Therefore, the structure could be used to redesign the route (Fig. 2.29). The target was to utilize the stability of hemiketal intermediate to protect carbonyl group in cyclohexanone from reduction and only convert ester to primary alcohol to connect with the side chain. The synthetic route would be significantly simplified. The coupling was handled with relatively strong acid; thus, the coupling product was further converted to the hemiketal structure. The hemiketal hydroxyl group of compound 2.2.46 was protected using TMSCl, which could survive in the next DIBAL reduction of the ester. Hydrochloric acid was added for dislodging TMS after reduction reaction, which produced diol compound 2.2.47. EDCI/DMAP realized condensation of the hydroxyl group and acrylic acid, which completed the construction of 2.2.30.

Intermediate 2.2.30 was the same as the one in early synthetic research. Comparing the two routes, the new synthetic method clearly showed the higher efficiency. Seven steps were used in early attempts to get 2.2.30, including those strict requirements, for example the controlling of the acid strength in coupling step and the removal of the TBS with retro-aldol by-product. The total yield was 29 %. Based on the analysis of the transformation, a four-step conversion was obtained

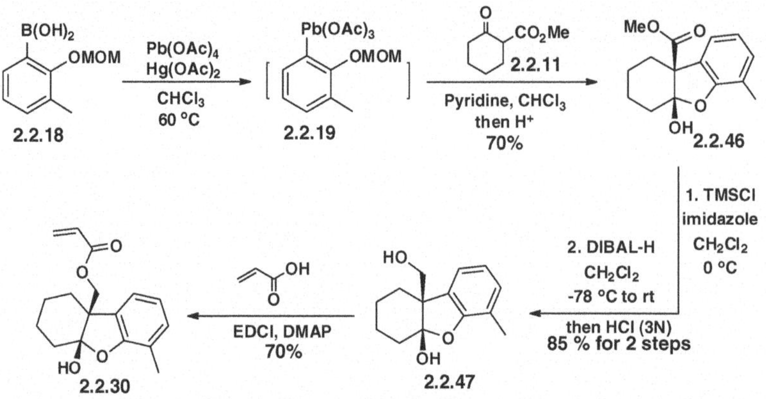

Fig. 2.29 The optimized synthesis route of compound 2.2.30

with reasonable simplification. The two synthetic routes ultimately started from the same material, the simplified route achieved high efficiency, easy operation, and up to 41 % total yield, therefore maximally optimized the original route.

2.3 Experimental Section

2.3.1 Experimental Materials and Equipment

Benzene and toluene were dried by sodium metal; ether and THF were dried from sodium and benzophenone ketone; dichloromethane and acetonitrile were dried through CaH_2; methanol and ethanol were redistilled from MgI_2; if not particularly mentioned, other solvents were analytically pure. Flash column chromatography silica gel (200–300 mesh) was purchased from Qingdao Ocean Chemical; the boiling point of petroleum ether is 60–90 °C; the thin layer chromatography plate GF254 and efficient plate were purchased from Qingdao Ocean Chemical Plant in China.

All NMR spectral data (1H-NMR and 13C-NMR) were measured by US Bruker Avance 500 Spectrometer or US Bruker Avance 300 Spectrometer instruments, generally using $CDCl_3$ or CD_3OD as the solvent. Tetramethylsilane (TMS) was added as the internal standard. Coupling constant used Hz as the unit. Some of the abbreviations used are as follows: s = singlet, d = doublet, t = triplet, q = quartet, m = multiplet, brs = single broad peak; high-resolution mass spectrometry (HRMS) data were measured by the US Bruker Apex IV FTICRMS instrument; low-resolution mass spectrometry (MS) data were measured by the British Micromass ZAB-HS MMS instrument; specific rotation data were measured by US Perkin Elmer 341 LC polarimeter instrument, which used Na light source, and the data are expressed as $[\alpha]_D^{T\ °C}$ (cg/100 mL, solvent). Melting point (mp) was measured by Microprocessor melting point apparatus (Tektronix instrument Co., Ltd). Chromatographic data (HPLC) were measured by the Hewlett-Packard Agilent 1100 Series HPLC instrument.

2.3.2 Experimental Process and NMR Data of Model Study

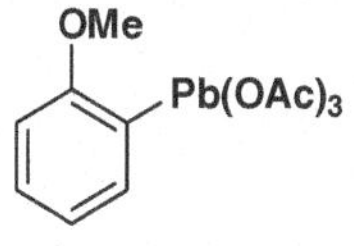

OMe
Pb(OAc)3

2.2.10

Synthesis and NMR data of compound 2.2.10:

Under the protection of nitrogen, 2-bromo-anisole 2.2.8 (3.8 g, 20 mmol) was dissolved in tetrahydrofuran (20 mL) and cooled to −78 °C. *n*-BuLi (10 mL, 22 mmol) was slowly added dropwise. The reaction was stirred at −78 °C for 0.5 h, and tributyltin chloride tin (7.2 mL, 24 mmol) was slowly added dropwise within 10 min under stirring. TLC showed that the reaction was completed. Saturated ammonium chloride solution (50 mL) was added to quench the reaction. After separation, the aqueous phase was extracted with ethyl acetate (3 × 50 mL). The organic phases were combined, washed with saturated brine (50 mL), dried over anhydrous sodium sulfate, and filtered. The filtrate was concentrated by rotary evaporator under reduced pressure, and the resulting crude product was isolated and purified by flash column chromatography (PE/EA = 15:1, $R_f = 0.8$) to give 6.7 g colorless liquid 2.2.9, yield 85 %.

Under a nitrogen atmosphere, the compound 2.2.9 (6.7 g, 17 mmol) was dissolved in chloroform (40 mL) and the Pb $(OAc)_4$ (9.1 g, 21 mmol) and Hg $(OAc)_2$ (320 mg, 1 mmol) were added at room temperature. The reaction was heated to 40 °C and stirred for 2 h. After TLC determination, the reaction was cooled down to room temperature. The solvent was removed by rotary evaporator under reduced pressure, and then, *n*-hexane (50 mL) was added to precipitate a solid. The solids were washed with *n*-hexane (3 × 10 mL) and recrystallized in chloroform and *n*-hexane (10 mL:100 mL) to give 5.5 g white solid, yield 72 %.

^{1}H NMR (500 MHz, $CDCl_3$): δ 7.81–7.79 (m, 1H), 7.49–7.46 (m, 1H), 7.23–7.19 (m, 1H), 7.07 (d, J = 8.1 Hz, 1H), 3.82 (s, 3H), 2.10 (s, 9H).

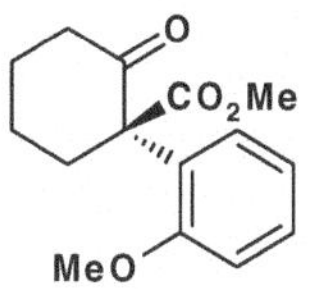

O
CO2Me
MeO

2.2.12

Synthesis and NMR data of compound 2.2.12:

Under the nitrogen protection, 2-oxo-cyclohexane carboxylate 2.2.11 (1.4 g, 9 mmol) was dissolved in chloroform (30 mL) at room temperature, pyridine (2.5 mL, 31 mmol) was slowly added, and the reaction was stirred. The substrate 2.2.10 (4.5 g, 9 mmol) was dissolved in chloroform (30 mL) and added to the reaction dropwise. The reaction was heated to 40 °C for 3 h. Then, TLC showed that the reaction was completed. The reaction was cooled to 0 °C using the ice water bath, and then, 2 N H_2SO_4 (20 mL) was slowly added. After vacuum filtration through Celite and liquid separation, the aqueous phase was extracted with chloroform (3 × 50 mL). The organic phases were combined, washed with saturated brine (50 mL), dried over anhydrous sodium sulfate, and filtered. The solvent was removed by rotary evaporator under reduced pressure, and the resulting crude product was separated and purified by flash column chromatography (PE/EA = 5:1), the desired product was obtained as 2.2 g white solid (R_f = 0.20 PE/EA = 15:1), yield 95 %.

^{1}H NMR (500 MHz, $CDCl_3$): δ 7.32–7.28 (m, 1H), 7.12–7.10 (dd, J = 7.8 Hz, J = 1.6 Hz, 1H), 6.99–6.93 (m, 1H), 3.75 (s, 3H), 3.72 (s, 3H), 2.68–2.51 (m, 4H), 1.94–1.83 (m, 2H), 1.75–1.69 (m, 2H). ^{13}C NMR (125 MHz, $CDCl_3$): δ 206.1, 171.9, 157.4, 128.9, 127.8, 120.9, 112.3, 64.6, 55.6, 52.4, 40.4, 35.2, 27.3, 21.8.

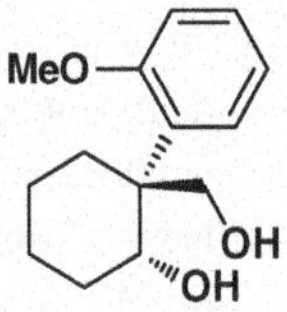

MeO

OH

OH

2.2.13

Synthesis and NMR data of compound 2.2.13:

Under a nitrogen atmosphere, $LiAlH_4$ (0.97 g, 25.5 mmol) was added to anhydrous diethyl ether (30 mL), which had already been cooled to 0 °C. The substrate 2.2.12 (2.2 g, 8.5 mmol) was dissolved in anhydrous diethyl ether (30 mL) and introduced into the reaction flask under stirring. The reaction was stirred for 3 h at room temperature. TLC determined that the reaction was completed. Cooled to 0 °C, 3 N NaOH (5 mL) was added dropwise. After vacuum filtration through Celite and liquid separation, the aqueous phase was extracted with ethyl acetate (3 × 50 mL). The organic phases were combined, washed with saturated brine (20 mL), dried over anhydrous sodium sulfate, and filtered. The filtrate was concentrated by rotary evaporator under reduced pressure. The resulting crude product was separated and purified by flash column chromatography (PE/EA = 5:1) to give 1.6 g colorless liquid (R_f = 0.60, and PE/EA = 1:1), yield 79 %.

^{1}H NMR (500 MHz, $CDCl_3$): δ 8.16 (dd, J = 27.7 Hz, J = 7.8 Hz, 0.85H), 7.59 (d, J = 1.5 Hz, 0.14H), 7.24–7.20 (m, 1H), 6.98–6.93 (m, 1H), 6.90–6.88 (m, 1H), 4.68 (s, 0.14H), 4.35 (d, J = 5.8 Hz, 0.88H), 4.03–4.01 (m, 1H), 3.86–3.75 (m, 1H), 3.81 (s, 3H), 2.15–2.12 (m, 1H), 1.95–1.75 (m, 2H), 1.70–1.60 (m, 2H), 1.60–1.45 (m, 2H), 1.40–1.30 (m, 2H). ^{13}C NMR (125 MHz, $CDCl_3$): δ 158.3,

158.1, 131.8, 131.2, 129.9, 129.1, 128.1, 127.7, 120.9, 120.8, 112.1, 111.7, 66.5, 55.1, 55.1, 49.5, 30.7, 29.4, 28.1, 21.7, 21.6, 21.5, 14.1.

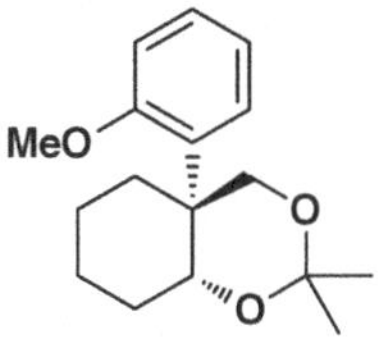

2.2.14

Synthesis and NMR data of compound 2.2.14:

Under the protection of nitrogen, the substrate **2.2.13** (320 mg, 1.36 mmol) and 2,2-dimethoxypropane (0.34 mL, 2.72 mmol) were added to acetone (10 mL), which was cooled to 0 °C. Monohydrate *p*-toluenesulfonic acid (26 mg, 0.136 mmol) was added, and the reaction was stirred at room temperature for 0.5 h. TLC showed that the reaction was completed. The reaction was cooled to 0 °C. Then, saturated $NaHCO_3$ (5 mL) was added dropwise. The acetone solvent was removed by vacuum rotary evaporator, and ethyl acetate (50 mL) was added. The aqueous phase was extracted with ethyl acetate (3 × 50 mL). The organic phases were combined, washed with saturated brine (20 mL), dried over anhydrous sodium sulfate, and filtered. The filtrate was concentrated by rotary evaporator under reduced pressure, and the resulting crude product was separated and purified by flash column chromatography (PE/EA = 10:1). 300 mg desired product was obtained as a white solid (R_f = 0.80, PE/EA = 5:1), yield 92 (%).

^{1}H NMR (500 MHz, $CDCl_3$): δ 8.16 (dd, J = 7.9 Hz, J = 1.2 Hz, 1H), 7.23–7.20 (m, 1H), 6.94–6.89 (m, 2H), 4.29 (d, J = 11.1 Hz, 1H), 3.98 (dd, J = 12.5 Hz, J = 4.0 Hz, 1H), 3.87 (s, 3H), 3.73 (d, J = 11.1 Hz, 1H), 2.91 (d, J = 10.6 Hz, 1H), 2.29–2.26 (m, 1H), 1.78–1.71 (m, 2H), 1.78 (d, J = 13.1 Hz, 1H), 1.63 (s, 3H), 1.36 (s, 3H). ^{13}C NMR (125 MHz, $CDCl_3$): δ 157.9, 1133.8, 127.0, 119.5, 111.7, 99.2, 78.6, 70.5, 54.7, 43.2, 30.8, 29.6, 27.9, 26.2, 21.9, 18.9.

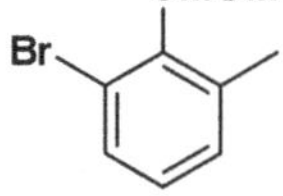

2.2.17

Synthesis and NMR data of compound 2.2.17:

Under the protection of nitrogen, the substrate *o*-cresol (10.8 g, 100 mmol) and diisopropylamine (1.4 mL, 10 mmol) were added to −78 °C dichloromethane (100 mL). NBS (35.6 g, 200 mmol) dissolved in dichloromethane (500 mL) was added under stirring condition. The reaction was heated to room temperature and stirred for 1 h. TLC determination showed that the reaction was completed. After cooled to 0° C, 1 N diluted hydrochloric acid was slowly added dropwise to adjust *p*H = 1. Dichloromethane (500 mL) was added for liquid separation, and the aqueous phase was extracted with dichloromethane (3 × 100 mL). The organic phases were combined, washed with saturated brine (200 mL), dried over anhydrous sodium sulfate, and filtered. The filtrate was concentrated by rotary evaporator under reduced pressure. The resulting crude product was purified by vacuum distillation, collected the 120 °C distillate, and obtained 11.6 g 2-bromo-6-methyl phenol as colorless liquid (R_f = 0.80, PE/EA = 5:1), yield 62 %.

^{1}H NMR (500 MHz, $CDCl_3$): δ 7.31 (d, J = 8.0 Hz, 1H), 7.08 (d, J = 7.4 Hz, 1H), 6.74 (t, J = 7.8 Hz, 1H), 5.56 (s, 1H), 2.31 (s, 3H). ^{13}C NMR (75 MHz, $CDCl_3$): δ 150.3, 130.3, 129.3, 125.9, 121.2, 110.1, 16.6.

Under the protection of nitrogen, the substrate 2-bromo-6-methyl phenol (30.0 g, 160 mmol) and diisopropyl ethyl amine (82.9 mL, 480 mmol) were added to 0 °C dichloromethane (600 mL). Under the stirring condition, MOMCl (18.1 g, 240 mmol) was added, heated to room temperature, and reacted for 3 h. TLC showed that the reaction was completed. 1 N diluted hydrochloric acid (200 mL) was slowly added dropwise at 0 °C to adjust *p*H = 7. Dichloromethane (200 mL) was added to the system. The aqueous phase was extracted with dichloromethane (3 × 200 mL). The organic phases were combined, washed with saturated brine (200 mL), dried over anhydrous sodium sulfate, and filtered. The filtrate was concentrated under reduced pressure. The resulting crude product was separated and purified by flash column chromatography (PE/EA = 100:1) to give 32 g colorless liquid (R_f = 0.80, PE/EA = 10:1), 89 % yield.

^{1}H NMR (500 MHz, $CDCl_3$): δ 7.41 (d, J = 7.1 Hz, 1H), 7.14 (d, J = 7.5 Hz, 1H), 6.92 (t, J = 7.8 Hz, 1H), 5.10 (s, 2H), 3.66 (s, 3H), 2.38 (s, 3H). ^{13}C NMR (125 MHz, $CDCl_3$): δ 153.2, 133.8, 131.1, 130.3, 125.4, 117.4, 99.5, 57.7, 17.3.

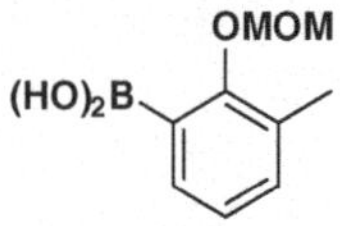

OMOM
$(HO)_2B$
2.2.18

Synthesis and NMR data of compound 2.2.18:

Under the protection of nitrogen, substrate 2.2.17 (33.0 g, 140 mmol) was cooled to −78 °C in tetrahydrofuran (150 mL), and then, *n*-butyl lithium (76.0 mL, 168 mmol) was added. The reaction was stirred for 1 h, and then, trimethyl borate (21.1 mL, 182 mmol) was slowly added dropwise at −78 °C within 1.5 h and stirred for another 1 h. The reaction was heated to room temperature for 10 h. TLC showed that the reaction was completed. Then, the solution was cooled to 0 °C by ice water bath, slowly 1 N diluted hydrochloric acid (150 mL) was added dropwise to adjust *p*H = 1. Then, ether (1 L) was added for liquid separation. The aqueous phase was extracted with ether (3 × 200 mL). The organic phases were combined, washed with saturated brine (200 mL), dried over anhydrous sodium sulfate, and filtered. The filtrate was concentrated by rotary evaporator under reduced pressure. The resulting crude product was dissolved in petroleum ether (150 mL) at 0 °C and stirred for 0.5 h. The solid was collected by filtration to give 12.3 g white solid, 45 % yield.

^{1}H NMR (500 MHz, $CDCl_3$) δ 7.73–7.60 (m, 1H), 7.31 (dd, J = 7.4, 0.8 Hz, 1H), 7.12 (t, J = 7.4 Hz, 1H), 5.06 (s, 2H), 3.56 (s, 3H), 2.31 (s, 3H). ^{13}C NMR (125 MHz, $CDCl_3$) δ 160.9, 134.6, 133.9, 129.7, 124.6, 100.0, 77.1, 76.9, 76.6, 57.9, 16.7.

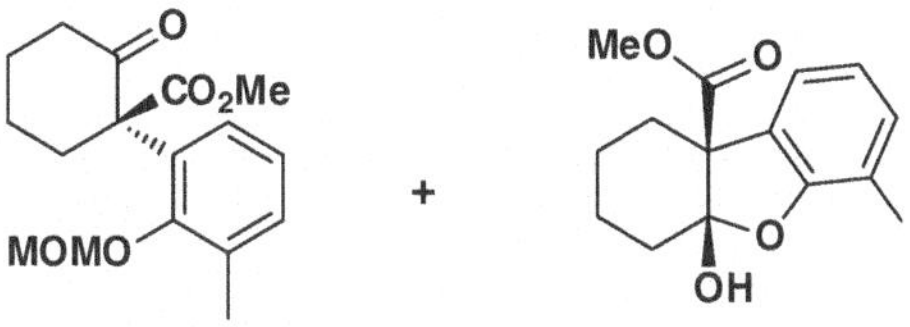

O CO2Me MOMO **2.2.20** + MeO O O OH **2.2.21**

Synthesis and NMR data of compounds 2.2.20 and 2.2.21:

Under the protection of nitrogen, the boric acid (10.6 g, 53.8 mmol) was dissolved in chloroform (100 mL), and then, lead tetraacetate (26.3 g, 59.1 mmol) and mercuric acetate (3.4 g, 10.8 mmol) were added at the temperature of 40 °C. The reaction was heated to 60 °C and stirred for 2 h. Compound 2.2.11 (8.4 g, 53.8 mmol) was dissolved in pyridine (15.2 mL) and added at 60 °C. After stirred for 1 h, the reaction was kept at room temperature overnight. TLC showed that the reaction was completed. The solid was removed by filtration and washed with chloroform (100 ml). Dilute sulfuric acid (3 N, 100 mL) was used to quench the reaction. After liquid separation, the aqueous phase was extracted with chloroform (3 × 100 mL). The organic phases were combined, washed with saturated brine (100 mL), dried over anhydrous sodium sulfate, and filtered. The filtrate was concentrated by rotary evaporator under reduced pressure. The resulting crude product was isolated and purified by flash column chromatography (PE/EA = 10:1) to obtain 7.4 g white solid 2.2.20, yield 45 %, and 3.6 g white solid 2.2.21, yield 25 %.

Compound 2.2.20, white solid, R_f = 0.6 (PE/EA = 5:1), ^{1}H NMR (500 MHz, $CDCl_3$) δ 7.18 (dd, J = 6.7, 1.5 Hz, 1H), 7.08–7.03 (m, 2H), 4.80 (dd, J = 12.3, 5.6 Hz, 2H), 3.70 (s, 3H), 3.50 (s, 3H), 2.71–2.65 (m, 2H), 2.50–2.39 (m, 2H), 2.35 (s, 3H), 1.88–1.80 (m, 2H), 1.68–1.56 (m, 1H), 1.55–1.53 (m, 1H). ^{13}C NMR (125 MHz, $CDCl_3$) δ 206. 5, 172.0, 154.9, 132.3, 132.0, 131.5, 124.6, 124.2, 99.9, 64.5, 56.9, 52.2, 40.2, 35.6, 28.3, 21.3, 17.3. HRMS-ESI Calcd for $C_{17}H_{22}O_4Na$ $[M + Na]^+$: 329.1365; found: 329.1448.

Compound 2.2.21, white solid, R_f = 0.4 (PE/EA = 5:1), ^{1}H NMR (300 MHz, $CDCl_3$) δ 7.01 (d, J = 7.3 Hz, 1H), 6.95–6.74 (m, 2H), 5.17 (s, 1H), 3.85 (qd, J = 11.5, 6.1 Hz, 2H), 2.70 (dd, J = 6.9, 5.4 Hz, 1H), 2.23 (s, 3H), 2.10–1.76 (m, 3H), 1.71–1.42 (m, 4H), 1.42–1.16 (m, 1H). ^{13}C NMR (75 MHz, $CDCl_3$) δ 155.8, 130.4, 130.0, 120.7, 120.3, 120.1, 112.4, 77.4, 77.0, 76.5, 66.6, 51.5, 33.6, 30.3, 20.2, 19.4, 15.1. HRMS-ESI Calcd for $C_{15}H_{18}O_4Na$ $[M + Na]^+$: 285.1103; found: 285.1100.

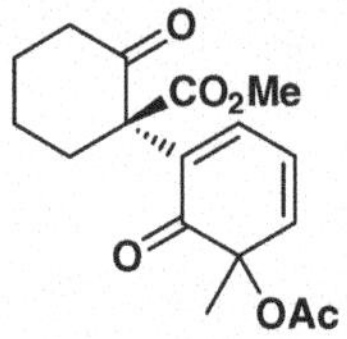

2.2.22

Synthesis and NMR data of compound 2.2.22:

Under the protection of nitrogen, the compound 2.2.21 (270 mg, 1.0 mmol) was dissolved in acetic acid (5 mL), and then, tetraacetate lead (1.3 g, 3.0 mmol) was added at 0 °C. The reaction was heated to 60 °C and stirred for 1 h. TLC showed that the reaction was completed. The solid was removed by filtration and washed with ethyl acetate (20 ml). The filtrate was concentrated by rotary evaporator under reduced pressure. The resulting crude product was purified by flash column chromatography (PE/EA = 8:1) to obtain 300 mg white solid ($R_f = 0.40$, PE/EA = 3:1) with a ratio of 2:1, yield 95 %.

^{1}H NMR (500 MHz, $CDCl_3$) δ 6.74–6.73 (m, 1H), 6.23–6.22 (m, 2H), 3.73 (s, 1H), 3.65 (s, 2H), 2.44–2.38 (m, 3H), 2.06–2.02 (m, 4H), 1.90–1.60 (m, 4H), 1.47 (s, 2H), 1.42 (s, 1H). ^{13}C NMR (125 MHz, $CDCl_3$) δ 205. 9, 204.8, 197.1, 196.7, 171.0, 170.7, 169.4, 169.0, 137.0, 136.7, 136.4, 135.7, 120.9, 120.8, 79.9, 64.1, 62.3, 53.3, 52.6, 52.2, 40.7, 40.5, 34.8, 34.7, 27.0, 26.2, 23.7, 23.4, 22.5, 22.0, 21.2, 20.3.

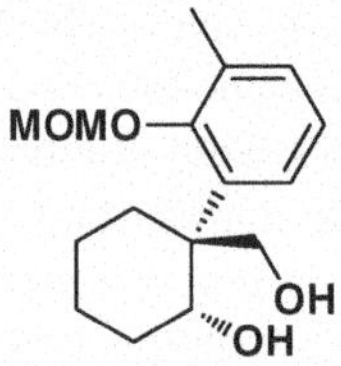

2.2.24

Synthesis and NMR data of compound 2.2.24:

Under the protection of nitrogen, the compound 2.2.20 (4.7 g, 16 mmol) was dissolved in diethyl ether (100 mL), and lithium aluminum hydride (1.8 g, 48 mmol) was then added at 0 °C. The reaction was heated to room temperature and stirred for 1 h. TLC showed that the reaction was completed. Water (5 mL) and saturated sodium hydroxide solution (10 mL) were slowly added to quench the reaction. Diethyl ether (100 mL) was added for liquid separation, and the aqueous phase was extracted with ether (3 × 100 mL). The organic phases were combined, washed with saturated brine (100 mL), dried over anhydrous sodium sulfate, and filtered. The solvent was removed by rotary evaporator under reduced pressure. The resulting crude product was isolated and purified by flash column chromatography (PE/EA = 3:1, $R_f = 0.2$) to give 3.4 g colorless liquid ($R_f = 0.2$, PE/EA = 4:1), 80 % yield.

^{1}H NMR (500 MHz, $CDCl_3$) δ 7.48 (d, J = 7.8 Hz, 1H), 7.12 (d, J = 6.6 Hz, 1H), 7.08 (t, J = 7.7 Hz, 1H), 5.06 (dd, J = 12.7, 5.2 Hz, 2H), 4.66 (d, J = 8.0 Hz, 1H), 4.35 (d, J = 11.2 Hz, 1H), 4.24 (d, J = 11.3 Hz, 1H), 3.60 (s, 3H), 3.28 (s, 1H), 3.08 (s, 1H), 2.34 (s, 3H), 2.13–2.08 (m, 1H), 1.88–1.79 (m, 4H), 1.65–1.55 (m, 1H), 1.45–1.39 (m, 3H), 0.89–0.84 (m, 2H). ^{13}C NMR (125 MHz, $CDCl_3$) δ 154.7, 136.4, 131.5, 130.4, 127.6, 124.4, 99.5, 74.1, 65.5, 57.5, 48.6, 33.3, 30.7, 23.6, 21.64, 18.1. HRMS-ESI Calcd for $C_{16}H_{25}O_4$ $[M + H]^+$: 281.1675; found: 281.1774.

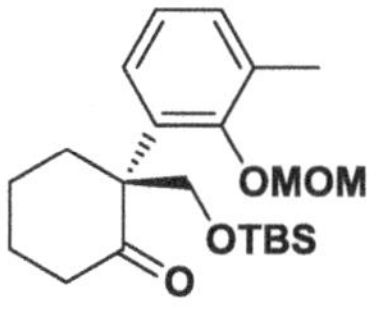

OMOM
OTBS
O
2.2.25

Synthesis and NMR data of compound 2.2.25:

Under the protection of nitrogen, the compound 2.2.24 (1.5 g, 5.3 mmol) and triethylamine (1.1 mL, 7.9 mmol) were dissolved in dichloromethane (50 mL). TBSCl (1.1 g, 6.9 mmol) was slowly added at 0 °C. The reaction was heated to room temperature and stirred for 8 h. TLC showed that the reaction was completed. Saturated ammonium chloride solution (50 mL) was added to quench the reaction. Dichloromethane (100 mL) was added for liquid separation. The aqueous phase was extracted with ether (3 × 100 mL). The organic phases were combined, washed with saturated brine (50 mL), dried over anhydrous sodium sulfate, and filtered. The filtrate was concentrated by rotary evaporator under reduced pressure. The resulting crude product was isolated and purified by flash column chromatography (PE/EA = 10:1), to give 2.0 g colorless liquid, which is a hydroxy monoprotected product (PE/EA = 6:1, R_f = 0.6), yield 95 %.

^{1}H NMR (500 MHz, $CDCl_3$) δ 7.42 (d, J = 7.8 Hz, 1H), 7.08 (t, J = 7.7 Hz, 1H), 5.01 (d, J = 6.2, 1H), 4.96 (d, J = 5.2 Hz, 1H), 4.83 (br, 1H), 4.37 (t, J = 11.4 Hz, 2H), 4.01 (d, J = 9.7, 1H), 3.63 (s, 3H), 2.33 (s, 3H), 2.30 (s, 1H), 1.82–1.80 (m, 2H), 1.71–1.70 (m, 2H), 1.48–1.47 (m, 2H), 1.35–1.35 (m, 2H), 0.91 (s, 9H), 0.06 (s, 3H), 0.01 (s, 3H). ^{13}C NMR (125 MHz, $CDCl_3$) δ 155.5, 135.6, 131.4, 130.3, 128.0, 123.6, 99.1, 72.9, 68.3, 57.2, 47.9, 30.5, 25.7, 25.6, 21.8, 18.2, 17.9, 3.6, −5.7, −5.8. HRMS-ESI Calcd for $C_{22}H_{39}O_4SiNa$ $[M + Na]^+$: 417.2437; found: 417.2440.

Under the protection of nitrogen, the hydroxy monoprotected product (1.60 g, 4.06 mmol) was dissolved in dichloromethane (50 mL) and cooled to 0 °C. DMP (2.60 g, 6.10 mmol) was added, and the reaction was stirred for 1 h at 0 °C. TLC showed that the reaction was completed. The reaction was quenched by adding a saturated sodium thiosulfate (10 mL). DCM (100 mL) was added for liquid separation. The aqueous phase was extracted with ether (3 × 20 mL). The organic phases were combined, washed with saturated brine (50 mL), dried over anhydrous sodium sulfate, and filtered. The filtrate was concentrated by rotary evaporator under reduced pressure. The resulting crude product was separated and purified by flash column chromatography (PE/EA = 20:1) to give 1.56 g colorless liquid (R_f = 0.7, PE/EA = 6:1), yield 96 %.

^{1}H NMR (500 MHz, $CDCl_3$) δ 7.22 (d, J = 7.8 Hz, 1H), 7.12 (d, J = 7.2 Hz, 1H), 7.04 (t, J = 12.7 Hz, 1H), 4.76 (d, J = 5.5, 1H), 4.71 (d, J = 5.5 Hz, 1H), 3.86 (d, J = 10.2, 1H), 3.69 (d, J = 10.2, 1H), 3.50 (s, 3H), 2.88 (d, J = 10.9, 1H), 2.60–2.54 (m, 1H), 2.33 (s, 3H), 2.27 (d, J = 12.3, 1H), 1.92–1.90 (m, 1H), 1.64–1.51 (m, 4H), 0.78 (s, 9H), −0.14 (s, 3H), −0.24 (s, 3H). ^{13}C NMR (125 MHz, $CDCl_3$) δ 212.4, 153.9, 134.2, 131.1, 130.4, 127.3, 123.5, 99.5, 68.5, 57.1, 56.8, 40.5, 36.6, 29.5, 25.8, 21.4, 18.2, 17.3, −5.8, −5.8. HRMS-ESI Calcd for $C_{22}H_{36}O_4SiNa$ $[M + Na]^+$: 415.2281; found: 415.2305

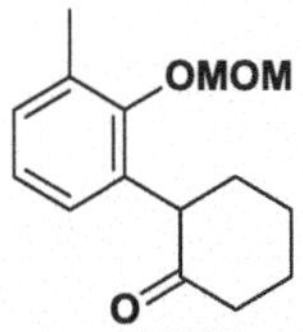

OMOM
O
2.2.26

Synthesis and NMR data of compound 2.2.26:

Under the protection of nitrogen, the compound 2.2.25 (1.44 g, 3.67 mmol) was dissolved in dichloromethane (50 mL). TBAF (11 mL, 11 mmol) was then slowly added at 0 °C. The reaction was allowed to warm to room temperature and stirred for 8 h. TLC showed that the reaction was completed. Saturated ammonium chloride solution (20 mL) was added to quench the reaction. After adding diethyl ether (100 mL) for liquid separation, the aqueous phase was extracted by ether (3 × 50 mL). The organic phases were combined, washed with saturated brine (50 mL), dried over anhydrous sodium sulfate, and filtered. The filtrate was concentrated by rotary evaporator under reduced pressure. The resulting crude product was purified by flash column chromatography (PE/EA = 5:1) to give 730 mg colorless liquid (R_f = 0.2, PE/EA = 6:1), yield 80 %.

^{1}H NMR (500 MHz, $CDCl_3$) δ 7.11–7.10 (m, 1H), 7.08 (t, J = 7.6 Hz, 1H), 7.03 (dd, J = 7.5 Hz, J = 1.4 Hz, 1H), 4.90 (d, J = 5.6, 1H), 4.84 (d, J = 5.5 Hz, 1H), 4.20 (dd, J = 12.6 Hz, J = 5.0 Hz, 1H), 3.56 (s, 3H), 2.57–2.47 (m, 2H), 2.30 (s, 3H), 2.24–2.17 (m, 2H), 2.03–1.90 (m, 2H), 1.80–1.65 (m, 2H). ^{13}C NMR (125 MHz, $CDCl_3$) δ 210.2, 154.3, 132.4, 130.6, 129.8, 126.8, 124.2, 99.4, 57.1, 50.9, 42.3, 34.8, 27.7, 25.8, 16.9.

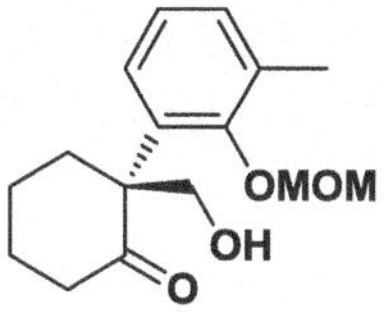

2.2.27

Synthesis and NMR data of compound 2.2.27:

Under the protection of nitrogen, the compound 2.2.25 (78 mg, 0.2 mmol) was dissolved in pyridine (2 mL) and cooled to 0 °C. HF/pyridine (0.152 mL, 1 mmol) was added, heated to room temperature, and stirred for 7 h. TLC showed that the reaction was completed. The reaction was quenched by adding saturated sodium bicarbonate (1 mL), and the solution was separated by adding diethyl ether (10 mL). The aqueous phase was extracted with ether (3 × 10 mL). The organic phases were combined, washed with saturated brine (20 mL), dried over anhydrous sodium sulfate, and filtered. The filtrate was concentrated by rotary evaporator under reduced pressure. The resulting crude product was separated and purified by flash column chromatography (PE/EA = 5:1), to give 49 mg colorless liquid (R_f = 0.3, PE/EA = 4:1), yield 88 %.

^{1}H NMR (500 MHz, $CDCl_3$) δ 7.20 (d, J = 7.8 Hz, 1H), 7.16 (d, J = 7.2 Hz, 1H), 7.11 (t, J = 7.6 Hz, 1H), 4.81 (dd, J = 12.9, J = 5.0, 2H), 3.55 (s, 3H), 3.45–3.44 (m, 1H), 3.15 (br, 1H), 2.65–2.55 (m, 1H), 2.55–2.45 (m, 1H), 2.40–2.25 (m, 1H), 2.31 (s, 3H), 2.10–2.01 (m, 1H), 1.85–1.97 (m, 1H), 1.70–1.20 (m, 6H), 0.90–0.90 (m, 3H). ^{13}C NMR (125 MHz, $CDCl_3$) δ 214.9, 154.6, 133.7, 131.7, 131.0, 124.9, 124.6, 99.8, 69.7, 57.5, 57.3, 40.8, 35.1, 29.5, 21.1, 17.5. HRMS-ESI Calcd for $C_{16}H_{22}O_4Na$ $[M + Na]^+$:301.1416; found: 301.1414.

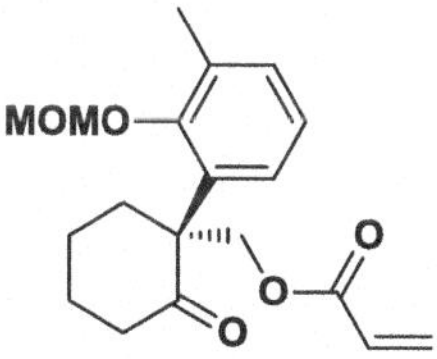

2.2.29

Synthesis and NMR data of compound 2.2.29:

Under the protection of nitrogen, the compound 2.2.27 (180 mg, 0.65 mmol) was dissolved in dichloromethane (10 mL) and cooled to 0 °C. DCC (402 mg, 1.95 mmol), DMAP (277 mg, 2.27 mmol), and acrylic acid (0.134 mL, 1.95 mmol) were then added, heated to room temperature, and stirred for 24 h. TLC showed that the reaction was completed. Saturated ammonium chloride solution (10 mL) was added to quench the reaction. DCM (10 mL) was added for liquid separation. The aqueous phase was extracted with ether (3 × 10 mL). The organic phases were combined, washed with saturated brine (10 mL), dried over anhydrous sodium sulfate, and filtered. The filtrate was concentrated by rotary evaporator under reduced pressure. The resulting crude product was purified by flash column chromatography (PE/EA = 10:1), to give 153 mg colorless liquid (R_f = 0.7, PE/EA = 5:1), yield 71 %.

^{1}H NMR (500 MHz, $CDCl_3$) δ 7.20 (d, J = 7.8 Hz, 1H), 7.16 (d, J = 7.3 Hz, 1H), 7.07 (t, J = 7.7 Hz, 1H), 6.28 (dd, J = 17.3, J = 1.3, 1H), 6.02 (dd, J = 17.3, J = 10.5, 2H), 5.75 (dd, J = 10.3, J = 1.2, 1H), 4.83 (dd, J = 13.2, J = 5.5, 2H), 4.45 (d, J = 11.5 Hz, 1H), 4.34 (d, J = 11.5 Hz, 1H), 3.52 (s, 3H), 2.82 (dd, J = 14.3, J = 2.9, 1H), 2.62–2.56 (m, 1H), 2.5–2.31 (m, 1H), 2.34 (s, 3H), 1.96–1.92 (m, 1H), 1.73–1.54 (m, 5H). ^{13}C NMR (125 MHz, $CDCl_3$) δ 210.6, 165.6, 154.3, 132.7, 131.7, 131.2, 130.4, 128.2, 126.0, 124.0, 99.5, 68.9, 57.2, 55.2, 40.1, 36.5, 29.3, 21.1, 17.4. HRMS-ESI Calcd for $C_{19}H_{24}O_5Na$ $[M + Na]^+$:355.1521; found: 355.1533.

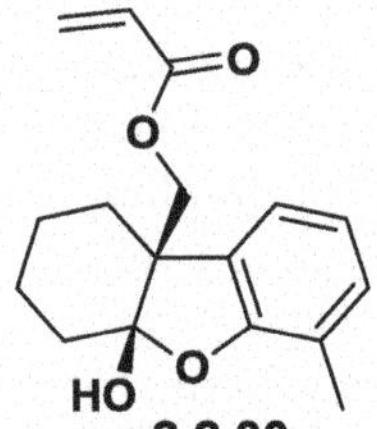

Synthesis and NMR data of compound 2.2.30:

Under the protection of nitrogen, the compound 2.2.29 (120 mg, 0.36 mmol) was dissolved in dichloromethane (20 mL) and cooled to −78 °C. TMSBr (0.122 mL, 0.9 mmol) was slowly added dropwise under stirring condition. The reaction was stirred at −78 °C for 3 h. TLC showed that the reaction was completed. Saturated sodium bicarbonate solution (10 mL) was added to quench the reaction. DCM (10 mL) was added for liquid separation. The aqueous phase was extracted with DCM (3 × 20 mL). The organic phases were combined, washed with saturated brine (20 mL), dried over anhydrous sodium sulfate, and filtered. The filtrate was concentrated by rotary evaporator under reduced pressure. The resulting crude product was isolated and purified by flash column chromatography (PE/EA = 3:1) to give 110 mg colorless liquid (R_f = 0.5, PE/EA = 3:1), yield 96 %.

^{1}H NMR (500 MHz, $CDCl_3$): δ 7.01 (d, J = 7.4 Hz, 2H), 6.83 (t, J = 7.5 Hz, 1H), 6.39 (d, J = 17.3 Hz, 1H), 6.14 (dd, J = 17.4 Hz, J = 10.4 Hz, 1H), 5.86 (d, J = 10.5 Hz, 1H), 4.51 (s, 2H), 3.52 (s, 1H), 2.23 (s, 3H), 2.19–2.08 (m, 1H), 1.99–1.88 (m, 2H), 1.70–1.62 (m, 1H), 1.61–1.46 (m. 3H), 1.44–1.32 (m, 1H). ^{13}C NMR (125 MHz, $CDCl_3$): δ 166.1, 155.0, 132.2, 131.1, 130.0, 128.2, 121.0, 120.6, 120.5, 110.1, 66.4, 50.5, 33.9, 32.7, 21.7, 20.5, 15.0; HRMS-ESI Calcd for $C_{17}H_{20}O_4Na$ $[M + Na]^+$: 311.1259; found: 311.1270.

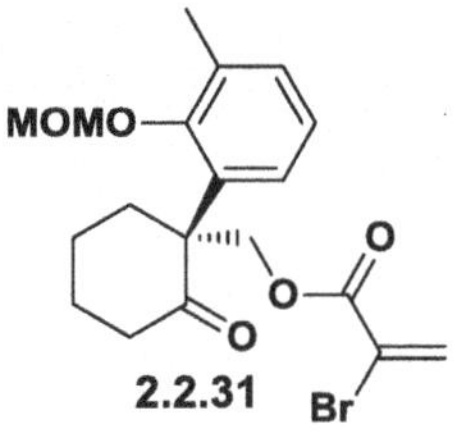

Synthesis and NMR data of compound 2.2.31:

Under the protection of nitrogen, the compound 2.2.27 (1.39 g, 5.0 mmol) was dissolved in dichloromethane (60 mL) and cooled to 0 °C. Under stirring condition, DCC (3.1 g, 15 mmol), DMAP (1.9 g, 2.27 mmol), and 2-bromo-acrylic acid (2.3 g, 15 mmol) were added, then heated to room temperature, and stirred for 0.5 h. TLC showed that the reaction was completed. Saturated ammonium chloride solution (20 mL) was added to quench the reaction, and dichloromethane was added (100 mL) for liquid separation. The aqueous phase was extracted with ether (3 × 50 mL). The organic phases were combined, washed with saturated brine (40 mL), dried over anhydrous sodium sulfate, and filtered. The filtrate was concentrated by rotary evaporator under reduced pressure. The resulting crude product was purified by flash column chromatography (PE/EA = 10:1) to give 600 mg colorless liquid (R_f = 0.6, PE/EA = 5:1), yield 29 %.

^{1}H NMR (500 MHz, $CDCl_3$) δ 7.27 (d, J = 7.7 Hz, 1H), 7.17 (d, J = 7.2 Hz, 1H), 7.07 (t, J = 7.2 Hz, 1H), 6.81 (d, J = 1.5, 1H), 6.17 (d, J = 1.5, 1H), 4.82 (s, 2H), 4.48 (dd, J = 19.1, J = 11.4, 2H), 3.51 (s, 3H), 2.91 (dd, J = 14.2, J = 2.7, 1H), 2.60–2.53 (m, 1H), 2.33–2.29 (m, 1H), 2.33 (s, 3H), 1.95–1.92 (m, 2H), 1.80–1.54 (m, 6H). ^{13}C NMR (125 MHz, $CDCl_3$) δ 210.6, 161.4, 154.3, 132.1, 131.7, 131.4, 130.4, 126.3, 124.0, 121.0, 99.4, 71.2, 57.2, 55.2, 39.9, 36.6, 32.3, 30.4, 29.3, 26.2, 21.1, 17.4. HRMS-ESI Calcd for $C_{19}H_{23}O_5NaBr$ $[M + Na]^+$: 433.0627; found: 433.0626.

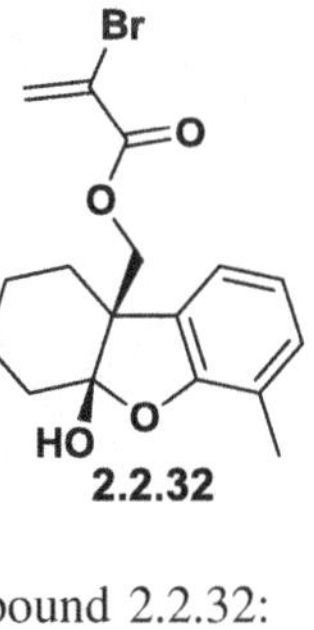

Synthesis and NMR data of compound 2.2.32:

Under the protection of nitrogen, the compound 2.2.31 (600 mg, 1.46 mmol) was dissolved in dichloromethane (50 mL) and cooled to −78 °C. TMSBr (0.491 mL, 3.65 mmol) was slowly added dropwise. The reaction was stirred at −78 °C for 1 h.

TLC showed that the reaction was completed. Saturated sodium bicarbonate solution (10 mL) was added to quench the reaction, and dichloromethane (50 mL) was added for liquid separation. The aqueous phase was extracted with DCM (3 × 20 mL). The organic phases were combined, washed with saturated brine (20 mL), dried over anhydrous sodium sulfate, and filtered. The filtrate was concentrated by rotary evaporator under reduced pressure. The resulting crude product was purified by flash column chromatography (PE/EA = 10:1) to give 480 mg colorless liquid ($R_f = 0.5$, PE/EA = 5:1), yield 90 %.

^{1}H NMR (500 MHz, $CDCl_3$): δ 7.05 (d, $J = 7.3$ Hz, 1H), 7.02 (d, $J = 7.5$ Hz, 1H), 6.96 (s, 1H), 6.85 (t, $J = 7.5$ Hz, 1H), 6.96 (s, 1H), 4.60 (d, $J = 11.4$ Hz, 1H), 4.54 (d, $J = 11.4$ Hz, 1H), 3.21 (s, 1H), 2.23 (s, 3H), 2.15–2.12 (m, 1H), 2.02–1.55 (m, 8H). ^{13}C NMR (125 MHz, $CDCl_3$): δ 161.8, 155.0, 132.0, 130.9, 130.0, 121.2, 120.8, 120.7, 120.5, 109.8, 68.6, 50.5, 33.9, 32.8, 32.3, 30.5, 26.2, 24.6, 21.6, 20.3, 15.0. HRMS-ESI Calcd for $C_{17}H_{19}O_4NaBr$ $[M + Na]^+$: 389.0364; found: 389.0354.

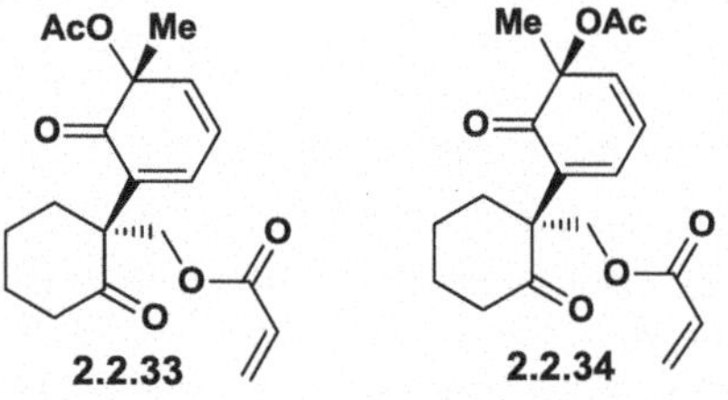

AcO Me O O O O 2.2.33

Me OAc O O O O 2.2.34

Synthesis and NMR data of compounds 2.2.33 and 2.2.34:

Under the protection of nitrogen, the compound 2.2.31 (2.09 g, 7.3 mmol) was dissolved in AcOH (60 mL), and then, Pb(OAc)4 (19.3 g, 43.5 mmol) was added at 0 °C. The reaction was stirred for 1 h. TLC showed that the reaction was completed. The solid was filtered off and washed with ethyl acetate (250 mL), and the retained organic phase was washed with saturated sodium bicarbonate (3 × 100 mL). The water phase was extracted with ethyl acetate (3 × 50 mL), and the combined organic phase was dried over anhydrous sodium sulfate. After filtration, the solvent was removed by rotary evaporator under reduced pressure, and the resulting crude product was isolated and purified by flash column chromatography (PE/EA = 5:1) to give 2.2.33 (1.53 g) and 2.2.34 (792 mg) as white solid, total yield rate of 92 %.

Compound 2.2.33, white solid ($R_f = 0.68$, PE/EA = 1:1); ^{1}H NMR (500 MHz, $CDCl_3$): δ 7.00 (m, 1H), 6.39–6.26 (m, 3H), 6.08 (dd, $J = 17.4$ Hz, $J = 10.5$ Hz, 1H), 5.79 (d, $J = 10.5$ Hz, 1H), 4.53 (d, $J = 11.3$ Hz, 1H), 4.23 (d, $J = 11.3$ Hz, 1H), 2.52–2.45 (m, 1H), 2.38–2.29 (m, 1H), 2.26–2.15 (m, 1H), 2.08–1.95 (m, 5H), 1.80–1.65 (m, 5H), 1.41 (s, 3H); ^{13}C NMR (125 MHz, $CDCl_3$): δ 209.4, 197.6, 169.2, 165.7, 142.3, 138.8, 135.9, 130.5, 128.5, 121.3, 79.0, 67.0, 54.8, 40.4, 34.9, 28.5, 23.9, 21.1, 20.2; HRMS-ESI Calcd for $C_{19}H_{22}O_6Na$ $[M + Na]^+$: 369.1314; found: 369.1315.

Compound 2.2.34, white solid (R_f = 0.79, PE/EA = 1:1); ^{1}H NMR (500 MHz, $CDCl_3$): δ 6.93 (m, 1H), 6.35–6.28 (m, 2H), 6.26 (d, J = 9.45 Hz, 1H), 6.05 (dd, J = 17.3 Hz, J = 10.5 Hz, 1H), 5.81 (d, J = 10.4 Hz, 1H), 4.59 (d, J = 11.5 Hz, 1H), 4.23 (d, J = 11.5 Hz, 1H), 2.49–2.35 (m, 2H), 2.30–2.24 (m, 1H), 2.12–1.98 (m, 5H), 1.97–1.89 (m, 1H), 1.78–1.51 (m, 6H), 1.41–1.28 (m, 3H); ^{13}C NMR (125 MHz, $CDCl_3$): δ 209.9, 197.4, 169.7, 165.6, 141.4, 137.6, 136.4, 130.8, 128.3, 121.5, 79.4, 67.0, 54.3, 40.4, 35.2, 28.2, 23.6, 21.0, 20.4; HRMS-ESI Calcd for $C_{19}H_{22}O_6Na$ $[M + Na]^+$: 369.1314; found: 369.1316.

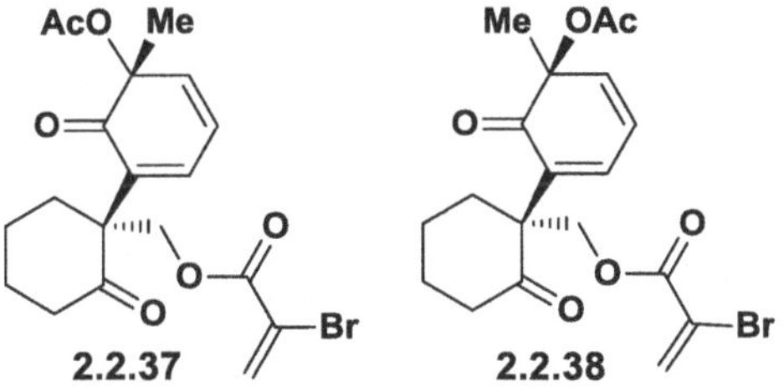

2.2.37 2.2.38

Synthesis and NMR data of compounds 2.2.37 and 2.2.38:

Under the protection of nitrogen, the compound 2.2.30 (500 mg, 1.36 mmol) was dissolved in AcOH (10 mL), and then, Pb(OAc)4 (3.1 g, 6.8 mmol) was added at 0 °C. The reaction was stirred for 1 h at 0 °C. TLC showed that the reaction was completed. Ethylene glycol (5 mL) was added to quench the reaction. The solid was filtered off and washed with ethyl acetate (100 mL). The organic phase was reserved and washed with saturated sodium bicarbonate (3 × 50 mL). The water phase was extracted with ethyl acetate (3 × 50 mL). The combined organic phase was dried over anhydrous sodium sulfate. After filtration, the solvent was removed by a rotary evaporator, and the resulting crude product was isolated and purified by flash column chromatography (PE/EA = 5:1) to give 2.2.37 (275 mg) and 2.2.38 (135 mg) as white solid, total yield 92 %.

Compound 2.2.37, white solid (R_f = 0.20, PE/EA = 3:1); ^{1}H NMR (500 MHz, $CDCl_3$): δ 7.10 (d, J = 5.9 Hz, 1H), 6.91 (s, 1H), 6.38–6.30 (m, 2H), 6.19 (s, 1H), 4.52 (d, J = 11.3 Hz, 1H), 4.27 (d, J = 11.3 Hz, 1H), 2.62 (d, J = 10.0 Hz, 1H), 2.34 (d, J = 12.3 Hz, 1H), 2.23–2.17 (m, 1H), 2.02 (s, 4H), 1.80–1.60 (m, 4H), 1.41 (s, 3H). ^{13}C NMR (125 MHz, $CDCl_3$): δ 209.4, 197.6, 169.1, 161.3, 142.3, 139.4, 134.8, 130.6, 121.3, 121.0, 78.7, 69.2, 54.6, 40.4, 35.2, 28.8, 23.8, 20.9, 20.1. HRMS-ESI Calcd for $C_{19}H_{21}O_6NaBr$ $[M + Na]^+$: 447.0419; found: 447.0396.

Compound 2.2.38, white solid (R_f = 0.30, PE/EA = 3:1); ^{1}H NMR (500 MHz, $CDCl_3$): δ 7.00 (d, J = 5.4 Hz, 1H), 6.89 (s, 1H), 6.36–6.33 (m, 1H), 6.26–6.22 (m, 2H), 4.59 (d, J = 11.3 Hz, 1H), 4.35 (d, J = 11.3 Hz, 1H), 2.56 (d, J = 11.7 Hz, 1H), 2.42 (d, J = 12.8 Hz, 1H), 2.28–2.26 (m, 1H), 2.06 (s, 4H), 1.80–1.60 (m, 5H), 1.41 (s, 3H). ^{13}C NMR (125 MHz, $CDCl_3$): δ 209.8, 197.4, 169.7, 161.4, 141.6, 138.4, 135.2, 130.8, 121.4, 120.8, 79.2, 69.2, 54.2, 40.3, 35.3, 28.6, 23.5, 20.8, 20.3. HRMS-ESI Calcd for $C_{19}H_{21}O_6NaBr$ $[M + Na]^+$: 447.0419; found: 447.0412.

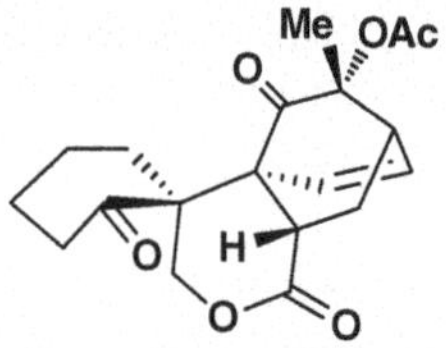

2.2.35

Synthesis and NMR data of compound 2.2.35:

Under the protection of nitrogen, compound 2.2.33 (128 mg, 0.370 mmol) was dissolved in toluene (40 mL) in a sealed tube, and then, the reaction was heated to 130 °C and stirred for 24 h. TLC showed that the reaction was completed. The reaction was cooled to room temperature, the solvent was removed by rotary evaporator, and the resulting crude product was purified by flash column chromatography (PE/EA = 5:1) and obtained 113 mg white solid (R_f = 0.71, PE/EA = 1:1), yield 88 %.

^{1}H NMR (500 MHz, $CDCl_3$): δ 6.70–6.62 (m, 1H), 6.03 (d, J = 8.4 Hz, 1H), 4.68 (d, J = 12.4 Hz, 1H), 4.35 (dd, J = 9.8 Hz, J = 6.6 Hz, 1H), 4.26 (d, J = 12.4 Hz,1H, 3.89 (m, 1H), 2.69–2.52 (m, 2H), 2.28–2.18 (m, 2H), 2.16–2.02 (m, 4H), 2.00–1.85 (m, 4H), 1.72–1.59 (m, 1H), 1.56 (s, 3H); ^{13}C NMR (125 MHz, $CDCl_3$) δ: 209.4, 199.3, 172.2, 169.9, 140.5, 124.5, 79.0, 71.7, 56.3, 47.4, 39.8, 39.7, 38.1, 31.5, 26.2, 24.7, 21.8, 21.4, 21.0; HRMS-ESI Calcd for $C_{19}H_{22}O_6Na$ $[M + Na]^+$: 369.1314; found: 369.1320.

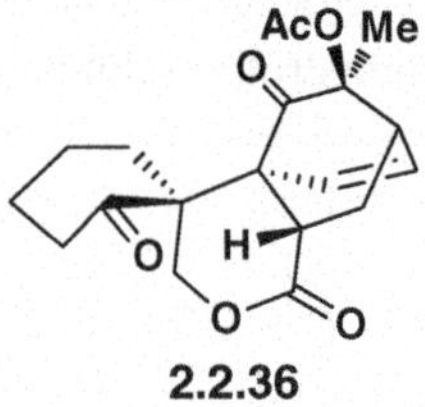

2.2.36

Synthesis and NMR data of compound 2.2.36:

Under the protection of nitrogen, the compound 2.2.34 (243 mg, 0.702 mmol) was dissolved in toluene (20 mL) in a sealed tube, and then, the reaction was heated to 130 °C and stirred for 24 h. TLC showed that the reaction was completed. The reaction was cooled to room temperature, the solvent was removed by rotary evaporator, and the resulting crude product was purified by flash column chromatography (PE/EA = 5:1) and obtained 200 mg white solid (R_f = 0.71, PE/EA = 1:1) in 82 % yield.

^{1}H NMR (500 MHz, $CDCl_3$): δ 6.56 (t, J = 8.2 Hz, J = 6.8 Hz, 1H), 6.02 (d, J = 8.2 Hz, 1H), 4.61 (d, J = 12.5 Hz, 1H), .425(d, J = 12.4 Hz, 1H), 4.13–4.01(m,1H), 4.10 (dd, J = 3.1 Hz, J = 1.6 Hz, 1H), 4.61–4.46 (m, 2H),

2.34–2.15 (m, 3H), 2.06–1.78 (m, 11H), 1.48–1.69 (m, 4H); ^{13}C NMR (125 MHz, $CDCl_3$): δ 210.0, 201.2, 171.9, 169.5, 139.3, 123.7, 79.1, 71.8, 56.9, 47.4, 39.7, 38.3, 37.2, 31.4, 26.7, 24.5, 21.7, 21.2, 20.1; HRMS-ESI Calcd for $C_{19}H_{22}O_6Na$ $[M + Na]^+$: 369.1314; found: 369.1318.

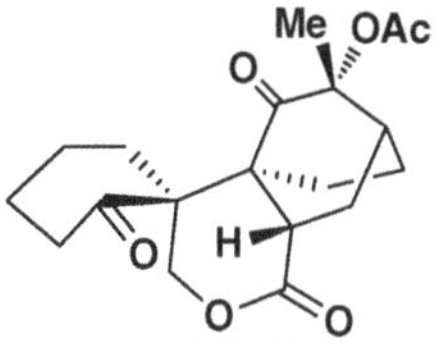

2.2.41

Synthesis and NMR data of compound 2.2.41:

Pd/C catalyst (13 mg) was added in methanol (5 mL), and then, the compound 2.2.35 (80 mg, 0.231 mmol) dissolved in methanol (5 mL) was added at room temperature. The reaction was stirred for 10 min at room temperature in the H_2 atmosphere. TLC showed that the reaction was completed. The reaction solution was filtered by silica gel and washed with ethyl acetate (20 mL). The solvent was removed by rotary evaporator, and the resulting crude product was purified by flash column chromatography (PE/EA = 5:1) to give 74 mg white solid (R_f = 0.71, PE/EA = 2:1), yield 92 %.

^{1}H NMR (300 MHz, $CDCl_3$): δ 4.61 (d, J = 12.6 Hz, 1H), 4.27–4.15 (m, 2H), 2.97 (s, 1H), 2.70–2.51 (m, 2H), 2.39–2.13 (m, 3H), 2.10 (s, 3H), 2.09–1.98 (m, 3H), 1.98–1.20 (m, 7H) 1.71–1.62 (m, 2H), 1.60 (s, 3H); ^{13}C NMR (75 MHz, $CDCl_3$): δ 210.4, 206.2, 173.4, 169.8, 83.2, 71.3, 49.9, 49.0, 39.6, 37.8, 34.0, 31.5, 24.7, 24.1, 22.3, 21.8, 21.2, 17.5; HRMS-ESI Calcd for $C_{19}H_{24}O_6$ $[M + Na]^+$: 371.1471; found: 371.1460.

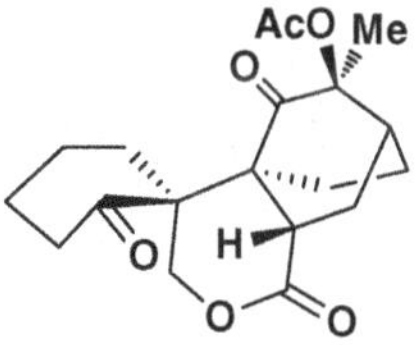

2.2.42

Synthesis and NMR data of compound 2.2.42:

Pd/C catalyst (13 mg) was added to methanol (13 mL), and then, compounds 2.2.36 (120 mg, 0.346 mmol) in methanol (5 mL) was added at room temperature. The reaction was stirred for 10 min at room temperature in the H_2 atmosphere. TLC showed that the reaction was completed. The reaction solution was filtered by silica gel and washed with ethyl acetate (20 mL). The solvent was removed by rotary evaporator, and the resulting crude product was purified by flash column chromatography (PE/EA = 5:1) to give 109 mg white solid (R_f = 0.75, PE/EA = 2:1), yield 90 %.

^{1}H NMR (300 MHz, $CDCl_3$): δ 4.59 (d, J = 12.5 Hz, 1H), 4.26 (d, J = 12.6 Hz, 1H), 4.19–4.17 (m, 1H), 3.00–2.90 (m, 1H), 2.61–2.58 (m, 1H), 2.52–2.40 (m, 1H), 2.33–2.19 (m, 2H), 2.08–2.02 (m, 3H), 2.02–1.91 (m, 3H) 1.89–1.84 (m, 1H), 1.81–1.70 (m, 2H), 1.68–1.55 (m, 5H); ^{13}C NMR (125 MHz, $CDCl_3$): δ 210.4, 206.2, 173.4, 169.8, 83.3, 71.3, 49.9, 48.9, 39.6, 37.8, 34.0, 31.5, 24.7, 24.1, 22.3, 21.8, 21.2, 17.5; HRMS-ESI Calcd for $C_{19}H_{25}O_6$ $[M + H]^+$: 349.1651; found: 349.1661.

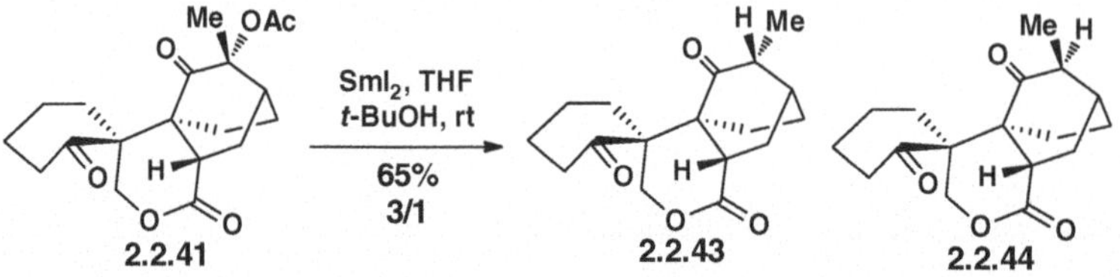

2.2.41 → (SmI_2, THF, t-BuOH, rt; 65%, 3/1) → 2.2.43 + 2.2.44

Synthesis and NMR data of compounds 2.2.43 and 2.2.44 (synthesis from compound 2.2.41):

Under the protection of nitrogen, the compound 2.2.41 (25 mg, 0.072 mmol) was dissolved in THF (2 mL), and tert-butanol (13 μL, 0.14 mmol) and SmI_2 (0.1 M in of THF, 1.4 mL, 0.14 mmol) were added at room temperature. The reaction was stirred at room temperature for 10 min. TLC showed that the reaction was completed. The reaction was quenched with saturated NH_4Cl (5 mL). Dichloromethane (10 mL) was added for liquid separation, and the water phase was extracted with dichloromethane (10 mL). The combined organic phase was dried over Na_2SO_4, the solvent was removed by rotary evaporator, and the residue was purified by flash column chromatography (PE/EA = 5:1). Compounds 2.2.43 (10.5 mg) and 2.2.44 (3.5 mg) were obtained in 65 % overall yield.

Compound 2.2.43, white solid (R_f = 0.81, PE/EA = 1:1); ^{1}H NMR (500 MHz, $CDCl_3$): δ 4.52 (d, J = 12.5 Hz, 1H), 4.22 (d, J = 12.5 Hz, 1H), 3.98–3.95 (m, 1H), 2.60–2.57 (m, 1H), 2.50–2.39 (m, 3H), 2.30–2.21 (m, 2H), 2.00–1.81 (m, 3H), 1.79–1.57 (m, 6H), 1.14 (d, J = 7.1 Hz, 3H). ^{13}C NMR (125 MHz, $CDCl_3$): δ 215.0, 211.4, 174.1, 71.5, 50.7, 49.7, 47.0, 39.8, 38.2 33.3, 31.5, 28.8, 24.6, 24.1, 21.2, 20.8, 12.7. HRMS-ESI Calcd for $C_{17}H_{22}O_4Na$ $[M + Na]^+$: 313.1416; found: 313.1410.

Compound 2.2.44, white solid (R_f = 0.79, PE/EA = 1:1); ^{1}H NMR (500 MHz, $CDCl_3$): δ 4.50 (d, J = 12.5 Hz,1H), 4.22 (d, J = 12.5 Hz, 1H), 4.08–4.04 (m, 1H), 2.68–2.63 (m, 1H), 2.49–2.31 (m, 2H), 2.32–2.11 (m, 5H), 2.05–1.65 (m, 8H), 1.22 (d, J = 7.6 Hz, 3H); ^{13}C NMR (125 MHz, $CDCl_3$): δ 213.8, 211.4, 173.7, 71.9, 51.6, 48.2, 47.3, 39.9, 38.0 31.8, 31.5, 26.0, 24.1, 22.6, 22.3, 21.1, 14.4; HRMS-ESI Calcd for $C_{17}H_{22}O_4Na$ $[M + Na]^+$: 313.1416; found: 313.1422.

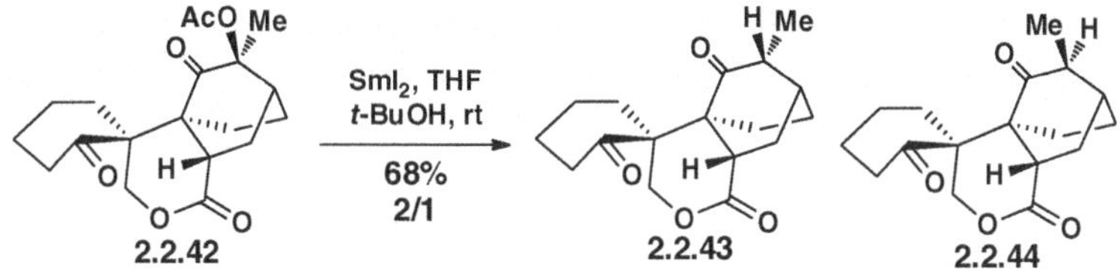

Synthesis and NMR data of compounds 2.2.43 and 2.2.44 (synthesis from compound 2.2.42):

Under the protection of nitrogen, the compound 2.2.42 (30 mg, 0.086 mmol) was dissolved in THF (2 mL), and tert-butanol (25 μL, 0.26 mmol) and SmI_2 (0.1 M in of THF, 2.6 mL, 0.26 mmol) were added at room temperature. The reaction was stirred at room temperature for 10 min. TLC showed that the reaction was completed. The reaction was quenched with saturated NH_4Cl (5 mL). Dichloromethane (10 mL) was added for liquid separation, and the water phase was extracted with dichloromethane (10 mL). The combined organic phase was dried over Na_2SO_4, the solvent was removed by rotary evaporator, and the residue was purified by flash column chromatography (PE/EA = 5:1); compounds 2.2.43 (11.3 mg) and 2.2.44 (5.7 mg) were obtained in 68 % overall yield.

Compound 2.2.43, white solid (R_f = 0.81, PE/EA = 1:1); ^{1}H NMR (500 MHz, $CDCl_3$): δ 4.52 (d, J = 12.5 Hz, 1H), 4.22 (d, J = 12.5 Hz, 1H), 3.98–3.95 (m, 1H), 2.60–2.57 (m, 1H), 2.50–2.39 (m, 3H), 2.30–2.21 (m, 2H), 2.00–1.81 (m, 3H), 1.79–1.57 (m, 6H), 1.14 (d, J = 7.1 Hz, 3H). ^{13}C NMR (125 MHz, $CDCl_3$): δ 215.0, 211.4, 174.1, 71.5, 50.7, 49.7, 47.0, 39.8, 38.2 33.3, 31.5, 28.8, 24.6, 24.1, 21.2, 20.8, 12.7. HRMS-ESI Calcd for $C_{17}H_{22}O_4Na$ [M + Na]$^+$: 313.1416; found: 313.1410.

Compound 2.2.44, white solid (R_f = 0.79, PE/EA = 1:1); ^{1}H NMR (500 MHz, $CDCl_3$): δ 4.50 (d, J = 12.5 Hz, 1H), 4.22 (d, J = 12.5 Hz, 1H), 4.08–4.04 (m, 1H), 2.68–2.63 (m, 1H), 2.49–2.31 (m, 2H), 2.32–2.11 (m, 5H), 2.05–1.65 (m, 8H), 1.22 (d, J = 7.6 Hz, 3H); ^{13}C NMR (125 MHz, $CDCl_3$): δ 213.8, 211.4, 173.7, 71.9, 51.6, 48.2, 47.3, 39.9, 38.0 31.8, 31.5, 26.0, 24.1, 22.6, 22.3, 21.1, 14.4; HRMS-ESI Calcd for $C_{17}H_{22}O_4Na$ [M + Na$^+$]: 313.1416; found: 313.1422.

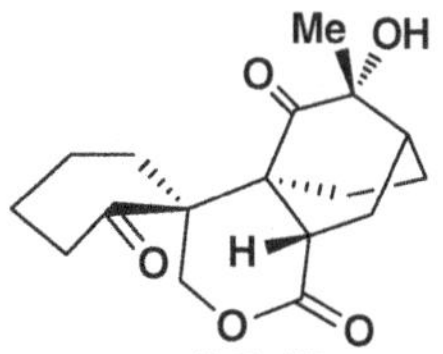

Synthesis and NMR data of compound 2.2.45:

Under the protection of nitrogen, the compound 2.2.41 (81 mg, 0.233 mmol) was dissolved in methanol (5 mL), and then, potassium carbonate (32 mg, 0.233 mmol) in methanol (5 mL) solution was added at room temperature. After 5 min at room temperature, TLC showed that the reaction was completed. The solution was filtered by silica gel and washed with ethyl acetate (20 mL). The solvent was removed by rotary evaporator, and the resulting crude product was purified by flash column chromatography (PE/EA = 5:1) to give 68 mg white solid ($R_f = 0$, PE/EA = 1:1), yield 95 %.

^{1}H NMR (300 MHz, $CDCl_3$): 1H NMR (500 MHz, $CDCl_3$): δ 4.62 (d, $J = 12.6$ Hz, 1H), 4.26 (d, J = 12.6 Hz, 1H), 3.93–3.84 (m, 1H), 2.79 (s, 1H), 2.58–2.41 (m, 3H), 2.39–2.28 (m, 1H), 2.18–2.11 (m, 1H), 2.10–2.02 (m, 3H), 1.95–1.55 (m, 8H), 1.44 (s, 3H). ^{13}C NMR (125 MHz, CDC_{13}): δ 216.6, 210.8, 173.4, 76.5, 71.4, 50.2, 49.8, 39.6, 37.6, 37.2, 31.7, 25.3, 25.2, 24.6, 23.7, 21.2, 20.6; HRMS-ESI Calcd for $C_{17}H_{22}O_5Na$ $[M + Na]^+$: 329.1365; found: 329.1351.

Me OH
O
H
O
O
O
2.2.45

SmI_2, THF
t-BuOH, rt
84%
3.8/1

H Me
O
H
O
O
O
2.2.43

Me H
O
H
O
O
O
2.2.44

Synthesis and NMR data of compounds 2.2.43 and 2.2.44 (synthesis from compounds 2.2.45):

Under the protection of nitrogen, the compound 2.2.45 (60 mg, 0.196 mmol) was dissolved in THF (2 mL), and then, *tert*-butanol (37 μL, 0.39 mmol) and SmI_2 (0.1 M in of THF, 3.9 mL, 0.39 mmol) were added at room temperature. The reaction was stirred at room temperature for 5 min. TLC showed that the reaction was completed. The reaction was quenched with saturated NH_4Cl (5 mL). Dichloromethane (10 mL) was added for liquid separation, and the water phase was extracted with dichloromethane (10 mL). The combined organic phase was dried over Na_2SO_4, the solvent was removed by rotary evaporator, and the residue was purified by flash column chromatography (PE/EA = 5:1). Compounds 2.2.43 (38 mg) and 2.2.44 (10 mg) were obtained in 84 % overall yield.

Compound 2.2.43, white solid ($R_f = 0.81$, PE/EA = 1:1); ^{1}H NMR (500 MHz, $CDCl_3$): δ 4.52 (d, $J = 12.5$ Hz, 1H), 4.22 (d, $J = 12.5$ Hz, 1H), 3.98–3.95 (m, 1H), 2.60–2.57 (m, 1H), 2.50–2.39 (m, 3H), 2.30–2.21 (m, 2H), 2.00–1.81 (m, 3H), 1.79–1.57 (m, 6H), 1.14 (d, $J = 7.1$ Hz, 3H). ^{13}C NMR (125 MHz, $CDCl_3$): δ 215.0, 211.4, 174.1, 71.5, 50.7, 49.7, 47.0, 39.8, 38.2 33.3, 31.5, 28.8, 24.6, 24.1, 21.2, 20.8, 12.7. HRMS-ESI Calcd for $C_{17}H_{22}O_4Na$ $[M + Na]^+$: 313.1416; found: 313.1410.

Compound 2.2.44, white solid ($R_f = 0.79$, PE/EA = 1:1); ^{1}H NMR (500 MHz, $CDCl_3$): δ 4.50 (d, $J = 12.5$ Hz,1H), 4.22 (d, $J = 12.5$ Hz, 1H), 4.08–4.04 (m,

1H), 2.68–2.63 (m, 1H), 2.49–2.31 (m, 2H), 2.32–2.11 (m, 5H), 2.05–1.65 (m, 8H), 1.22 (d, $J = 7.6$ Hz, 3H); ^{13}C NMR (125 MHz, $CDCl_3$): δ 213.8, 211.4, 173.7, 71.9, 51.6, 48.2, 47.3, 39.9, 38.0 31.8, 31.5, 26.0, 24.1, 22.6, 22.3, 21.1, 14.4; HRMS-ESI Calcd for $C_{17}H_{22}O_4Na$ $[M + Na]^+$: 313.1416; found: 313.1422.

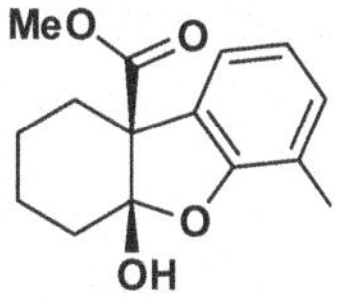

2.2.46

Synthesis and NMR data of compound 2.2.46:

Under the protection of nitrogen, the boric acid compound (10.6 g, 53.8 mmol) was dissolved in chloroform (100 mL), and then, lead tetraacetate (26.3 g, 59.1 mmol) and mercuric acetate (3.4 g, 10.8 mmol) were added at 40 °C. The reaction was heated to 60 °C and stirred for 2 h. Compound 2.2.11 (8.4 g, 53.8 mmol) dissolved in pyridine (30 mL) was added under constant stirring at 60 °C for 1 h. The reaction was stirred overnight. The TLC showed that the reaction was completed. The solid was removed by filtration and washed with chloroform (100 ml). Dilute sulfuric acid (3 N, 500 mL) was added to quench the reaction. After liquid separation, the aqueous phase was extracted with chloroform (2 × 150 mL). The organic phases were combined. The solvent was removed under reduced pressure, and the residue was dissolved in ether (200 ml). Diluted sodium hydroxide solution (3 N, 250 mL) was added at 0 °C, then washed with saturated brine (200 mL), dried over anhydrous sodium sulfate, and filtered. The filtrate was concentrated by rotary evaporator under reduced pressure, and the resulting crude product was purified by flash column chromatography (PE/EA = 10:1) to obtain 9.9 g colorless liquid ($R_f = 0.6$, PE/EA = 5:1), yield 70 %.

^{1}H NMR (500 MHz, $CDCl_3$): δ 7.13 (d, $J = 7.4$ Hz, 1H), 7.02 (d, $J = 7.5$ Hz, 1H), 6.85 (t, $J = 7.5$, Hz, 1H), 5.28 (s, 1H), 3.75 (s, 3H), 2.23 (s, 3H), 2.19–2.14 (m, 1H), 2.07–1.99 (m, 2H), 1.89–1.83 (m, 1H), 1.69–1.63 (m, 2H), 1.61–1.53 (m, 1H), 1.35–1.45 (m, 1H); ^{13}C NMR (125 MHz, $CDCl_3$): δ174.1, 155.3, 130.4, 129.5, 122.0, 121.0, 109.6, 57.2, 52.4, 33.6, 21.6, 20.8, 15.0; HRMS-ESI Calcd for $C_{15}H_{18}O_4Na$ $[M + Na]^+$: 285.1103; found: 285.1100.

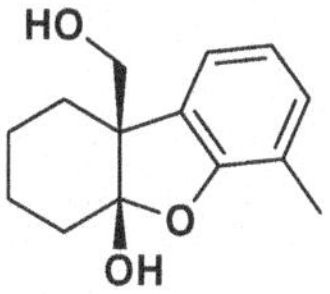

2.2.47

Synthesis and NMR data of compound 2.2.47:

Under the protection of nitrogen, the compound 2.2.46 (9.01 g, 34.4 mmol) was dissolved in dichloromethane (100 mL), and then, imidazole (3.51 g, 51.5 mmol) and TMSCl (5.2 mL, 41.3 mmol) were added at 0 °C. The reaction was allowed to warm to room temperature and stirred for 1 h. TLC showed that the reaction was completed, and saturated ammonium chloride solution (40 mL) was slowly added. After liquid separation, the aqueous phase was extracted with ethyl acetate (3 × 60 mL). The organic phases were combined, washed with saturated brine (100 mL), dried over anhydrous sodium sulfate, and filtered. The filtrate was concentrated by rotary evaporator under reduced pressure, and the resulting crude product was isolated and purified by flash column chromatography (PE/EA = 30:1) to give TMS-protected product as 10.57 g colorless liquid ($R_f = 0.8$, PE/EA = 10:1), yield 92 %.

^{1}H NMR (500 MHz, $CDCl_3$): δ 7.19 (d, $J = 7.4$ Hz, 1H), 7.01 (d, $J = 7.5$ Hz, 1H), 6.87 (t, $J = 7.5$ Hz, 1H), 3.74 (s, 3H), 2.36–2.26 (m, 5H), 2.14–2.07 (m, 1H), 1.77–1.75 (m, 2H), 1.50–1.48 (m, 1H), 1.39–1.30 (m, 2H); ^{13}C NMR (125 MHz, $CDCl_3$): δ 172.3, 155.2, 131.7, 129.3, 122.7, 121.0, 119.8, 109.5, 60.6, 51.4, 36.1, 33.6, 21.3, 19.5, 15.1, 1.2; HRMS-ESI Calcd for $C_{18}H_{26}O_4Si$ $[M + Na]^+$: 357.1498; found: 357.1513.

Under the protection of nitrogen, the TMS-protected product (6.78 g, 20.3 mmol) was dissolved in dichloromethane (100 mL), and DIBAL (44, 0.7 mL, 44.7 mmol) was added at −78 °C under stirring over 5 min and then stirred for 2 h. Saturated sodium potassium tartrate solution (100 mL) was slowly added to quench the reaction. The aqueous phase was extracted with ether (3 × 100 mL). The solvent was removed by rotary evaporator under reduced pressure, and diethyl ether (100 mL) was added to dissolve the residue. Hydrochloric acid solution (3 N, 70 mL) was added to dilute the mixture. The aqueous phase was extracted with ether (3 × 60 mL). The organic phases were combined, washed with saturated brine (100 mL), dried over anhydrous sodium sulfate, and filtered. The filtrate was concentrated by rotary evaporator under reduced pressure, and the resulting crude product was separated and purified by flash column chromatography (PE/EA = 10:1), to give 4.39 g colorless liquid ($R_f = 0.4$, PE/EA = 3:1), yield 93 %.

^{1}H NMR (300 MHz, $CDCl_3$): δ 7.01 (d, $J = 7.5$ Hz, 1H), 6.90 (d, $J = 6.3$ Hz, 1H), 6.84 (t, $J = 7.5$ Hz, 1H), 5.17 (s, 1H), 3.92–3.778 (m, 2H), 2.70 (dd, $J = 6.9$ Hz, $J = 5.4$ Hz, 1H), 2.23 (s, 3H), 2.00–1.81 (m, 3H), 1.58–1.41 (m, 4H), 1.35–1.19 (m, 1H); ^{13}C NMR (75 MHz, $CDCl_3$): δ 155.8, 130.5, 130.1, 120.8, 120.4, 120.1, 112.5, 66.6, 51.5, 33.6, 30.3, 20.2, 19.5, 15.2; HRMS-ESI Calcd for $C_{14}H_{18}O_3Na$ $[M + Na]^+$: 257.1154; found: 257.1155.

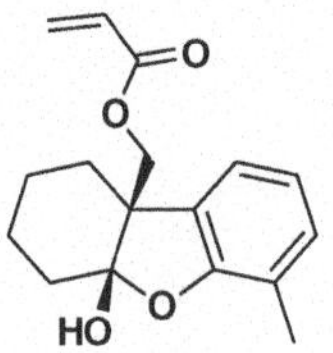

Synthesis and NMR data of compound **2.2.30**:

Under the protection of nitrogen, compound **2.2.47** (3.23 g, 13.8 mmol) was dissolved in dichloromethane (60 mL) at 0 °C, then DMAP (2.02 g, 16.6 mmol) and EDCI (3.18 g, 16.6 mmol) were added, and then, acrylic acid (1.4 mL, 20.7 mmol) was added. The reaction was then allowed to warm to room temperature and stirred for 24 h. TLC showed that the reaction was completed. The reaction was quenched with saturated NH_4Cl (30 mL) and then extracted with EtOAc (3 × 40 mL). The organic phases were combined and dried with anhydrous Na_2SO_4. The organic phase was removed by rotary evaporator, and the resulting crude product was isolated and purified by flash column chromatography (PE/EA = 15:1) to give 2.80 g colorless liquid ($R_f = 0.65$, PE/EA = 5:1), yield 70 %.

^{1}H NMR (500 MHz, $CDCl_3$): δ 7.01 (d, J = 7.4 Hz, 2H), 6.83 (t, J = 7.5 Hz, 1H), 6.39 (d, J = 17.3 Hz, 1H), 6.14 (dd, J = 17.4 Hz, J = 10.4 Hz, 1H), 5.86 (d, J = 10.5 Hz, 1H), 4.51 (s, 2H), 3.52 (s, 1H), 223 (s, 3H), 2.19–2.08 (m, 1H), 1.99–1.88 (m, 2H), 1.70–1.62 (m, 1H), 1.61–1.46 (m. 3H), 1.44–1.32 (m, 1H); ^{13}C NMR (125 MHz, $CDCl_3$): δ 166.1, 155.0, 132.2, 131.1, 130.0, 128.2, 121.0, 120.6, 120.5, 110.1, 66.4, 50.5, 33.9, 32.7, 21.7, 20.5, 15.0; HRMS-ESI Calcd for $C_{17}H_{20}O_4Na$ $[M + Na]^+$: 311.1259; found: 311.1270.

2.4 Summary

In this chapter, we completed the model study of Maoecrystal V. The synthesis route is shown briefly in Fig. 2.30.

Model study constructed four rings of the pentacyclic system of natural products Maoecrystal V (Fig. 2.31) and laid the foundation for the future total synthesis work. The major progresses made in our model study are as follows:

1. We developed the synthesis strategy for a convergence model and successfully synthesized the core structure of natural product Maoecrystal V.
2. Arylation of organolead reagents to 1,3-keto ester, oxidative dearomatization reaction, and intramolecular Diels–Alder reaction were applied as the key reactions to successfully construct the tetracyclic structure of natural product Maoecrystal V and two consecutive quaternary carbons.
3. The model study is highly efficient, and the route is short with only 8 steps in total. The total yield is 20 %.
4. Compared the structure of the model compound 2.2.43 with the natural product, we found the most significant difference between them was the tetrahydrofuran oxa-bridge. Therefore, stereoselectively construction of tetrahydrofuran oxa-bridge structure would be the most difficult problem in later total synthesis study.

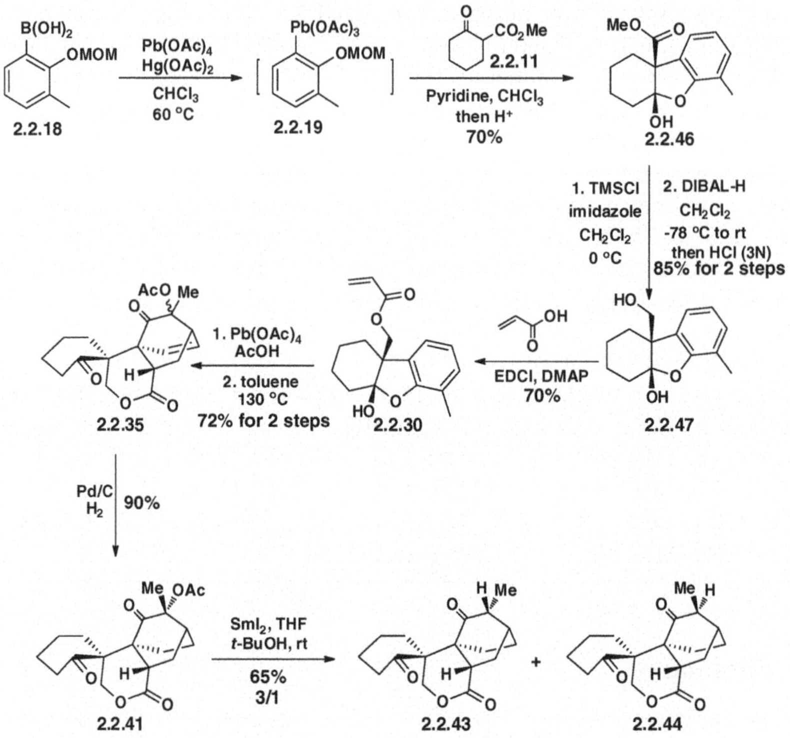

Fig. 2.30 The final synthesis route of model study

Fig. 2.31 The construction of model synthesis system

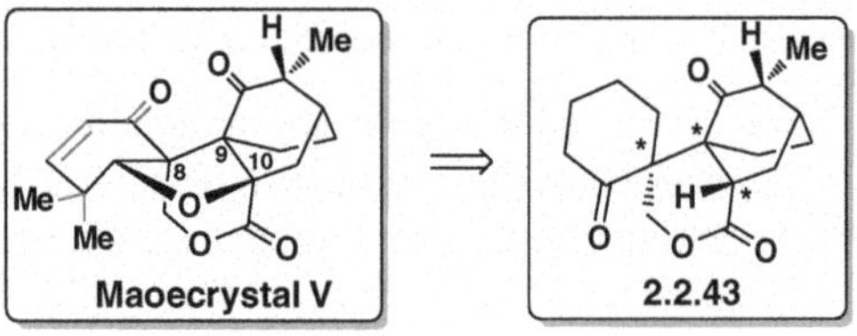

References

1. Hu Y, Lin G (2008) Modern organic reactions (vol. IV): carbon–carbon bond formation reaction, 1st edn. Chemical Industry Press, Beijing, pp 1–165
2. WikiPedia (2012) Diels–Alder reaction. http://www.wikipedia.org. Accessed 25 April 2012
3. Deng J, Zhu B, Lu Z et al (2012) Total synthesis of (−)-Fusarisetin A and reassignment of the absolute configuration of its natural counterpart. J Am Chem Soc 134:920–923
4. Taber DF, Nakajima K, Xu M et al (2002) Lactone-directed intramolecular Diels-Alder cyclization: synthesis of trans-dihydroconfertifolin. J Org Chem 67:4501–4504
5. Evans DA, Starr JT (2002) A cascade cycloaddition strategy leading to the total synthesis of (−)-FR182877. Angew Chem Int Ed 41:1787–1790

6. Evans DA, Starr JT (2003) A cycloaddition cascade approach to the total synthesis of (−)-FR182877. J Am Chem Soc 125:13531–13540
7. Vosburg DA, Vanderwal CD, Sorensen EJ (2002) A synthesis of (+)-FR182877, featuring tandem transannular Diels-Alder reactions inspired by a postulated biogenesis. J Am Chem Soc 124:4552–4553
8. Vanderwal CD, Vosburg DA, Weiler S et al (2003) An enantioselective synthesis of FR182877 provides a chemical rationalization of its structure and affords multigram quantities of its direct precursor. J Am Chem Soc 125:5393–5407
9. Tanaka N, Suzuki T, Matsumura T et al (2009) Total synthesis of (−)-FR182877 through tandem IMDA–IMHDA reactions and stereoselective transition-metal-mediated transformations. Angew Chem Int Ed 48:2580–2583
10. Maimone TJ, Voica A-F, Baran PS (2008) A concise approach to vinigrol. Angew Chem Int Ed 47:3054–3056
11. Bon DJYD, Banwell MG, Cade IA et al (2011) The total synthesis of (−)-connatusin A, a hirsutane-type sesquiterpene isolated from the fungus Lentinus connatus BCC8996. Tetrahedron 67:8348–8352
12. Liu X-Y, Cheng H, Li X-H et al (2012) Oxidative dearomatization/intramolecular Diels-Alder cycloaddition cascade for the syntheses of (±)-atisine and (±)-isoazitine. Org Biomol Chem 10:1411–1417
13. Cook SP, Polara A, Danishefsky SJ (2006) The total synthesis of (±)-11-O-Debenzoyltashironin. J Am Chem Soc 128:16440–16441
14. Yates P, Bhamare NK, Granger T et al (1993) Tandem Wessely oxidation and intramolecular Diels-Alder reactions. IV. The synthesis of (±)-coronafacic acid. Can J Chem 71:995–1001
15. Hsu D-S, Liao C–C (2003) Total syntheses of sesterpenic acids: refuted (±)-bilosespenes A and B. Org Lett 5:4741–4743

Chapter 3
Total Synthesis of Maoecrystal V

3.1 Retro-synthetic Analysis of Maoecrystal V

In model study of Maoecrystal V, the skeleton of the natural product was successfully established, and three contiguous chiral centers, C8, C9, C10, were also built. Based on the information supplied by model research, the total synthesis of Maoecrystal V was developed. The retro-synthetic analysis is shown in Fig. 3.1.

The key point of the total synthesis is the stereoselective construction of the high-congested tetrahydrofuran ring. The synthetic route is shown in the retro-synthetic analysis. There are two synthetic routes: (1) directly construct a seven-membered ring then followed by an IMDA reaction to construct the natural product's skeleton with tetrahydrofuran ring in one single step; (2) modify the product of IMDA reaction to obtain compound 2. Both of these two strategies can be connected to the key intermediate 5, which could be obtained by reduction of 1,3-keto esters 6.

Based on the retro-synthetic analysis, the problems to be solved in total synthesis were proposed as following:

1. Exploring a simple and efficient synthesis route to construct tetrahydrofuran ring.
2. Utilizing the key reactions in model research to realize the real total synthesis;
3. Completing the total synthesis of Maoecrystal V.

3.2 Strategy 1 of Total Synthesis: DA/Oxa-bridge Formation

3.2.1 Retro-synthetic Analysis

Since the intramolecular Diels–Alder reaction and subsequent removal of acetoxyl group by SmI_2 reduction have been successfully explored in the model study, we hoped to make full use of these findings in the total synthesis. Here, the strategy

J. Gong, *Total Synthesis of (±)-Maoecrystal V*, Springer Theses,
DOI: 10.1007/978-3-642-54304-3_3, © Springer-Verlag Berlin Heidelberg 2014

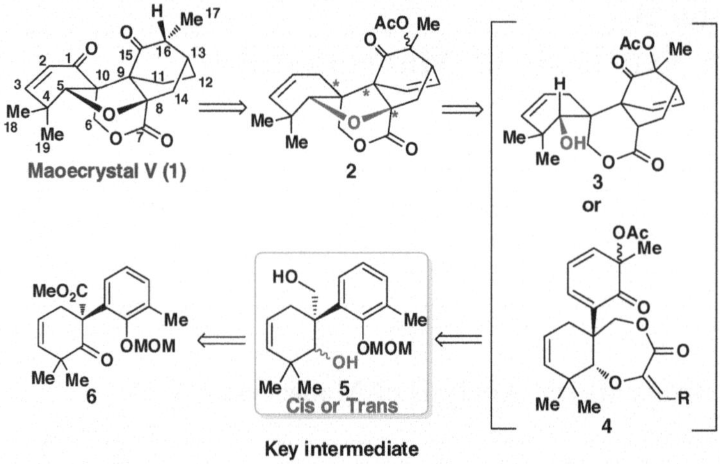

Fig. 3.1 The retro-synthetic analysis of Maoecrystal V

constructing the oxa-bridge after the Diels–Alder reaction was first proposed. The retro-synthetic analysis is shown in Fig. 3.2. The natural product Maoecrystal V was disconnected to compound 3.2, which could be obtained from the Diels–Alder product 3.3 through functional group conversion. The Diels–Alder precursor compound 3.4 was the acrylic acid derivative studied in model study, which could be obtained by a simple esterification of *cis*-diol 3.5. C-diol 3.5 could be produced by 1,3-keto ester 3.6 through the reduction of the bi-carbonyl substrate. 1,3-keto ester compound 3.6 was obtained from the lead reagent coupling reaction explored by previous study, i.e., from the coupling of the 1,3-keto ester compound 3.8 together with organic lead compound 3.9 in one step.

The advantage of this total synthetic strategy was the use of the key reactions explored in the previous model study, such as the coupling reaction of lead reagent, the intramolecular Diels–Alder reaction constructing a continuous quaternary carbon center and multi-ring system, and subsequently possible removal of acetyl oxygen group through SmI_2 reduction reaction. The difficulty of this synthetic strategy was the construction of the tetrahydrofuran oxa-bridge on Diels–Alder product. The following sections discuss the process of exploring the synthetic strategy in detail.

3.2.2 The Preparation of 1,3-Keto Ester

Large-scale preparation of starting materials is one of the key factors for the success of total synthesis. 1,3-keto ester compound 3.8 was made from known compound 2,2-dimethyl-1,3-cyclohexanedione after six steps (Fig. 3.3). Firstly, the ketone carbonyl group of 2,2-dimethyl-1,3-cyclohexanedione was selectively

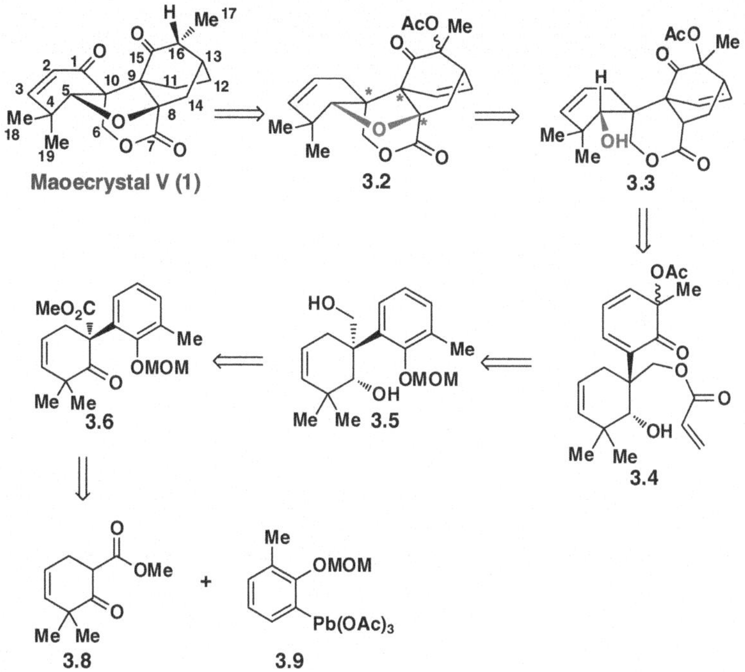

Fig. 3.2 Diels–Alder reaction after oxygen bridge construction

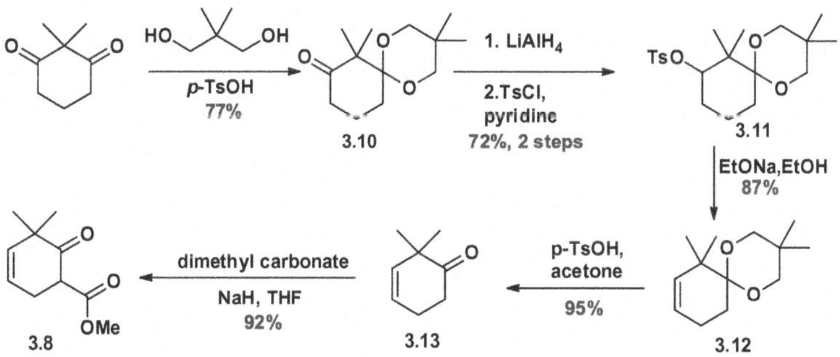

Fig. 3.3 Preparation of compound 3.8

protected by diol and ketal was obtained in a yield of 85 %. The bare carbonyl group was later reduced to the hydroxyl by $LiAlH_4$ and underwent Ts protection to gain compound 3.11; the overall yield of the two steps was 85 %. In the elimination reaction, the olefin compound 3.12 was obtained under sodium ethoxide reflux condition with 72 % yield. Under acidic condition, diol protecting group was removed to gain ketone 3.13 with 95 % yield. This compound has been reported in the literature before. Through the reaction of dimethyl carbonate and sodium hydride, 1,3-keto ester compound 3.8 was obtained in a yield of 92 %, which could be used for the total synthesis. This route is inexpensive and concise for starting material preparation. Every step of the reaction could be done on five-hundred-gram level, laying a foundation for large-scale preparation of starting materials for total synthesis.

3.2.3 Diastereoselective Reduction of Ketone Carbonyl Group of 1,3-Keto Ester

Coupling reaction between 1,3-keto ester 3.8 and lead reagents followed the same procedure as in the model research. To our delight, the conversion was as efficient as in the simple system of model study and created the desired product 3.6 in 88 % yield. After completely reducing the two carbonyl groups by $LiAlH_4$, a pair of diastereoisomers, *cis*-diol 3.5a and *trans*-diol 3.5b, was produced from compound 3.6 with a ratio of 1:6 and a total yield of 84 %. However, the main product was the *trans*-diol 3.5b whose structure was confirmed by single-crystal X-ray diffraction analysis.

In the retro-synthetic analysis shown in Fig. 3.4, the designed total synthetic route requires *cis*-diol 3.5a. However, the major product of direct reduction was *trans*-diol. It was necessary to find a suitable condition to selectively reduce the ketone carbonyl of 1,3-keto ester compound and obtain *cis*-intermediate.

Compound 3.6 was used as the substrate to carry out the screening test of different reduction conditions by controlling the temperature, solvent, and a variety of commonly used reducing agent. The screening results are listed in Table 3.1. For the ketone carbonyl group of compound 3.6 in the middle of the two quaternary carbon centers, its steric hindrance was obviously huge. Some reducing agent with high hindrance such as the CBS and *L*-Selectride could not reduce this ketone carbonyl group no matter at low or room temperature, and the relatively weak reducing agents such as borane dimethyl sulfide could not reduce the carbonyl group as well even at 50 °C. When DIBAL-H was used as the reducing agent, after warming to room temperature, 3.14a and 3.14b were obtained with the ratio 1:5 and 85 % yield. However, the main product was still *trans*-alcohol 3.14b. Using $LiEt_3BH$ as a reducing agent, it could only obtain 30 % of the product at low temperature and room temperature. The *trans*-product 3.14b was the major product, and the *E*:*Z* was 1:3. When trying sodium borohydride reduction, it was surprisingly discovered that 1,3-keto ester compound 3.6 was transformed into alcohol 3.14a and 3.14b in 2:3 ratio and 90 % yield.

Professor Fraga reported the study of diastereoselective reduction In cyclic 1,3-keto ester substrates in 2004 [1], using $CaCl_2$ as additive to form complexation with 1,3-keto esters substrates to control the reduction. Sodium borohydride was added to the mixture and the selective reduction of ketone carbonyl group happened with 90 % diastereoselectivity. The transition state proposed is shown in Fig. 3.5.

Fig. 3.4 The synthesis of *cis*-diol 3.5a and *trans*-diol 3.5b

Table 3.1 Condition screening for the diastereoselective reduction of 1,3-keto ester

Entry	Solvent	Reagent	Temperature	Yield	Ratio of 3.14a and 3.14b
1	CH_2Cl_2	DIBAL-H	−78 °C to r.t.	85 %	3.14b:3.14a = 5:1
2	THF	L-Selectride	−78 °C to r.t.	–	SM recovery
3	THF	$LiEt_3BH$	−78 °C to r.t.	30 %	3.14b:3.14a = 3:1
4	THF	BH_3 in Me_2S	r.t. to 50 °C	–	SM recovery
5	THF	CBS	r.t.	–	SM recovery
6	MeOH	$NaBH_4$	r.t.	90 %	3.14b:3.14a = 3:2
7	MeOH	$CaCl_2$ and $NaBH_4$	r.t.	95 %	**3.14b : 3.14a > 30: 1**
8	MeOH/THF	n-Bu_4NBH_4	40 °C	65 % (89 % brsm)	**3.14a (Single isomer)**
9	MeOH/THF	Me_4NBH_4	r.t.	81 % (95 % brsm)	**3.14a (Single isomer)**
10	MeOH/THF	Me_4NBH_4	50 °C	86 % (92 % brsm)	**3.14b : 3.14a = 1 : 6**

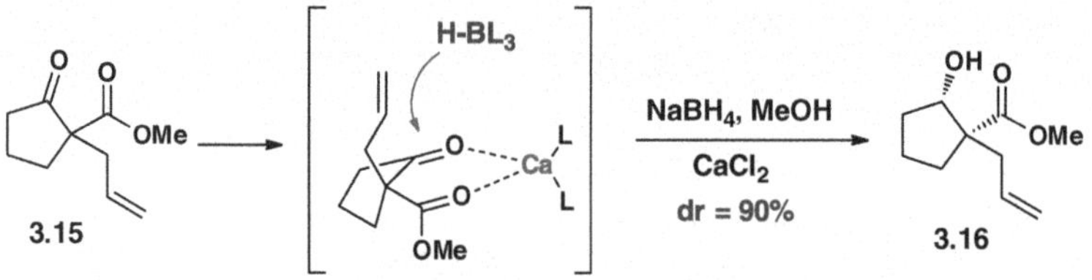

Fig. 3.5 Fraga's explanation on the selectivity of $CaCl_2/NaBH_4$ [1]

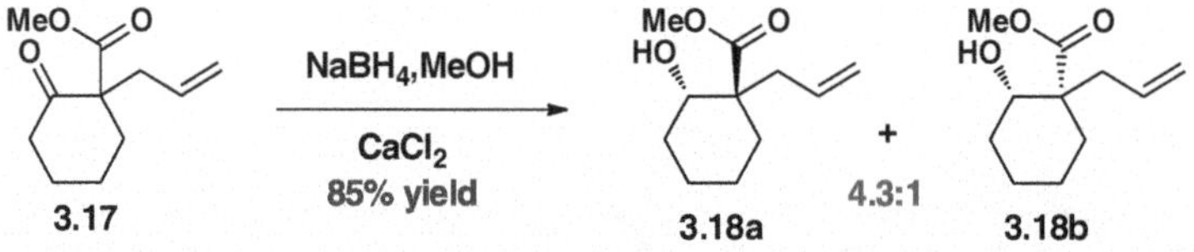

Fig. 3.6 The *trans*-diastereoselectivity of 1,3-keto ester with six-membered ring [1]

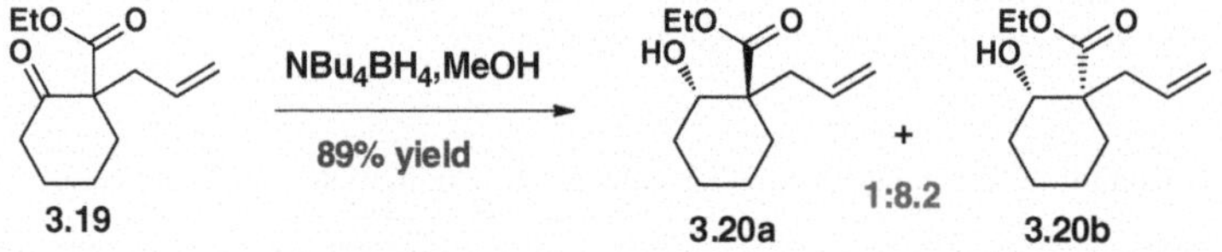

Fig. 3.7 The *cis* selectivity of $(n\text{-Bu})_4NBH_4$ reduction [1]

However, when our substrate 1,3-keto ester was studied under the same condition, the contrary diastereoselectivity was obtained. In the presence of $CaCl_2$, substrate 3.17 reacted with sodium borohydride and generated the *cis*-product 3.18a and *trans*-product 3.18b in 1:4 ratio and 85 % yield, the *trans*-product was the major product (Fig. 3.6).

Fraga et al. [1] studied the reduction effect of another uncommonly used reductive agent tetrabutylammonium borohydride (NBu_4BH_4) on similar substrates as well. They found that substrate 3.19 was converted to *cis*-product 3.20b and *trans*-product 3.20a under tetrabutylammonium borohydride with 89 % yield (Fig. 3.7). The proportion was 8.2:1. The *cis*-product was the main product.

In order to explain this unexpected diastereoselectivity, Fraga's group carried out a more detailed experimental and theoretical research. Finally, they used the Felkin Ahn model to explain that the hydrogen negative ions attacked the carbonyl group from the surface with small steric hindrance and obtained *cis*-product 3.20b as the major product (Fig. 3.8).

After carefully analyzing Fraga's work, we introduced their reduction system to our synthesis work. The results are shown in Table 3.1, when 1,3-keto ester compound 3.6 and $CaCl_2$ were mixed for 0.5 h then reduced by sodium borohydride at room temperature, we surprisingly obtained the *trans*-product 3.14b in

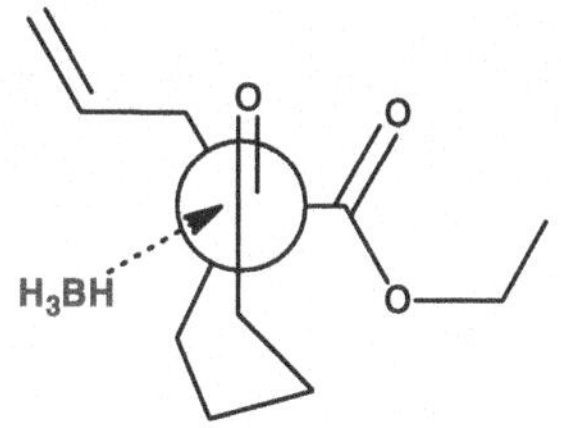

Fig. 3.8 The explanation of diastereoselectivity using Felkin Ahn model [1]

95 % yield with more than 30:1 dr ratio, which overmatched the direct reduction reaction using $LiAlH_4$ with the *trans*-product in 6:1 dr ratio. When tetrabutylammonium borohydride was used as the reducing agent and reacted in the mixture of methanol and tetrahydrofuran, the single *cis*-product 3.14a was obtained after separation. However, the conversion rate was not high. Continuously heating to 40 °C, the separation yield of the *cis*-product 3.14a was 65 %, and the yield based on the recovery of starting materials was 89 %. When using tetramethylammonium borohydride with smaller steric hindrance as the reducing agent, better results were obtained under milder conditions. The reaction could be carried out at room temperature and obtained the single *cis*-product 3.14a at 80 % isolation yield. The yield based on the recovery of starting materials ran up to 95 %. When raising the temperature to 40 °C under the same condition, the *cis*-product 3.14a and *trans*-product 3.14b were isolated with the ratio 6:1 and 86 % total yield.

To explain the mechanism of $(n\mathrm{Bu})_4\mathrm{NBH}_4$ reduction giving a single *cis*-product on our substrate, a possible mechanism that positive ion interacts with electron rich aromatic ring π-electron (cation–π interaction) [2, 3] was proposed. As shown in Fig. 3.9, due to the electronic MOM group and the methyl group on benzene substrate 3.6, the benzene ring is remarkably electron-rich. $(n\text{-}\mathrm{Bu})_4\mathrm{NBH}_4$ was used as reducing agent, the electron-deficient quaternary ammonium ion might have an electronic interaction force with the electron-rich aromatic ring, which made the positive ammonium ion reduce the ketone from the same surface near the aromatic ring, then obtained a new secondary hydroxyl group, producing the *cis*-product 3.14a, whose ester group was at the same side.

So far, the diastereoselective reduction of 1,3-the keto ester was successfully realized to form compound 3.6. The same substrate with different experimental conditions can obtain *cis*-product and *trans*-product with high diastereoselectivity, respectively, which lays the foundation for the further development of various strategies for total synthesis.

3.2.4 Intramolecular Diels–Alder/Oxa-bridge Strategy

With *cis*-product 3.14a in hand, the first total synthetic strategy constructing the tetrahydrofuran oxa-bridge was carried out to test the key reactions of the total synthesis. The primary goal of this stage is to form the IMDA product and

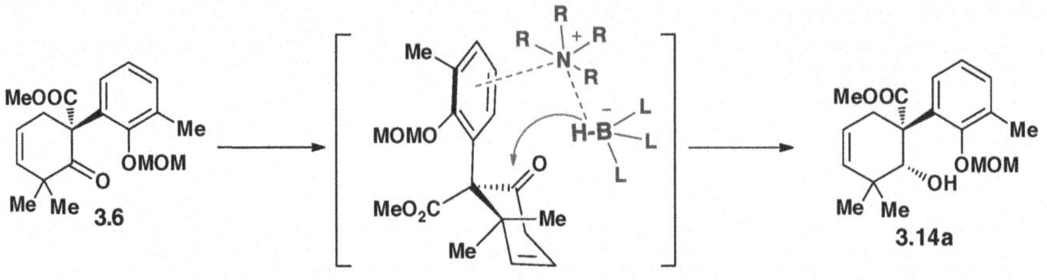

Fig. 3.9 The explanation of diastereoselectivity via cation-π electronic interaction

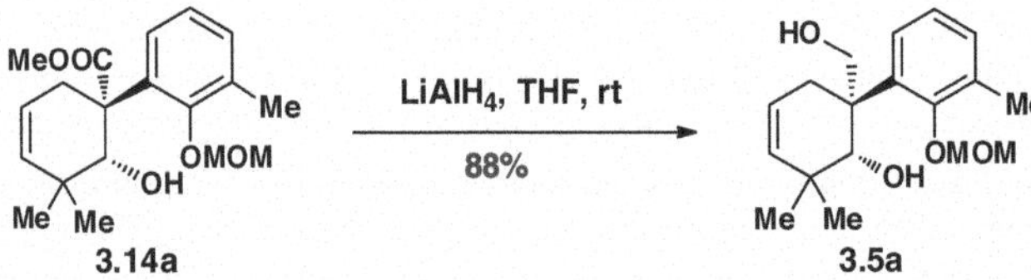

Fig. 3.10 The preparation of *cis*-glycol 3.5a

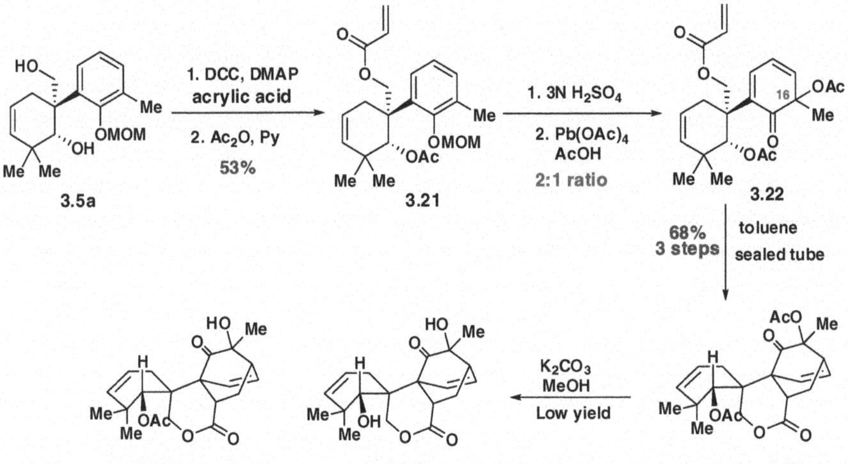

Fig. 3.11 The preliminary attempt of intramolecular Diels–Alder reaction

successfully construct consecutive quaternary carbon and multi-ring system. Reducing compound 3.14a with Lithium aluminum hydride gave *cis*-diol 3.5 with a yield of 88 % (Fig. 3.10).

As shown in Fig. 3.11, starting from the *cis*-diol 3.5a together with acrylic acid went an esterification reaction under the presence of DMAP and DCC, which selectively introduced the acrylic acid fragment to primary hydroxyl group, followed by acetyl protection to give compound 3.21 with a yield of 53 % in two steps. MOM was removed from Compound 3.21 under the condition of 3N sulfuric acid. Lead tetraacetate solvent was added, and a pair of diastereoisomers of Diels–Alder precursor 3.22 was produced under Wessely oxidative dearomatization. Using toluene as solvent, Diels–Alder precursor reacted overnight in a sealed tube, which could obtain the expected intramolecular Diels–Alder product 3.23. Though single crystal was not obtained at this stage, by comparing to the spectrum of Diels–Alder product obtained in model study, the stereo configuration of the 3.23 was preliminarily determined to be ideal. The next step was to remove the acetyl protecting group. However, the two acetyl groups on Diels–Alder product 3.23 brought lots of difficulties in the removing process. We only obtained the mixture of the C_{16} deacetylated product 3.25 and product 3.24 with both of the two acetyl groups removed in low-yield under potassium carbonate-methanol conditions, most of the starting materials were decomposed under alkaline conditions. The expected acetyl on the secondary hydroxyl group was not selectively removed. So a suitable protecting group must be screened out in the early stage, or a direct IMDA reaction without protecting transformation should be applied as an attempt to solve this problem.

Due to the difficulty of removing the acetyl group of the two hydroxyl groups on the Diels–Alder product 3.23, this substrate was used to explore the reactions in the subsequent stages of the total synthesis. Because there are two double bonds in Diels–Alder product 3.23 (C_2–C_3 and C_{11}–C_{12}) while natural product has only one double bond C_2–C_3, selectively removing the C_{11}–C_{12} double bond was necessary. As shown in Fig. 3.12, starting from 3.23, a selective hydrogenation on C_2–C_3 position under palladium-carbon catalysis happened to give compound 3.26, which indicated that the steric hindrance on the double bonds in the six-membered ring system was smaller than that on [2.2.2] bicyclic ring. Because the expected selective hydrogenation was not realized, the only choice was to continue the catalytic hydrogenation on the C_{11}–C_{12} unsaturated bond and 3.27 was obtained in 88 % yield. Another important reaction for the total synthesis is the reduction and cleavage of acetoxyl group on C_{16}. The reaction can be carried out very mildly in the model study under samarium diiodide conditions. Substrate 3.27 reacted for 15 min under the same conditions, successfully created the desired compound 3.28 in 84 % yield, and the diastereoselectivity on C_{16} is 3:1. The reaction of removing the acetyl group was also tried, but only obtained the desired product 3.29 in a low-yield under a series of basic conditions; the major product was a rearrangement compound 3.30. The possible mechanism of rearrangement is shown in Fig. 3.13.

As the acetyl protection of secondary hydroxyl group is difficult to remove after Diels–Alder reaction, we considered not to use the strategy of protecting the secondary hydroxyl group in the early stage. As shown in Fig. 3.14, starting from the *cis*-diol 3.5a and acrylic acid, an esterification reaction was triggered under the DCC/DMAP condition, which selectively introduced the acrylic acid fragment into the primary hydroxyl group and was isolated to get the alcohol 3.31 in 58 % yield. Cryogenically removing the MOM protecting group in compound 3.31 under TMSBr, followed by the Wessely oxidative dearomatization, a pair of

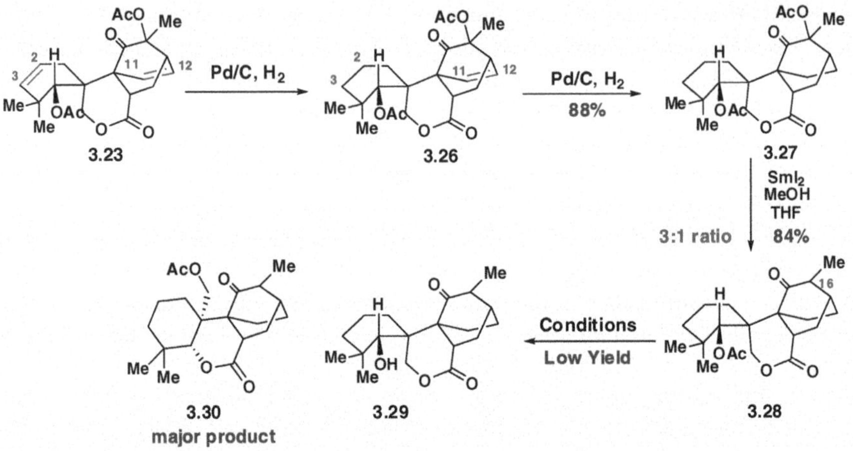

Fig. 3.12 The attempt to selectively hydrogenate double bond

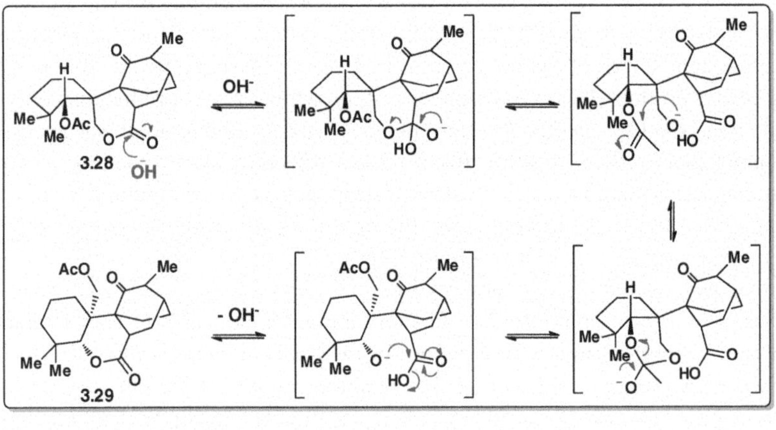

Fig. 3.13 The possible mechanism for the rearrangement

diastereoisomers 3.32 can be obtained with the ratio of 2:1. And the mixed Diels–Alder precursor reacted overnight in toluene within a sealed tube, obtaining the expected intramolecular Diels–Alder product 3.3.3. The relative stereochemistry of the intramolecular Diels–Alder product 3.33 was confirmed by a single-crystal X-ray diffraction experiment. So far we have successfully applied the key reaction in the model study to the total synthesis system and constructed four rings of the natural product. The critical problem of this route is how to construct the tetrahydrofuran ring.

After successfully managed the intramolecular Diels–Alder reaction to obtain 3.33, tetrahydrofuran oxa-bridge was our next target as shown in Fig. 3.15. The reaction between substrate 3.33, lead tetraacetate and iodine under toluene reflux

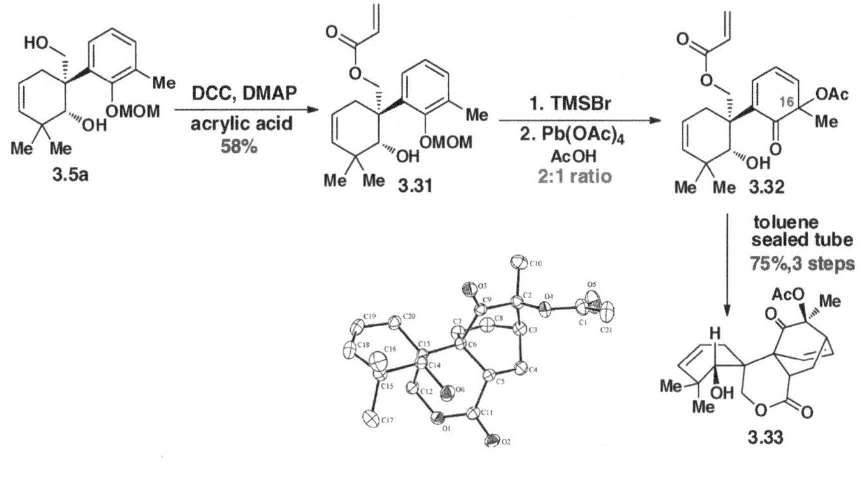

Fig. 3.14 The synthetic route of Diels–Alder product 3.33

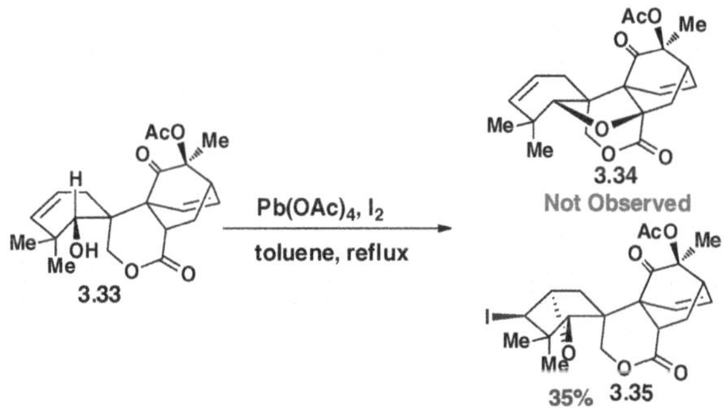

Fig. 3.15 The attempt to form oxa-bridge via intramolecular radical reaction

conditions did not supply the intramolecular remote free radical to close the ring, only a three-membered ring converted from the double bond was isolated.

In addition, intramolecular S_N2 was also considered to form oxa-bridge on substrate 3.33. It was expected to form silyl enol ether under TMSOTf condition on the six-membered lactone in order to form a bromine onium three-membered ring with NBS oxidation; then, S_N2 attacked three-membered ring to construct tetrahydrofuran oxa-bridge within the secondary hydroxyl group. However, it was disappointing that only two hydroxyl TMS-protected acetyl mono-bromo and di-bromo products 3.36 and 3.37 were isolated with the yields of 32 and 35 %, respectively (Fig. 3.16). When we tried to protect the secondary hydroxyl group with TBS, compound 3.73 was obtained in 82 % yield. The structure of this compound was formed by the condensation of secondary hydroxyl with ester group, and then, TBS protected the newly formed tertiary hydroxyl group.

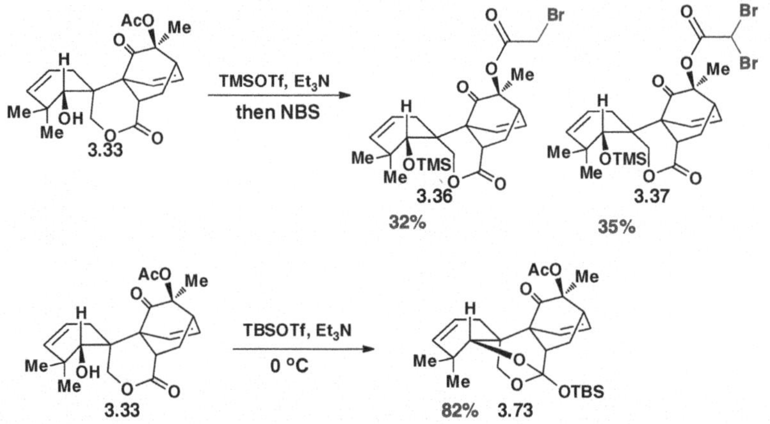

Fig. 3.16 The attempt to form oxa-bridge via intramolecular S_N2 reaction

At this point, the strategy of trying to construct the tetrahydrofuran oxa-bridge after the intramolecular Diels–Alder reaction ended in failure, the main reason might be the tension to the molecular skeleton caused by the construction of the tetrahydrofuran ring on the Diels–Alder product. Therefore, introducing the oxa-bridge before IMDA reaction would be the next attempt.

3.3 Oxa-bridge/IMDA: Intramolecular S_N2 to Form Oxa-bridge

Because the attempts to construct the tetrahydrofuran oxa-bridge after the intramolecular Diels–Alder reaction encountered difficulties, introducing oxa-bridge fragment before intramolecular Diels–Alder reaction was naturally considered to achieve the total synthesis of Maoecrystal V. The proposed strategy for total synthesis is shown in Fig. 3.17. Maoecrystal V could be disconnected to key Diels–Alder precursor compound 3.38, which could be obtained under different conditions following several strategies. Firstly, intramolecular S_N2 reaction was tested to construct the enol ether of the compound 3.38 via introducing the pyruvate fragment on the primary hydroxyl group of the *trans*-diol 3.5b. Under alkaline conditions, ketone on pyruvic acid was transformed with enolization and gave an enolate anion, it was deduced that the newly formed oxygen anion could construct six or seven bicyclic structure of compound 3.38 via S_N2 attacking the Ms leaving group.

The intramolecular S_N2 attacking strategy is shown in Fig. 3.18. With *trans*-diol 3.5b and pyruvic acid chloride in pyridine, hydroxypyruvate compound 3.42 was obtained in 68 % yield selectively. Secondary hydroxyl group on the six-membered ring could be protected with methanesulfonyl chloride compound to

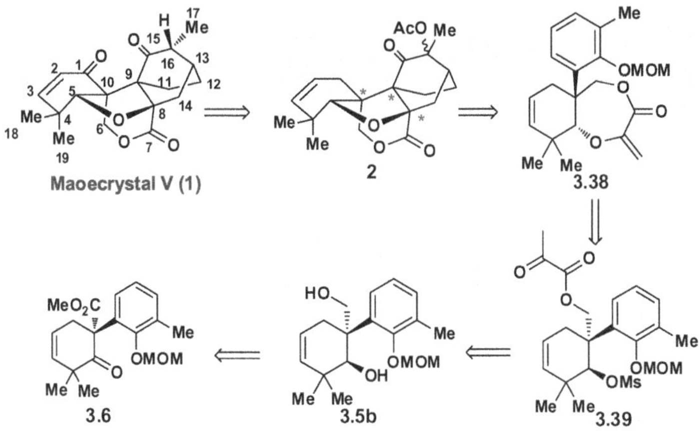

Fig. 3.17 Intramolecular S_N2 synthetic strategy

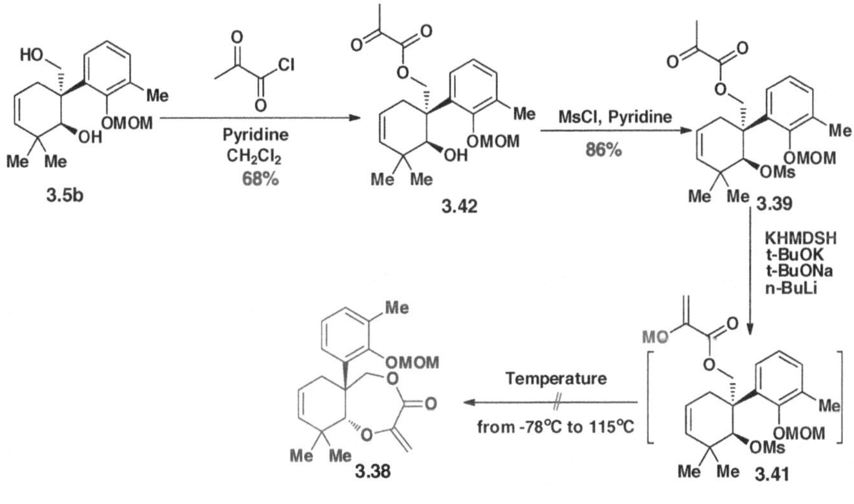

Fig. 3.18 Intramolecular S_N2 synthetic route 1

produce 3.39. With 3.39 as the substrate of intramolecular S_N2 attacking, a variety of base conditions were tried. However, it was disappointing that no desired product 3.38 was formed in all these attempts. In addition, different crown ethers were also used as additive to capture the countering cations of enol anion. However, these trials were not successful either.

So another circuitous intramolecular S_N2 attack strategy was proposed as shown in Fig. 3.19. The *cis*-diol 3.5a and 2-bromoacetyl bromide reacted in pyridine to obtain product 3.43 with primary hydroxyl group selectively converted to pyruvate in a yield of 65 % using DCM as a solvent. The hydroxyl group on

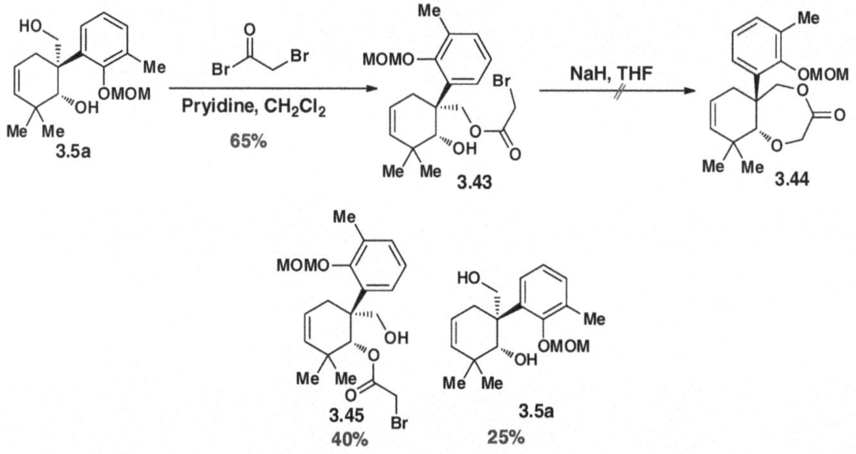

Fig. 3.19 Intramolecular S_N2 synthetic route 2

secondary six-membered ring reacted with sodium hydride to form an oxygen anion. Then, we expected that the oxygen anion in the molecule could attack the leaving group (bromide) to construct a seven-membered ring. However, the experimental result showed that the ester-hydrolysis product *cis*-diol 3.5a (yield 20 %) and the compound 3.45 (yield 40 %) with acyl group transferred to the secondary hydroxyl group were separated.

The result showed that, compared with the intramolecular S_N2 attacking to construct a seven-membered ring, acyl transferring from primary to secondary hydroxyl through a six-membered ring transition state (Fig. 3.20) was more favor in dynamic and thermodynamic pathway. Thus, the intramolecular S_N2 strategy was difficult to realize.

3.4 Oxa-bridge/IMDA Strategy: Intramolecular Oxa-Michael Reaction

After the failure of the intramolecular S_N2 attack strategy, intramolecular oxa-Michael strategy was used to test the seven-membered ring formation. The retrosynthetic analysis is shown in Fig. 3.21. Key intermediate 3.38 was inversed to its analog 3.46 while compound 3.46 could be synthesized from compound 3.47 through an intramolecular oxa-Michael addition reaction.

The intramolecular oxa-Michael strategy is shown in Fig. 3.22. Using pyridine as a solvent, the *cis*-diol 3.5a and triphosgene could react to create a carbonate product 3.48 in 85 % yield. The alkynyl lithium intermediate attacked the carbonyl group of 3.48, obtained a pair of diastereoisomer 3.47 and 3.49 which were produced depending on the different ring opening site. The main product was the

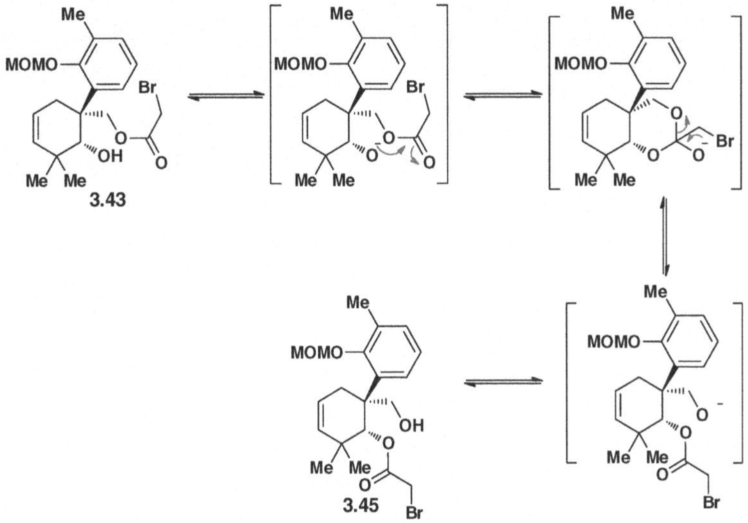

Fig. 3.20 The possible mechanism of intramolecular acyl transferring

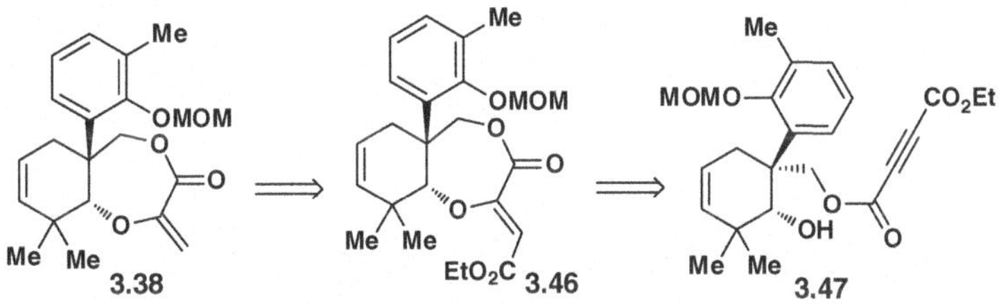

Fig. 3.21 The retro-synthetic analysis of intramolecular oxa-Michael strategy

desired product 3.47 (yield 58 %), and the byproduct 3.49 can be hydrolyzed back to *cis*-diol 3.5a under alkaline condition.

With intramolecular oxa-Michael precursor 3.47, constructing the six–seven bicyclic structure directly through the oxygen Michael addition reaction was carried out under the alkaline condition. However, only the starting materials were recovered. Thus, MOM group was first removed to obtain the free phenol 3.50 under sulfuric acid. After Wessely oxidative dearomatization, we got a pair of diastereomeric isomers 3.51 with the ratio 3:1, which was considered as the Diels–Alder precursor. The expected IMDA reaction did not happen in a sealed tube. No desired 3.52 or IMDA product 3.53 was separated. Starting materials were partially recycled, but most of the precursors were decomposed (Fig. 3.23).

In intramolecular oxa-Michael strategy, it was unexpected that (shown in Fig. 3.24) carbonate substrate 3.48 reacted with (3-ethoxy-3-oxoprop-1-ynyl)lithium at 0 °C overnight could give compound 3.54, which might be formed

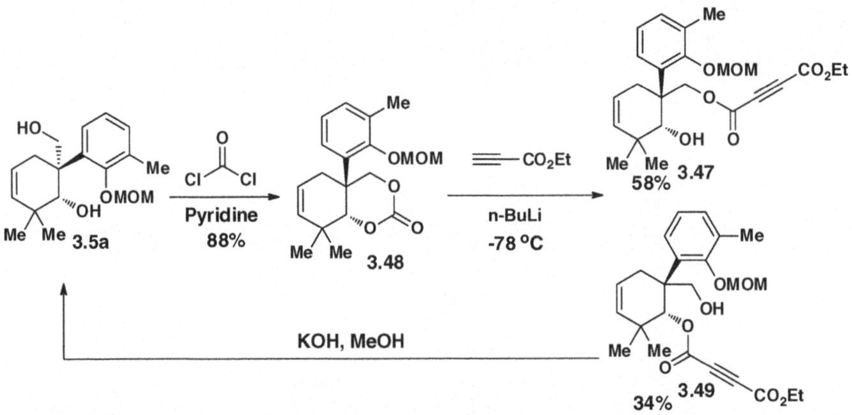

Fig. 3.22 The synthesis of intramolecular oxa-Michael precursor

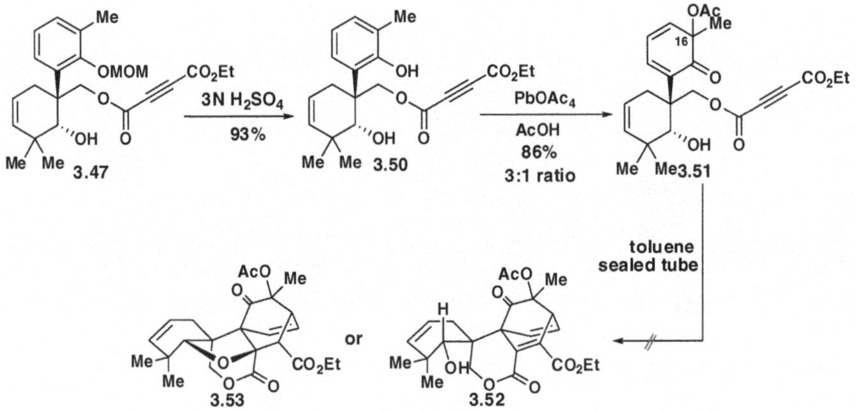

Fig. 3.23 The attempt of intramolecular oxa-Michael addition reaction

by ethoxy anion under oxa-Michael addiction. The ethoxy anion might be formed through the attacking of acetylenic lithium reagent to the ester of ethyl acrylate. After removing the MOM group and undergoing Wessely oxidative dearomatization, a pair of separable diastereoisomers of 3.55 was obtained in the ratio of 2:1. These two separable diastereoisomers were used in IMDA reaction, respectively, under toluene reflux conditions. Surprisingly, the two diastereoisomers were converted to the same product 3.56. We speculated that the high steric hindrance of the precursor made it difficult to go through IMDA pathway, instead the intramolecular SN′ reaction was triggered through intermediate 3.57 (Fig. 3.24).

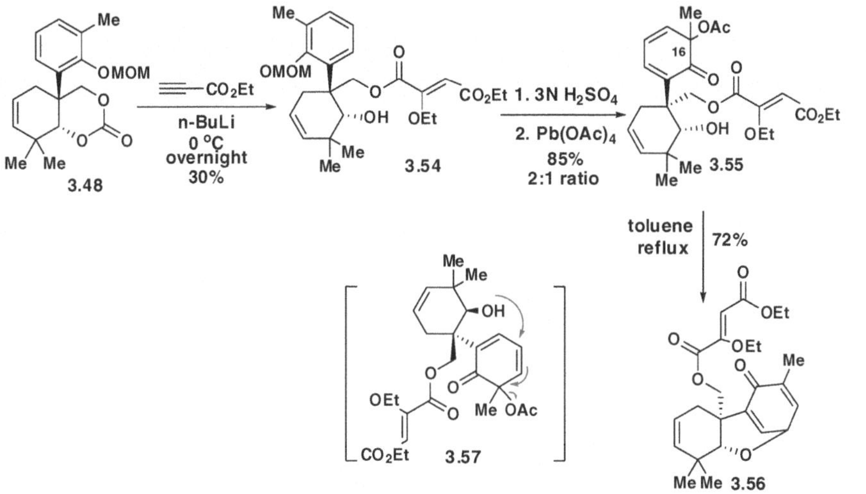

Fig. 3.24 The attempt on intramolecular oxa-Michael addition reaction

3.5 Oxa-bridge/IMDA Strategy: Rh(II)-catalyzed Intramolecular O–H Insertion

Since the strategies above to construct oxa-bridge before IMDA were failed, new reaction systems should be built up via literature survey. α-Diazo carbonyl compounds could be catalyzed by Rh (II) to form carbene species, which would trigger the intramolecular O–H bond insertion reaction [4–6]. The background of the reaction will be introduced in the following part.

Carbene contains divalent neutral carbon [7]. It is formed by one carbon and two other groups with covalent bond. There are two free electrons on the carbon. Due to the unpaired electrons and the unsaturated central carbon atom, carbene has high reactivity, which can trigger nucleophilic reaction and electrophilic reaction. Metal carbene refers to a reactive intermediate named carbenoid formed by coordination of carbene and metal. Because the metal [e.g., Rh (II)] coordination decreases the activity of divalent carbon intermediates, the chemical selectivity of the reaction is improved, and metal carbene can trigger electrophilic reaction with the electron-rich substrates [4–6].

In 2009, Prof. Yu's group from Peking University concluded the generally accepted O–H bond insertion mechanism of metal carbene [8], as shown in Fig. 3.25.

Prof. Yu summarized that the metal carbene O–H bond insertion mechanism includes three steps. Step a is that transition metal catalyst decomposes the α-diazo carbonyl compound A and releases nitrogen to form the metal carbene product B; Step b is that metal carbene product B and the substrate R_2OH form metal-associated oxonium ylide C; Step c is that metal-associated oxonium ylide (C or

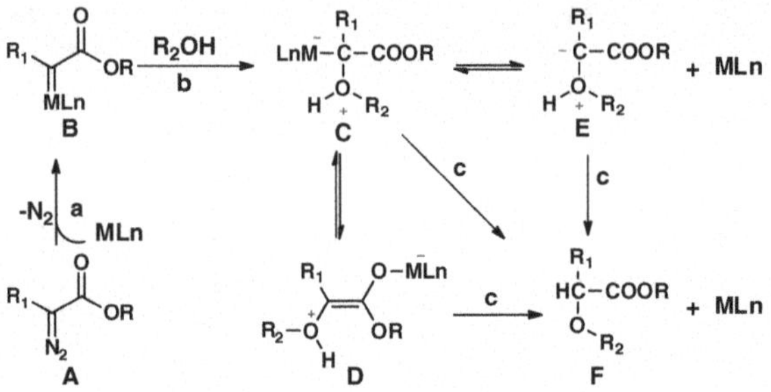

Fig. 3.25 The general O–H bond insertion mechanism (Reprinted with the permission from Ref. [8]. Copyright 2009 American Chemical Society)

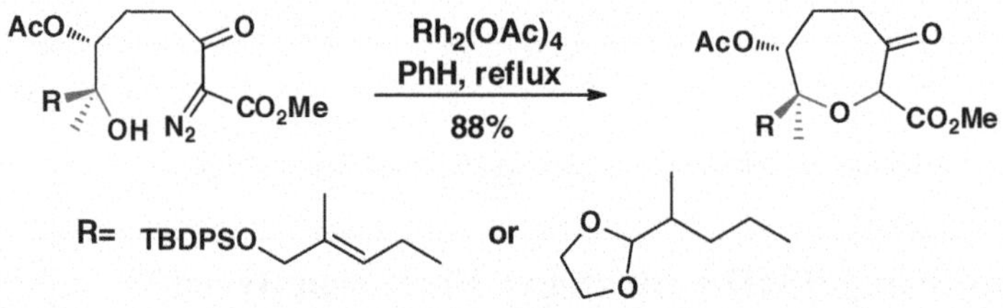

Fig. 3.26 The construction of the seven-membered ring via Rh(II)-catalyzed intramolecular O–H insertion reaction (Reprinted with the permission from Ref. [10]. Copyright 2004 American Chemical Society)

D) or free oxonium ylide E triggers [1,2]-hydrogen shift to form the product F with regeneration of the metal catalyst. They calculated that, for the Rh (II)-catalyzed O–H bond insertion reaction, the product F was formed through the metal-free oxonium ylide E. For Cu (I)-catalyzed O–H bond insertion reaction, product F tended to be formed via oxonium ylide coordinated by monovalent copper ion.

The metal carbene insertion to O–H bond has the unique advantage in constructing a compound containing carbon–oxygen bond, and this prestigious reaction has been widely used in organic synthesis. Here are two examples of constructing seven-membered ring system with this reaction.

In 1989, the Moody's group from UK reported the construction of seven-membered cyclic ethers (Fig. 3.26) [9] via Rh (II)-catalyzed intramolecular O–H insertion reaction. With the catalyst of rhodium acetate dimer, the catenulate α-diazo carbonyl substrate containing secondary hydroxyl reacted to obtain seven-membered cyclic ethers under toluene reflux conditions with the yield of 88 %.

Professor Zhou's group from Nankai University reported that chiral spiro ligands developed in their laboratory cooperated with monovalent copper can catalyze intramolecular asymmetric O–H bond insertion, which could be used to construct various ring systems, including five-, six- and seven-membered ring [10]. Catalyzed by copper(I), the α-diazo carbonyl compounds containing primary

5 mol% CuOTf
6 mol% ligand
6 mol% $NaBAr_F$
CH_2Cl_2, 25 °C
70%, 83% ee

Ligand

Fig. 3.27 Cu (I)-catalyzed asymmetric intramolecular O–H insertion reaction constructs seven-membered ring (Reprinted with the permission from Ref. [11]. Copyright 2007 American Chemical Society)

hydroxyl groups could supply the product of controlled absolute configuration using chiral spiro ligands, generating seven-membered ether ring system in 70 % yield and 83 % *ee* (Fig. 3.27).

Based on the high reactivity of metal carbene and the successful examples on building seven-membered ring, as well as other reported examples of constructing five- or six-membered ring [11–14], the final total synthetic strategy was proposed as shown in Fig. 3.28. Maoecrystal V could be obtained from compound 2 after conversion of several functional groups. Compound 2 could be constructed by precursor 3.38 through Wessely oxidative dearomatization and intramolecular Diels–Alder reaction. The key intermediate 3.38 can be obtained from phosphate compounds 3.58 via Horner–Wadsworth–Emmons reaction. Compound 3.58 can be constructed by α-diazo carbonyl compound 3.59 via Rh (II)-catalyzed intramolecular O–H bond insertion and 3.59 could be prepared from *cis*-diol.

Figure 3.29 shows the total synthesis route of natural product Maoecrystal V starting from *cis*-diol 3.5a. With EDCI and DMAP, *cis*-diol 3.5a reacted with diethyl phosphono acetate and obtained primary hydroxyl monoesterification product with 82 % yield. The product continued to react with toluenesulfonyl azide under DBU and generated α-diazo carbonyl compound 3.59 in a yield of 82 %. Catalyzed by rhodium acetate (II) dimer, compound 3.59 was converted to compound 3.58 by heating at 80 °C in anhydrous benzene solvent with 60 % yield. Under basic condition, compound 3.58 went through Horner–Wadsworth–Emmons reaction [15–17] with paraformaldehyde and formed the key intermediate 3.38 in 95 % yield. Compound 3.38 is a highly reactive product, when a conventional method (such as previously used 3N sulfuric acid and TMSBr) was used to remove the MOM protecting group, the starting materials were all decomposed. After screening the conditions, trifluoroacetic acid could mildly remove MOM protecting group in anhydrous DCM and give phenol 3.60 with 90 % yield.

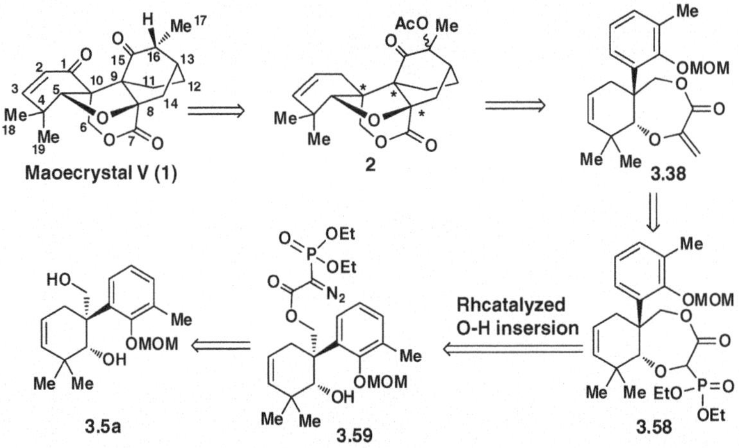

Fig. 3.28 Synthetic strategy toward Maoecrystal V

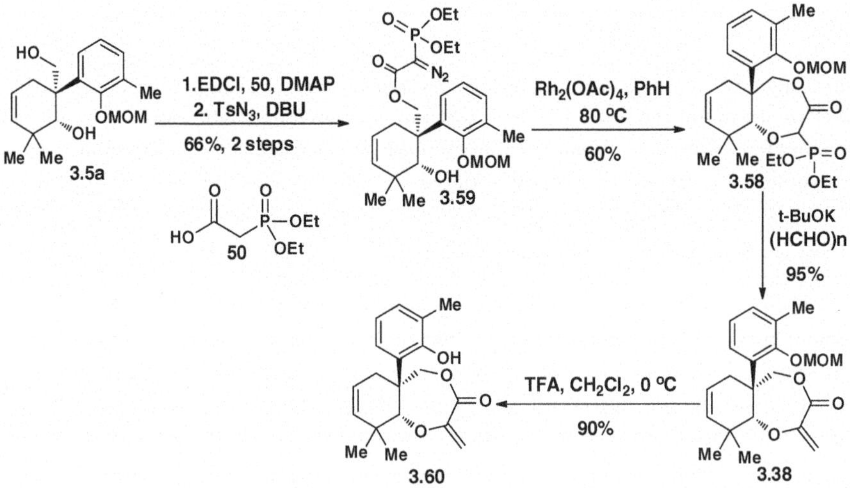

Fig. 3.29 Synthetic route toward compound 3.60

With compound 3.60 in hand, the key Wessely oxidative dearomatization and IMDA reaction succeeded in the model study could be used to construct the real natural product Maoecrystal V (Fig. 3.30). After forming the *o*-Benzoquinone acetate through the oxidative dearomatization in $Pb(OAc)_4$, the obtained product was directly dissolved in toluene and heated to 145 °C in a sealed tube for 24 h and generated three products. Fortunately, the target product 2 (yield 36 %) was the main product and the structure could be corroborated by single-crystal X-ray diffraction. Surprisingly, the diastereoisomer of product 2 was not generated on the

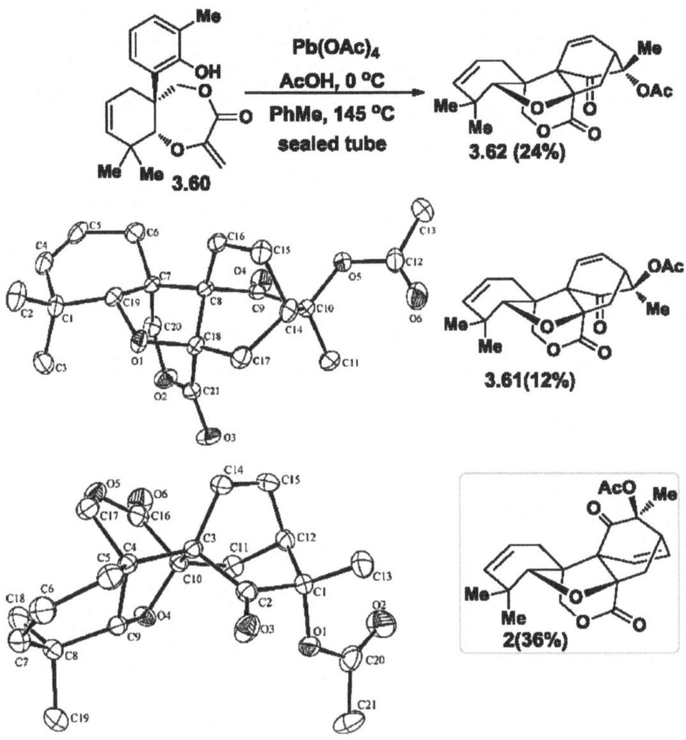

Fig. 3.30 Wessely oxidative dearomatization and intramolecular Diels–Alder reaction

site of C_{16}. Diastereoisomers 3.61 and 3.62 were obtained with the yields of 12 and 24 %, which had different facial selectivity compared with the desired one. The structure of compound 3.61 was also examined by single-crystal X-ray diffraction. In previous IMDA reactions (as shown in Fig. 3.14), Diels–Alder product 3.33 was obtained from substrate 3.32, and the reaction condition was 120 °C for 24 h in a sealed tube in toluene. While for the substrate of total synthesis, the reaction temperature needed to be increased to 145 °C. The starting materials were not fully converted after 48 h at 120 °C. It proved that this substrate required higher energy to trigger IMDA reaction. The steric hindrance of the Diels–Alder precursor and the high tension of the pentacyclic system of Diels–Alder product might lead to the unsatisfied selectivity of the intramolecular Diels–Alder reaction.

With compound 2 in hand, various conditions were tried for direct C_1 allylic oxidation, but none was successful. Thus, a circuitous route (Fig. 3.31) was developed. Using CCl_4 as solvent, taking benzoyl peroxide as the radical initiator, NBS allylic bromination of compound 2 was triggered to obtain compound 3.63 with 90 % yield. Heteronuclear multiple-bond correlation spectroscopy (HMBC) confirmed the bromination happened at the C_1 position without rearrangement. However, when compound 3.63 reacted with sodium bicarbonate and 4-methoxylpyridine *N*-oxide,

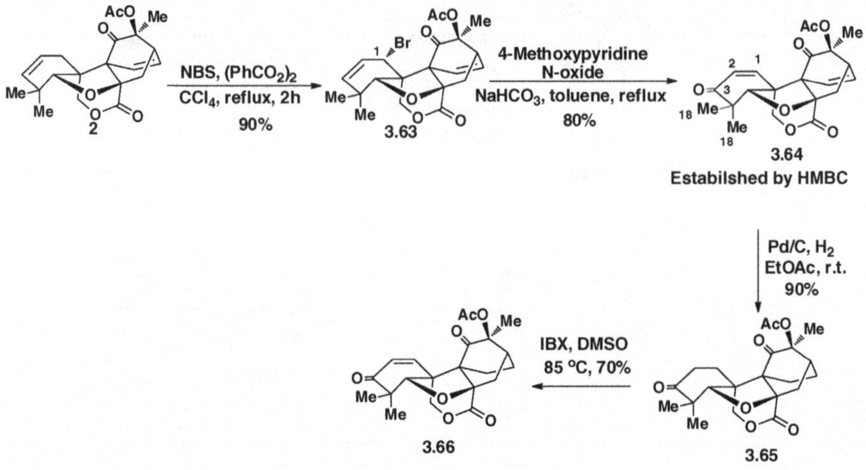

Fig. 3.31 The synthetic route of compound 3.66

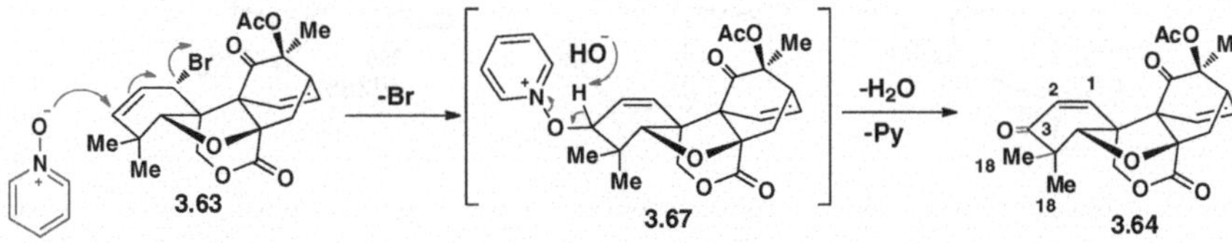

Fig. 3.32 The possible mechanism forming product 3.64

double bond migration product 3.64 was obtained in refluxing toluene. The position of the carbonyl was confirmed by HMBC. HMBC showed that the C_{18}, C_{19} methyl was relevant to allylic carbonylate, which proved the carbonyl group was at C_3 position. A possible mechanism of forming product 3.64 is shown in Fig. 3.32. Due to large steric effect in C_1-position, the pyridine *N*-oxide could not directly trigger S_N2 attack to the C_1 position. Instead, it triggers an SN′ reaction to attack C_3 position and leads to double bond isomerization. Then, bromine atom was removed, forming the intermediate 3.67. Under basic conditions, the hydrogen atom at the C_3 position and one molecule pyridine were removed. The final product was 3.64.

Because the position of carbonyl group of the compound 3.64 deviated from the natural product, selectively hydrogenation was necessary for further conversion. However, compound 3.65 was the only product obtained under the palladium-carbon catalytic hydrogenation condition, whose double bond was hydrogenated (90 % yield). Compound 3.65 was separated to obtain 3.66 in 70 % yield via IBX oxidizing.

As shown in Fig. 3.33, starting from the Diels–Alder product, reduction for removal of acetoxyl group by samarium diiodide was first tried. Compound 3.68 was obtained in 90 % yield. Using CCl_4 as the solvent and benzoyl peroxide as the

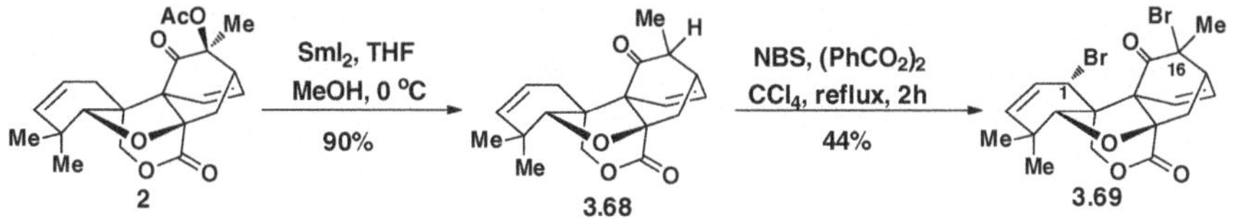

Fig. 3.33 The attempt of intramolecular oxa-Michael addition reaction

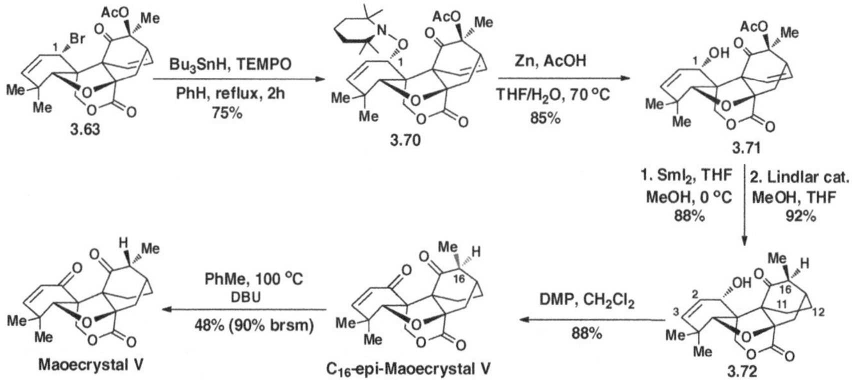

Fig. 3.34 Total synthesis of Maoecrystal V

radical initiator, compound 3.68 was transformed via NBS allylic bromination to obtain dibromides product 3.69 with 44 % yield. Since the bromination reaction could happen at the α-position of carbonyl group, the removal of acetoxyl group was left to the late stages of total synthesis.

The final stage toward the total synthesis of Maoecrystal V is shown in Fig. 3.34. Allylic brominated product 3.63 formed an allylic radical under the action of tributylstannane. The radical was captured by 2,2,6,6-tetramethyl piperidine nitrogen oxide (TEMPO) and formed product 3.70. Compound 3.70 underwent N–O bond cleavage via zinc/acetate reduction to form the allyl alcohol-type compound 3.71, yield 70 %. Compound 3.71 was isolated to get the acetoxyl group removed product in the samarium diiodide reaction with 88 % yield. Selectively catalyzing and hydrogenating the double bond at C_2–C_3 with Lindlar catalyst could obtain compound 3.72 with 92 % yield. After the DMP oxidation of hydroxyl group in compound 3.72, C_{16}-epi-Maoecrystal V was formed, and the relative stereoscopic configuration of the compound was confirmed by the spectra of natural product. Finally, under the conditions of heating toluene solvent to 100 °C with DBU, the methyl group on C_{16} in C_{16}-epi-Maoecrystal V was isomerized to obtain racemic natural product Maoecrystal V with 48 % yield (90 % based on the raw material recovery).

3.6 The Experimental Process and NMR Data of Total Synthesis

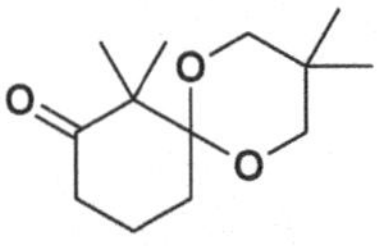

3.10

Synthesis and NMR data of compound 3.10:

Under nitrogen protection, 2,2-dimethyl-1,3-propanediol (8.9 g, 85.7 mmol) and 2,2-dimethyl-1,3-cyclohexdione (4.0 g, 28.6 mmol) were dissolved in dichloromethane (60 mL). Then, *p*-toluenesulfonic acid monohydrate (82 mg, 0.43 mmol) was added at room temperature under stirring conditions. The reaction was heated to 40 °C and refluxed for 7 h. The reaction was quenched with saturated sodium bicarbonate solution (30 mL), the aqueous phase was extracted with dichloromethane (3 × 500 mL). The organic phases were combined, washed with saturated brine (100 mL), and dried over anhydrous Na_2SO_4. The organic phase was removed by rotary evaporator, and the resulting crude product was purified by flash column chromatography (PE/EA = 100:1) to give 5.0 g white solid (R_f = 0.95, PE/EA = 2:1), yield 70 %.

^{1}H NMR (500 MHz, $CDCl_3$) δ 3.60 (d, J = 11.3 Hz, 2H), 3.30 (d, J = 11.6 Hz, 2H), 2.38 (t, J = 7.0 Hz, 2H), 2.23–2.15 (m, 2H), 1.70–1.58 (m, 2H), 1.17 (s, 6H), 1.13 (s, 3H), 0.69 (s, 3H). ^{13}C NMR (125 MHz, $CDCl_3$) δ 213.1, 101.8, 77.2, 77.0, 76.7, 70.0, 55.3, 36.3, 29.7, 23.1, 22.2, 20.6, 19.3, 18.5.

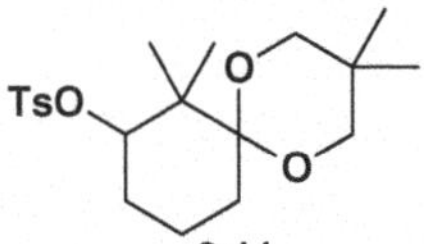

3.11

Synthesis and NMR data of compound 3.11:

Under the protection of nitrogen, compound **3.10** (5.0 g, 22 mmol) was dissolved in tetrahydrofuran (100 mL) and stirred under the condition of 0 °C, and then, lithium aluminum hydride (1.67 g, 44 mmol) was added. The reaction was stirred for 0.15 h at 0 °C. TLC showed that the reaction was complete. The reaction was carefully washed with saturated sodium hydroxide solution (10 mL), filtered and washed with ethyl acetate (200 mL) and then dried with anhydrous Na_2SO_4. Under reduced pressure, the organic phase was concentrated, and the resulting crude product was purified by flash column chromatography (PE/EA = 10:1) to obtain the desired product as 4.0 g colorless liquid (R_f = 0.6, PE/EA = 2:1), 80 % yield.

^{1}H NMR (500 MHz, $CDCl_3$) δ 3.64 (dd, J = 11.3, 5.2 Hz, 2H), 3.48 (dd, J = 6.9, 4.1 Hz, 1H), 3.33 (dd, J = 11.2, 2.6 Hz, 1H), 3.25 (dd, J = 11.4, 2.7 Hz, 1H), 1.83–1.66 (m, 1H), 1.56 (dt, J = 14.4, 5.5 Hz, 3H), 1.49–1.37 (m, 1H), 1.16 (s, 3H), 1.11 (s, 3H), 1.01 (s, 3H), 0.69 (s, 3H). ^{13}C NMR (125 MHz, $CDCl_3$) δ 101.5, 77.2, 77.0, 76.7, 69.7, 69.1, 29.9, 28.8, 23.2, 22.2, 21.1, 17.2.

Under nitrogen protection, resulting product from the previous step (4.0 g, 17.5 mmol) was dissolved in pyridine (40 mL) solution and was stirred under the condition of 0 °C; then, TsCI (4.0 g, 35 mmol) was added. The reaction was heated to room temperature and stirred for 24 h. TLC showed that the reaction was complete. Pyridine was removed under reduced pressure; ice water (20 mL) was added, and then, the reaction was extracted with ethyl acetate (3 × 300 mL). The organic phases were combined, washed with saturated brine (50 mL), dried over anhydrous Na_2SO_4. The organic phase was concentrated by rotary evaporator, and the resulting crude product was purified by flash column chromatography (PE/EA = 10:1) to give 6.1 g colorless liquid (R_f = 0.9, PE/EA = 2:1), yield 91 %.

^{1}H NMR (500 MHz, $CDCl_3$) δ 7.78 (dd, J = 6.6, 1.7 Hz, 2H), 7.31 (d, J = 7.6 Hz, 2H), 4.71–4.54 (m, 1H), 3.62 (d, J = 11.4 Hz, 1H), 3.48 (d, J = 11.4 Hz, 1H), 3.34–3.19 (m, 2H), 2.43 (s, 4H), 1.84–1.76 (m, 1H), 1.62 (d, J = 12.2 Hz, 1H), 1.50 (dd, J = 15.9, 8.6 Hz, 1H), 1.26 (ddd, J = 9.9, 8.0, 6.9 Hz, 3H), 1.12 (s, 3H), 0.95 (s, 4H), 0.91 (s, 4H), 0.68 (s, 3H). ^{13}C NMR (125 MHz, $CDCl_3$) δ 144.1, 129.5, 127.6, 100.66, 86.3, 77.2, 77.0, 76.7, 70.0, 69.3, 44.7, 29.7, 27.8, 23.2, 22.2, 21.5, 20.3, 19.0, 18.2, 16.0.

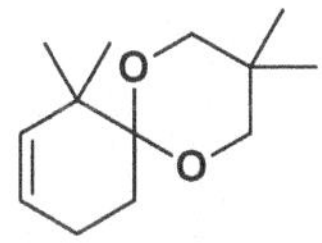

O O

3.12

Synthesis and NMR data of compound 3.12:

Under the protection of nitrogen, the compound **3.11** (75.0 g, 195 mmol) was dissolved in ethanol (600 mL), ethanol sodium (108 g, 1.57 mol) was added in batches under stirring condition. The reaction was stirred under reflux conditions for 48 h. The reaction mixture was poured into ice water (1,000 mL) carefully in batches. The reaction was filtered and extracted with ethyl acetate (2,000 mL) and then washed with saturated brine (100 mL). The organic phase was concentrated by rotary evaporator and dried with anhydrous Na_2SO_4. The resulting crude product was isolated and purified by flash column chromatography (PE/EA = 100:1), to give 36.0 g colorless liquid (R_f = 0.9, PE/EA = 6:1), yield 87 %.

^{1}H NMR (500 MHz, $CDCl_3$) δ 5.50 (dt, J = 9.7, 3.1 Hz, 1H), 5.35 (dd, J = 10.0, 1.7 Hz, 1H), 3.71 (d, J = 11.1 Hz, 2H), 3.37 (dd, J = 10.3, 1.2 Hz, 2H), 2.11–1.99 (m, 4H), 1.19 (s, 3H), 1.09 (s, 6H), 0.73 (s, 3H). ^{13}C NMR (125 MHz, $CDCl_3$) δ 136.7, 122.7, 99.9, 77.2, 77.0, 76.7, 70.1, 41.0, 29.8, 24.3, 23.8, 23.0, 22.2, 18.67.

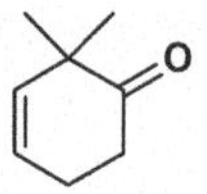

3.13

Synthesis and NMR data of compound 3.13:

Under nitrogen protection, compound **3.12** (36.0 g, 171 mmol) was dissolved in acetone (300 mL) at 0 °C; then, a hydrated *p*-toluenesulfonic acid (3.2 g, 17 mmol) was added. The reaction was allowed to heat to room temperature and stirred for 4 h. The reaction was quenched with saturated sodium bicarbonate solution (30 mL). After removing the organic phase under reduced pressure, diethyl ether (500 mL) was added, and the solution was separated. The aqueous phase was extracted with ether (3 × 300 mL) and washed with saturated brine (100 mL). The organic phases were combined and dried over anhydrous Na_2SO_4. The organic phase was removed by rotary evaporator, and the resulting crude product was isolated and purified by flash column chromatography (PE/EA = 100:1) to give 21.0 g colorless liquid (R_f = 0.6, PE/EA = 15:1), yield 95 %.

^{1}H NMR (500 MHz, $CDCl_3$) δ 5.73 (dt, J = 9.5, 3.8 Hz, 1H), 5.55 (d, J = 9.8 Hz, 1H), 3.50 (s, 1H), 2.54 (t, J = 6.7 Hz, 2H), 2.46 (dt, J = 7.9, 5.5 Hz, 2H), 1.16 (s, 7H). ^{13}C NMR (125 MHz, $CDCl_3$) δ 215.1, 136.7, 124.2, 77.2, 76.9, 76.7, 70.6, 45.0, 36.13, 26.3, 26.2.

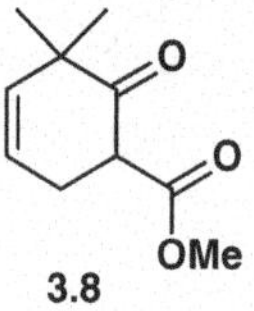

3.8

Synthesis and NMR data of compound 3.8:

Under nitrogen protection, compound 3.13 (21.2 g, 171.0 mmol) was dissolved in tetrahydrofuran (500 mL). Then, hydrogenated sodium (20.6 g, 80 % in mineral oil, 686 mmol) was added in batches at 0 °C within 1 h. The reaction was carried out at 0 °C and stirred continuously for 10 min, and dimethyl carbonate (115 mL, 1.37 mol) was slowly added within 30 min to the system. The reaction was refluxed for 4 h. TLC showed that the reaction was complete. 3 M dilute hydrochloric acid solution was slowly added to quench the reaction and pH was adjusted to 6. The aqueous layer was extracted with ethyl acetate (3 × 150 mL), and the combined organic phase was washed with saturated brine (100 mL), dried over Na_2SO_4, then filtered. The solvent was removed by rotary evaporator; the resulting crude product was purified by silica gel column chromatography (PE/EA = 10:1), to give an oil compound 28.6 g (R_f = 0.81, PE/EA = 20:1), yield 92 %.

^{1}H NMR (500 MHz, $CDCl_3$) δ 12.41 (s, 1H), 5.59 (dt, J = 10.0, 3.5 Hz, 1H), 5.39 (dt, J = 10.1, 1.7 Hz, 1H), 3.77 (s, 3H), 2.90 (dd, J = 3.5, 2.0 Hz, 2H), 1.25 (s, 7H). ^{13}C NMR (125 MHz, $CDCl_3$) δ 175.8, 172.9, 133.8, 120.8, 93.6, 77.2, 77.0, 76.7, 51.4, 36.7, 27.5, 25.4. HRMS-ESI Calcd for $C_{10}H_{15}O_3$ $[M + H]^+$: 183.1021; Found: 183.1019.

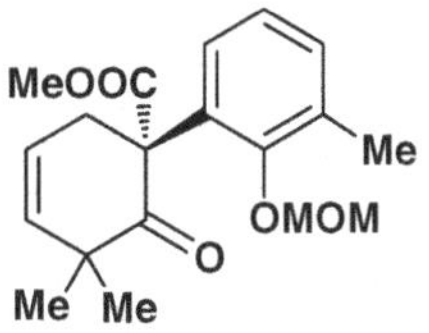

MeOOC
Me
OMOM
O
Me Me
3.6

Synthesis and NMR data of compound 3.6:

Under the protection of nitrogen, the compound 3.13 (2.2 g, 12 mmol) and pyridine (4.8 mL, 60 mmol) were dissolved in chloroform (50 mL) and then heated to 60 °C. The compound 3.9 (8.1 g, 15 mmol) was added portion-wise within 15 min. The reaction was stirred for 12 h at 60 °C. TLC showed that the reaction was completed. The reaction was quenched by 3N sulfuric acid solution (10 mL), stirred vigorously, and filtered through silica gel, washed by $CHCl_3$ (150 mL). The aqueous phase was extracted with chloroform (2 × 150 mL); the combined chloroform solution was dried over Na_2SO_4 and filtered, and the solvent was removed by rotary evaporator. The residue was dissolved in diethyl ether (200 mL), and ice water solution of NaOH (3N, 50 mL) then was vigorously shaked and washed with water (100 mL) and, finally, washed by saturated brine (100 mL). The ether solution was dried (Na_2SO_4). The solvent was removed by rotary evaporator. The resulting crude product was purified by chromatography using a flash silica gel column (EtOAc/hexane = 1:10) to give 3.5 g white solid (R_f = 0.52, silica gel, EtOAc/hexanes = 1:6), yield 88 %.

^{1}H NMR (500 MHz, $CDCl_3$) δ 7.16 (d, J = 7.4 Hz, 1H), 6.99 (dd, J = 9.6, 5.8 Hz, 1H), 6.83 (d, J = 7.8 Hz, 1H), 5.88 (ddd, J = 9.5, 6.2, 2.9 Hz, 1H), 5.74 (dd, J = 9.9, 2.5 Hz, 1H), 4.87 (d, J = 5.9 Hz, 1H), 4.80 (d, J = 5.9 Hz, 1H), 3.75 (s, 3H), 3.53 (s, 3H), 3.18 (dt, J = 16.3, 2.7 Hz, 1H), 3.00 (dd, J = 16.3, 6.2 Hz, 1H), 2.37 (s, 3H), 1.33 (s, 3H), 1.25 (s, 3H). ^{13}C NMR (125 MHz, $CDCl_3$) δ 210.4, 171.4, 154.8, 137.1, 132.3, 131.6, 131.2, 125.5, 123.6, 123.0, 99.7, 77.2, 77.0, 76.7, 62.9, 56.9, 52.2, 45.9, 32.8, 27.9, 27.7, 17.7. HRMS-ESI Calcd for $C_{19}H_{24}O_5Na$ $[M + Na]^+$: 335.1521; Found: 335.1527.

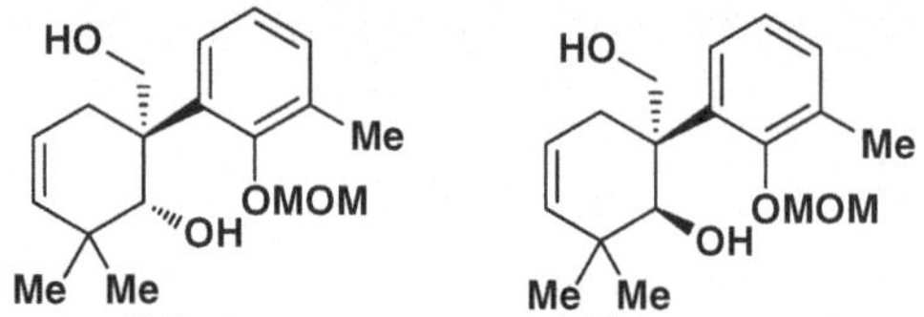

Synthesis and NMR data of compounds 3.5a and 3.5b:

Under the protection of nitrogen, the compound 3.6 (800 mg, 2.4 mmol) was dissolved in tetrahydrofuran (20 mL), and then, lithium aluminum hydride (365 mg, 9.6 mmol) was added at 0 °C. The reaction was stirred at room temperature for 24 h. TLC showed that the reaction was completed. The water (4 mL) was slowly added to quench the reaction at 0 °C. The reaction system was filtered and diluted with ethyl acetate (200 mL), washed with saturated sodium bicarbonate (3 × 50 mL), and the aqueous phase was extracted with ethyl acetate (300 mL) and washed with saturated brine (100 mL). The combined organic phases were dried over Na_2SO_4 and filtered, and the solvent was removed by rotary evaporator; the crude product was purified by column chromatography using silica gel (EtOAc/hexane = 1:10) to give a total yield of 84 % of the compound 3.5a (89 mg) and 3.5b (530 mg).

Compound 3.5 a (12 %), white solid, R_f = 0.32(silica gel, EtOAc/hexanes = 1/2); ^{1}H NMR (500 MHz, $CDCl_3$) δ 7.42 (dd, J = 8.0, 1.2 Hz, 1H), 7.11 (dd, J = 7.3, 0.8 Hz, 1H), 7.02 (t, J = 7.7 Hz, 1H), 5.61 (dt, J = 10.1, 3.8 Hz, 1H), 5.40 (dt, J = 10.1, 1.9 Hz, 1H), 5.13–5.00 (m, 2H), 4.59 (d, J = 4.4 Hz, 1H), 4.28 (dd, J = 11.6, 4.2 Hz, 1H), 4.19 (dd, J = 11.7, 2.9 Hz, 1H), 3.62 (s, 3H), 3.30 (s, 1H), 2.82 (d, J = 5.4 Hz, 1H), 2.65 (ddd, J = 18.3, 3.5, 2.1 Hz, 1H), 2.37 (ddd, J = 18.4, 3.9, 1.9 Hz, 1H), 2.32 (s, 3H), 1.15 (s, 3H), 0.78 (s, 3H). ^{13}C NMR (125 MHz, $CDCl_3$) δ 155.3, 135.8, 135.4, 131.1, 130.8, 128.2, 124.2, 121.8, 99.6, 79.5, 77.2, 76.9, 76.7, 67.8, 57.5, 48.0, 37.8, 32.6, 29.4, 24.3, 18.3. HRMS-ESI Calcd for $C_{18}H_{27}O_4$ $[M + H]^+$: 307.1909; Found: 307.1908.

Compound 3.5 b (72 %), white solid, R_f = 0.28 (silica gel, EtOAc/hexanes = 1/2);^{1}H NMR (500 MHz, $CDCl_3$) δ 7.15 (d, J = 8.0 Hz, 1H), 7.14–7.09 (m, 1H), 6.99 (t, J = 7.7 Hz, 1H), 5.66 (ddd, J = 9.9, 5.2, 2.5 Hz, 1H), 5.32 (dd, J = 10.0, 2.5 Hz, 1H), 5.17 (d, J = 5.3 Hz, 1H), 5.08 (d, J = 5.2 Hz, 1H), 4.66 (d, J = 8.4 Hz, 1H), 4.24 (dd, J = 11.1, 6.5 Hz, 1H), 4.05 (dd, J = 11.1, 6.1 Hz, 1H), 3.95 (d, J = 8.4 Hz, 1H), 3.67 (s, 3H), 2.80 (dd, J = 17.8, 5.2 Hz, 1H), 2.56 (dt, J = 17.7, 2.6 Hz, 1H), 2.34 (s, 3H), 1.91 (t, J = 6.5 Hz, 1H), 1.76 (s, 1H), 1.04 (s, 3H), 0.27 (s, 3H). ^{13}C NMR (125 MHz, $CDCl_3$) δ 154.7, 137.4, 132.7, 131.2, 131.0, 130.2, 124.5, 121.4, 99.9, 79.7, 77.2, 77.0, 76.7, 68.3, 58.0, 49.7, 38.3, 35.5, 29.8, 20.0, 18.3. HRMS-ESI Calcd for $C_{18}H_{27}O_4Na$ $[M + Na]^+$: 329.1729; Found: 329.1731.

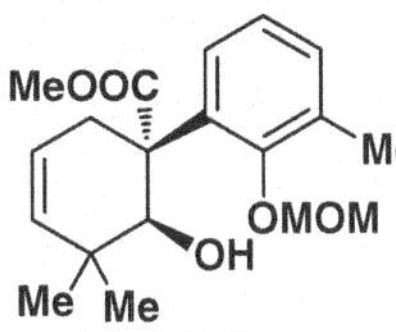

Synthesis and data of compound 3.14b:

Under the protection of nitrogen, the compound 3.6 (166 mg, 0.5 mmol) was dissolved in methanol (5 mL), and then, calcium chloride (222 mg, 2 mmol) was added at room temperature. The reaction was stirred at room temperature for 0.5 h and then cooled to 0 °C. Sodium boron hydride (46 mg, 1.2 mmol) was added, and the reaction was stirred for 1.5 h at 0 °C. TLC showed that the reaction was completed. Water (2 mL) was added slowly at 0 °C to quench the reaction. The reaction system was filtered and diluted with ethyl acetate (50 mL), washed with saturated sodium bicarbonate (3 × 50 mL), and the aqueous phase was extracted with ethyl acetate (100 mL), washed with saturated brine (40 mL). The combined organic phase was dried over Na_2SO_4 and filtered; and the solvent was removed by rotary evaporator. The resulting crude product was purified by flash silica gel column chromatography (EtOAc/hexane = 1:3) to give 160 mg colorless liquid (R_f = 0.50, EA/HA = 1:4), yield 95 %.

^{1}H NMR (500 MHz, $CDCl_3$) δ 7.33 (dd, J = 7.9, 1.2 Hz, 1H), 7.10 (dd, J = 7.4, 0.6 Hz, 1H), 6.96 (t, J = 7.7 Hz, 1H), 5.67 (ddd, J = 10.0, 5.3, 2.1 Hz, 1H), 5.46 (dd, J = 10.0, 2.7 Hz, 1H), 4.97 (q, J = 4.9 Hz, 2H), 4.42 (d, J = 3.3 Hz, 1H), 4.32 (d, J = 3.2 Hz, 1H), 3.73 (s, 3H), 3.61 (s, 3H), 2.77 (dd, J = 18.1, 5.3 Hz, 1H), 2.58–2.48 (m, 1H), 2.32 (s, 3H), 1.11 (s, 3H), 0.33 (s, 3H). ^{13}C NMR (125 MHz, $CDCl_3$) δ 177.1, 154.8, 138.6, 132.3, 131.2, 129.9, 128.5, 123.4, 120.0, 99.2, 77.7, 77.2, 77.2, 77.0, 76.7, 57.5, 52.5, 52.0, 37.0, 36.8, 30.6, 19.1, 18.5. HRMS-ESI Calcd for $C_{19}H_{27}O_5$ $[M + H]^+$: 335.1858; Found: 335.1857.

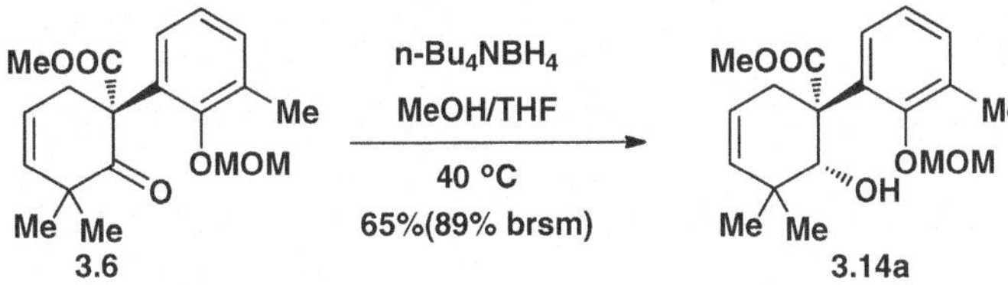

Synthesis and NMR data of compound 3.14a:

Under the protection of nitrogen, the compound 3.6 (4.0 g, 12.0 mmol) was dissolved in methanol (90 mL) and tetrahydrofuran (30 mL) and cooled to 0 °C, borohydride tetrabutylammonium bromide (9.3 mg, 36.0 mmol) was then added. After being heated to 40 °C and stirred for 48 h, the reaction was cooled to room temperature. Saturated ammonium chloride solution (30 mL) was slowly added to quench the reaction. The solvent was removed by rotary evaporator; the residue was diluted with ethyl acetate (100 mL). The aqueous phase was extracted with ethyl acetate (3 × 100 mL) and washed with saturated brine (40 mL). The combined organic phase was dried over Na_2SO_4 and filtered. The solvent was removed by rotary evaporator. The resulting crude product was purified by flash silica gel column chromatography (EA/HA = 1:30) to give 2.6 g white solid ($R_f = 0.50$, EA/HA = 1:6), yield 65 %. 950 mg raw material 3.6 was recovered.

^{1}H NMR (500 MHz, $CDCl_3$) δ 7.39 (d, $J = 7.1$ Hz, 1H), 7.17–7.08 (m, 1H), 7.09–6.95 (m, 1H), 5.68–5.56 (m, 1H), 5.44 (dt, $J = 10.1$, 1.8 Hz, 1H), 4.93 (d, $J = 5.4$ Hz, 1H), 4.86 (d, $J = 5.4$ Hz, 1H), 4.40 (s, 1H), 3.72 (s, 3H), 3.59 (s, 3H), 2.92 (ddd, $J = 17.7$, 4.2, 1.5 Hz, 1H), 2.33 (s, 3H), 2.22 (d, $J = 17.6$ Hz, 1H), 0.95 (s, 3H), 0.86 (s, 3H). ^{13}C NMR (125 MHz, $CDCl_3$) δ 176.1, 154.8, 135.7, 135.4, 131.0, 130.7, 125.8, 123.9, 121.0, 99.4, 77.2, 76.9, 76.7, 76.1, 57.2, 51.9, 51.4, 37.4, 29.6, 29.2, 17.8. HRMS-ESI Calcd for $C_{19}H_{27}O_5$ $[M + H]^+$: 335.1858; Found: 335.1857.

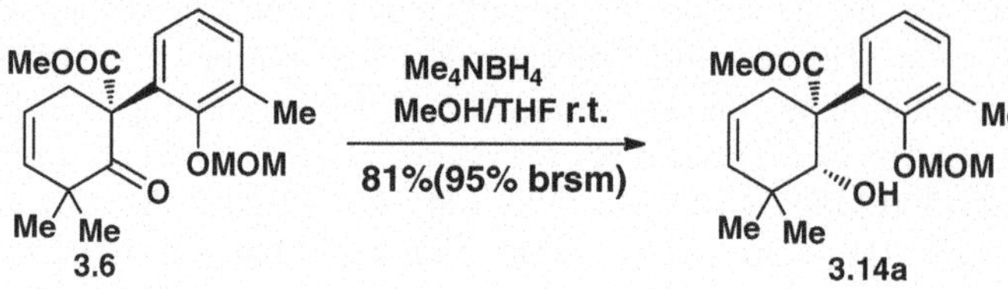

Synthesis and NMR data of compound 3.14a:

Under the protection of nitrogen, the compound 3.6 (332 mg, 1.0 mmol) was dissolved in methanol (10 mL) and tetrahydrofuran (10 mL) and cooled to 0 °C; then, tetramethylammonium borohydride (356 mg, 4.0 mmol) was added. The reaction was heated to room temperature and stirred for 24 h. Saturated ammonium chloride solution (10 mL) was slowly added to quench the reaction. The solvent was removed by rotary evaporator and diluted with ethyl acetate (50 mL). The aqueous phase was extracted with ethyl acetate (3 × 50 mL) and washed with saturated brine (20 mL). The combined organic phases were dried over Na_2SO_4 and filtered. Solvent was removed by rotary evaporator. The resulting crude product was purified by flash silica gel column chromatography (EA/HA = 1:6) to give 274 mg white solid ($R_f = 0.50$, EA/HA = 1:6), yield 81 %. 46 mg raw material 3.6 was recovered.

^{1}H NMR (500 MHz, $CDCl_3$) δ 7.39 (d, $J = 7.1$ Hz, 1H), 7.17–7.08 (m, 1H), 7.09–6.95 (m, 1H), 5.68–5.56 (m, 1H), 5.44 (dt, $J = 10.1$, 1.8 Hz, 1H), 4.93 (d, $J = 5.4$ Hz, 1H), 4.86 (d, $J = 5.4$ Hz, 1H), 4.40 (s, 1H), 3.72 (s, 3H), 3.59 (s, 3H), 2.92 (ddd, $J = 17.7$, 4.2, 1.5 Hz, 1H), 2.33 (s, 3H), 2.22 (d, $J = 17.6$ Hz, 1H),

0.95 (s, 3H), 0.86 (s, 3H). ^{13}C NMR (125 MHz, $CDCl_3$) δ 176.1, 154.8, 135.7, 135.4, 131.0, 130.7, 125.8, 123.9, 121.0, 99.4, 77.2, 76.9, 76.7, 76.1, 57.2, 51.9, 51.4, 37.4, 29.6, 29.2, 17.8. HRMS-ESI Calcd for $C_{19}H_{27}O_5$ $[M + H]^+$: 335.1858; Found: 335.1857.

MeOOC Me OMOM O Me Me 3.6 — Me_4NBH_4, MeOH/THF, 50 °C, 86%(92% brsm) → MeOOC Me OMOM OH Me Me 3.14

Synthesis and NMR data of compound 3.14:

Under the protection of nitrogen, the compound 3.6 (332 mg, 1.0 mmol) was dissolved in methanol (10 mL) and tetrahydrofuran (10 mL) and cooled to 0 °C. Tetramethylammonium borohydride (356 mg, 4.0 mmol) was then added. The reaction was heated to 50 °C and stirred for 24 h. Saturated ammonium chloride solution (10 mL) was slowly added to quench the reaction. The solvent was removed by rotary evaporator and diluted with ethyl acetate (50 mL). The aqueous phase was extracted with ethyl acetate (3 × 50 mL) and washed with saturated brine (20 mL). The combined organic phase was dried over Na_2SO_4 and filtered. The solvent was removed by rotary evaporator. The resulting crude product was purified by flash silica gel column chromatography (EA/HA = 1:6) to give 287 mg white solid (3.14a/3.14b = 1:6), yield 86 %. 20 mg raw material 3.6 was recovered.

MeOOC Me OMOM O Me Me 3.14a — $LiAlH_4$, THF, rt, 88% → HO Me OMOM OH Me Me 3.5a

Synthesis and NMR data of compound 3.5a:

Under the protection of nitrogen, the compound 3.14a (1.2 g, 3.6 mmol) was dissolved in tetrahydrofuran (30 mL) and cooled to 0 °C. Lithium aluminum hydride (550 mg, 14.4 mmol) was then added. The reaction was heated to room temperature and stirred for 24 h. TLC showed that the reaction was completed. The reaction was cooled to 0 °C. Water (5 mL) was slowly added to quench the reaction filtered and then washed by ethyl acetate (250 mL). The organic phase was washed with saturated sodium bicarbonate solution (cleaning 100 mL), and the aqueous phase was extracted with ethyl acetate (3 × 100 mL) and washed with saturated brine (50 mL). The combined organic phases were dried over Na_2SO_4 and then filtered. The solvent was removed by rotary evaporator. The resulting crude product was purified by flash silica gel column chromatography (EA/HA = 1:2), to obtain 970 mg desired product ($R_f = 0.32$, EA/HA = 1:2) as a white solid, yield 88 %.

^{1}H NMR (500 MHz, $CDCl_3$) δ 7.15 (d, $J = 8.0$ Hz, 1H), 7.14–7.09 (m, 1H), 6.99 (t, $J = 7.7$ Hz, 1H), 5.66 (ddd, $J = 9.9, 5.2, 2.5$ Hz, 1H), 5.32 (dd, $J = 10.0, 2.5$ Hz, 1H), 5.17 (d, $J = 5.3$ Hz, 1H), 5.08 (d, $J = 5.2$ Hz, 1H), 4.66 (d, $J = 8.4$ Hz, 1H), 4.24 (dd, $J = 11.1, 6.5$ Hz, 1H), 4.05 (dd, $J = 11.1, 6.1$ Hz, 1H), 3.95 (d, $J = 8.4$ Hz, 1H), 3.67 (s, 3H), 2.80 (dd, $J = 17.8, 5.2$ Hz, 1H), 2.56 (dt, $J = 17.7, 2.6$ Hz, 1H), 2.34 (s, 3H), 1.91 (t, $J = 6.5$ Hz, 1H), 1.76 (s, 1H), 1.04 (s, 3H), 0.27 (s, 3H). ^{13}C NMR (125 MHz, $CDCl_3$) δ 154.7, 137.4, 132.7, 131.2, 131.0, 130.2, 124.5, 121.4, 99.9, 79.7, 77.2, 77.0, 76.7, 68.3, 58.0, 49.7, 38.3, 35.5, 29.8, 20.0, 18.3. HRMS-ESI Calcd for $C_{18}H_{27}O_4$ $[M + H]^+$: 307.1909; Found: 307.1908.

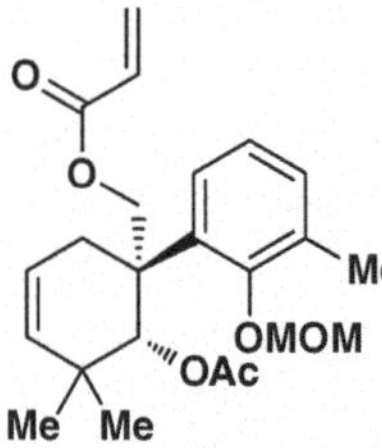

3.21

Synthesis and NMR data of compound 3.21:

Under the protection of nitrogen, the compound 3.5A (306 mg, 1.0 mmol) was dissolved in dichloromethane (20 mL) and then cooled to 0 °C. DCC (618 mg, 3.0 mmol), DMAP (427 mg, 3.5 mmol), and acrylic acid (0.24 mL, 3.5 mmol) were then added. The reaction was heated to room temperature and stirred for 24 h. TLC showed that the reaction was completed. The reaction was quenched by saturated ammonium chloride solution (10 mL), and DCM (10 mL) was added. The aqueous phase was extracted with ether (3 × 10 mL). The organic phases were combined, washed with saturated brine (10 mL), and dried over anhydrous sodium sulfate and then filtered. The filtrate was concentrated by rotary evaporator under reduced pressure; the resulting crude product was purified by flash column chromatography (PE/EA = 5:1) to give a hydroxyl group esterified product, which is 210 mg colorless liquid ($R_f = 0.7$, PE/EA = 2:1), yield 58 %. 60 mg starting material was recovered.

^{1}H NMR (500 MHz, $CDCl_3$) δ 7.10 (dd, $J = 12.1, 7.7$ Hz, 2H), 6.94 (t, $J = 7.7$ Hz, 1H), 6.12 (dd, $J = 17.3, 1.5$ Hz, 1H), 5.95 (dd, $J = 17.3, 10.4$ Hz, 1H), 5.77–5.65 (m, 2H), 5.35 (d, $J = 10.1$ Hz, 1H), 5.03 (dt, $J = 22.0, 8.2$ Hz, 3H), 4.73 (d, $J = 11.1$ Hz, 1H), 4.53 (d, $J = 7.4$ Hz, 1H), 3.64 (s, 3H), 2.87 (dd,

J = 18.3, 3.9 Hz, 1H), 2.43 (dt, J = 18.3, 2.7 Hz, 1H), 2.29 (s, 3H), 2.05 (d, J = 7.4 Hz, 1H), 1.05 (s, 3H), 0.51 (s, 3H). ^{13}C NMR (125 MHz, $CDCl_3$) δ 166.0, 156.1, 135.2, 133.9, 130.9, 130.7, 130.1, 128.5, 127.6, 123.4, 121.7, 99.3, 77.2, 77.2, 77.1, 77.0, 76.7, 70.0, 57.3, 47.09, 37.9, 30.7, 27.8, 25.7, 18.4. HRMS-ESI Calcd for $C_{21}H_{28}O_5Na$ $[M + Na]^+$: 383.1834; Found: 383.1824.

Under the protection of nitrogen, the hydroxyl group esterified product (200 mg, 0.56 mmol) was dissolved in dichloromethane (50 mL) and cooled to 0 °C, and then, pyridine (2 mL) and DMAP (7 mg, 0.06 mmol) was added. Acetic anhydride (0.29 mL, 2.8 mmol) was slowly added dropwise. The reaction was heated to 50 °C and stirred for 3 h. TLC showed that the reaction was completed. Saturated sodium bicarbonate solution (10 mL) was added to quench the reaction. Dichloromethane (10 mL) was added for liquid separation; the aqueous phase was extracted with ether (3 × 10 mL). The organic phases were combined, washed with saturated brine (10 mL) wash, dried over anhydrous sodium sulfate, and then filtered. The filtrate was concentrated by rotary evaporator under reduced pressure; the resulting crude product was purified by flash column chromatography (PE/EA = 5:1) to give 205 mg colorless liquid (R_f = 0.6, PE/EA = 5:1), yield 92 %.

^{1}H NMR (500 MHz, $CDCl_3$) δ 7.17–7.06 (m, 1H), 7.06–6.98 (m, 1H), 6.90 (t, J = 7.7 Hz, 1H), 6.19–6.02 (m, 2H), 5.90 (dd, J = 17.3, 10.4 Hz, 1H), 5.78 (ddd, J = 10.1, 5.5, 2.2 Hz, 1H), 5.65 (dd, J = 10.4, 1.5 Hz, 1H), 5.32–5.23 (m, 1H), 5.20 (d, J = 5.4 Hz, 1H), 5.03 (d, J = 5.4 Hz, 1H), 4.92 (d, J = 10.7 Hz, 1H), 4.34 (d, J = 10.7 Hz, 1H), 3.71 (s, 3H), 2.85 (dd, J = 18.0, 5.3 Hz, 1H), 2.51 (dt, J = 18.0, 2.5 Hz, 1H), 2.32 (s, 3H), 2.11 (s, 3H), 0.90 (s, 3H), 0.33 (s, 3H). ^{13}C NMR (125 MHz, $CDCl_3$) δ 170.6, 165.9, 156.5, 134.7, 132.0, 131.3, 130.5, 130.1, 128.4, 127.9, 123.0, 121.7, 99.4, 77.2, 77.0, 76.7, 69.9, 57.6, 45.8, 37.1, 29.6, 26.6, 20.8, 18.3. HRMS-ESI Calcd for $C_{23}H_{30}O_6Na$ $[M + Na]^+$: 425.1940; Found: 425.1932.

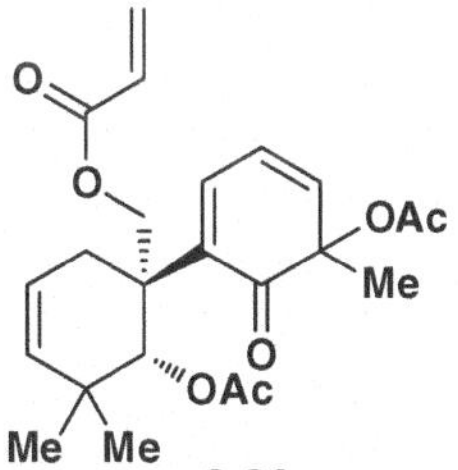

O O OAc Me O OAc Me Me

3.22

Synthesis and NMR data of compound 3.22:

Under the protection of nitrogen, the compound 3.21 (50 mg, 0.124 mmol) was dissolved in tetrahydrofuran (10 mL) and cooled to 0 °C. 3N dilute sulfuric acid (5 mL) was added and heated to room temperature and then stirred for 12 h. TLC showed that the reaction was completed. The reaction was quenched by saturated sodium bicarbonate solution (10 mL). Diethyl ether (10 mL) was added for liquid separation. The aqueous phase was extracted with ether (3 × 10 mL). The organic phases were combined, washed with saturated brine (10 mL), dried over anhydrous sodium sulfate, and then filtered. The filtrate was concentrated by rotary evaporator under reduced pressure; the obtained crude product was separated by flash column chromatography (PE/EA = 10:1). 45 mg MOM-deprotected product was obtained as colorless liquid with (R_f = 0.9, PE/EA = 3:1) in 98 % yield.

^{1}H NMR (500 MHz, $CDCl_3$) δ 7.02 (t, J = 8.5 Hz, 2H), 6.77 (t, J = 7.7 Hz, 1H), 6.27 (s, 1H), 6.13 (d, J = 17.3 Hz, 1H), 5.93 (dd, J = 17.3, 10.4 Hz, 1H), 5.84–5.75 (m, 1H), 5.68 (d, J = 10.5 Hz, 1H), 5.36 (s, 1H), 5.27 (d, J = 10.0 Hz, 1H), 5.06 (d, J = 10.6 Hz, 1H), 4.22 (d, J = 10.6 Hz, 1H), 2.78 (dd, J = 17.9, 5.6 Hz, 1H), 2.50 (d, J = 17.9 Hz, 1H), 2.23 (s, 3H), 2.11 (s, 3H), 0.90 (s, 3H), 0.38 (s, 3H). ^{13}C NMR (125 MHz, $CDCl_3$) δ 170.7, 165.9, 153.0, 134.8, 130.2, 129.8, 128.4, 128.1, 126.1, 123.3, 121.4, 120.2, 77.2, 77.2, 77.0, 76.7, 75.5, 69.1, 45.6, 37.1, 28.9, 26.6, 26.2, 20.8, 15.8. HRMS-ESI Calcd for $C_{21}H_{26}O_5Na$ $[M + Na]^+$: 381.1678; Found: 381.1670.

Under the protection of nitrogen, the MOM-deprotected product (45 mg, 0.12 mmol) was dissolved in AcOH (5 mL), and then, $Pb(OAc)_4$ (106 mg, 0.24 mmol) was added at 0 °C. The reaction was stirred at 0 °C for 15 min. TLC showed that the reaction was completed. Ethylene glycol (2 mL) was added to quench the reaction. The solid was filtered off and washed with ethyl acetate (50 mL). The organic phase was washed with saturated sodium bicarbonate (3 × 10 mL). The water phase was extracted with ethyl acetate (3 × 50 mL), and the combined organic phase was dried over anhydrous sodium sulfate. After filtration, the solvent was removed by rotary evaporator, the resulting crude product was purified by flash column chromatography (PE/EA = 6:1) to give 46 mg white solid with the ratio of 2:1, total yield 90 %.

^{1}H NMR (500 MHz, $CDCl_3$) δ 6.82 (dd, J = 5.3, 2.8 Hz, 1H), 6.31 (dt, J = 13.5, 5.2 Hz, 1H), 6.27–6.23 (m, 2H), 6.06 (dd, J = 17.4, 10.5 Hz, 1H), 5.94 (s, 1H), 5.76–5.70 (m, 1H), 5.66 (ddd, J = 10.0, 5.2, 2.6 Hz, 1H), 5.36–5.27 (m, 1H), 4.55 (d, J = 10.6 Hz, 1H), 4.25 (d, J = 10.6 Hz, 1H), 2.53–2.33 (m, 2H), 2.08 (s, 4H), 1.99 (s, 3H), 1.34 (s, 3H), 0.90 (d, J = 6.2 Hz, 6H). ^{13}C NMR (125 MHz, $CDCl_3$) δ 198.0, 170.1, 168.8, 166.0, 141.5, 139.3, 136.5, 134.8, 130.0, 128.8, 121.7, 120.7, 78.9, 77.2, 77.2, 77.0, 76.7, 75.6, 68.4, 45.9, 37.1, 29.6, 28.2, 27.6, 26.1, 25.0, 20.7, 20.3. HRMS-ESI Calcd for $C_{23}H_{28}O_7Na$ $[M + Na]^+$: 439.1733; Found: 439.1723.

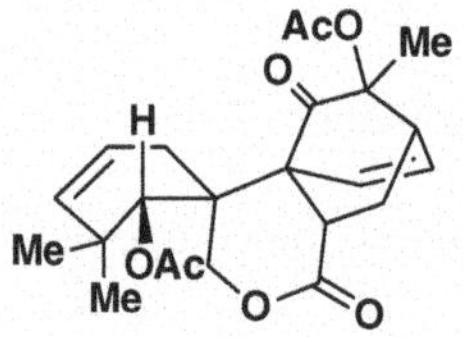

AcO Me O H Me OAc Me O O

3.23

Synthesis and NMR data of compound 3.23:

Under the protection of nitrogen, the compound 3.22 (10 mg, 0.024 mmol) was dissolved in toluene (10 mL) in a sealed tube, and then, the reaction was heated to 135 °C and stirred for 24 h. TLC showed that the reaction was completed. The reaction was cooled to room temperature, and the solvent was removed by rotary evaporator, the resulting crude product was purified by flash column chromatography (PE/EA = 5:1), giving 8 mg white solid ($R_f = 0.5$, PE/EA = 3:1), yield 80 %.

^{1}H NMR (500 MHz, $CDCl_3$) δ 6.68 (dd, $J = 8.3$, 7.1 Hz, 1H), 6.19 (d, $J = 0.8$ Hz, 1H), 6.12 (d, $J = 8.3$ Hz, 1H), 5.65–5.45 (m, 2H), 4.81 (d, $J = 12.5$ Hz, 1H), 4.12 (dd, $J = 12.5$, 0.8 Hz, 1H), 3.90–3.69 (m, 1H), 3.38 (dd, $J = 9.8$, 6.8 Hz, 1H), 2.80–2.67 (m, 1H), 2.28 (ddd, $J = 13.3$, 9.9, 3.3 Hz, 1H), 2.07 (d, $J = 11.8$ Hz, 7H), 1.87 (ddd, $J = 13.4$, 6.8, 2.5 Hz, 1H), 1.55 (s, 3H), 1.12 (d, $J = 8.8$ Hz, 7H). ^{13}C NMR (125 MHz, $CDCl_3$) δ 198.7, 172.4, 169.5, 169.4, 140.5, 136.9, 125.9, 120.3, 79.6, 77.2, 77.2, 77.0, 76.7, 71.2, 54.7, 39.4, 38.9, 38.8, 38.0, 30.9, 29.6, 27.8, 23.4, 21.5, 21.2, 21.0. HRMS-ESI Calcd for $C_{23}H_{28}O_7Na$ $[M + Na]^+$: 439.1733; Found: 439.1729.

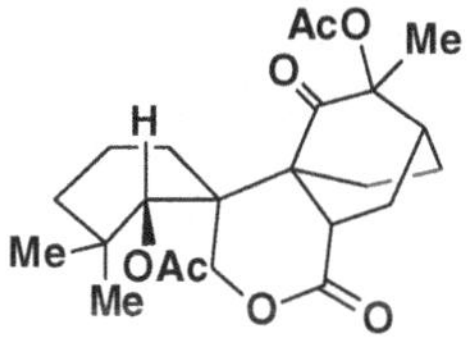

AcO Me O H Me OAc Me O O

3.27

Synthesis and NMR data of compound 3.27:

The Pd/C catalyst (15 mg) was added to ethyl acetate (5 mL), and then, the compound 3.23 (100 mg, 0.24 mmol) in ethyl acetate (10 mL) was added at room temperature. The reaction was placed in H_2 atmosphere and stirred for 1 h at room temperature. TLC showed that the reaction was completed. The solution was filtered by silica gel and washed with ethyl acetate (20 mL). The solvent was removed by rotary evaporator, and the resulting crude product was purified by flash column chromatography (PE/EA = 5:1) to give 89 mg white solid ($R_f = 0.6$, PE/EA = 4:1), yield 88 %.

^{1}H NMR (500 MHz, $CDCl_3$) δ 5.65 (s, 1H), 4.87 (dd, $J = 12.4$, 5.7 Hz, 1H), 4.18–4.05 (m, 2H), 3.07 (ddd, $J = 10.6$, 7.9, 2.4 Hz, 1H), 2.91–2.84 (m, 1H), 2.79 (dd, $J = 6.5$, 4.8 Hz, 1H), 2.29–2.13 (m, 3H), 2.05–2.00 (m, 7H), 1.89 (ddd, $J = 10.1$, 9.5, 4.8 Hz, 3H), 1.78 (d, $J = 3.8$ Hz, 2H), 1.58 (s, 5H), 1.24 (d, $J = 7.1$ Hz, 4H), 1.02 (d, $J = 8.0$ Hz, 4H), 0.87 (d, $J = 5.7$ Hz, 4H). ^{13}C NMR (125 MHz, $CDCl_3$) δ 77.7, 72.8, 72.2, 37.7, 36.5, 35.0, 34.2, 31.8, 30.7, 25.7, 22.8, 21.7, 21.4, 21.2, 17.9, 16.9. HRMS-ESI Calcd for $C_{23}H_{32}O_7Na$ $[M + Na]^+$: 443.2046; Found: 443.2053.

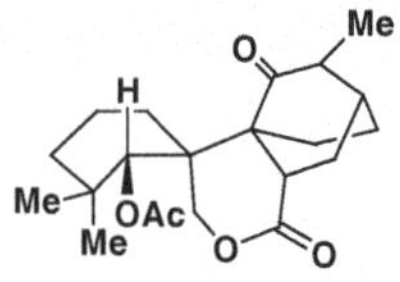

3.28

Synthesis and NMR data of compound 3.28:

Under the protection of nitrogen, the compound 3.26 (67 mg, 0.16 mmol) was dissolved in tetrahydrofuran (10 mL) and methanol (10 mL) at room temperature, and then, SmI_2 (0.1M in of THF, 6 mL, 0.6 mmol) was added. The reaction was stirred at room temperature for 15 min. TLC showed that the reaction was completed. The reaction was quenched with saturated NH_4Cl (5 mL). Dichloromethane (10 mL) was added for liquid separation. The water phase was extracted with dichloromethane (10 mL). The combined organic phase was dried over Na_2SO_4, and the solvent was removed by rotary evaporator. The residue was purified by flash column chromatography (PE/EA = 2:1) to give 49 mg white solid with the ratio 3:1 ($R_f = 0.80$, PE/EA = 1:1), yield 84 %.

^{1}H NMR (500 MHz, $CDCl_3$) δ 5.73 (s, 1H), 4.84 (d, $J = 12.4$ Hz, 1H), 4.21–4.12 (m, 1H), 2.93–2.82 (m, 1H), 2.41–2.29 (m, 2H), 2.29–2.22 (m, 1H), 2.08–2.00 (m, 5H), 2.00–1.81 (m, 4H), 1.55–1.46 (m, 4H), 1.13 (d, $J = 7.0$ Hz, 3H), 1.04 (s, 3H), 0.87 (s, 3H). ^{13}C NMR (125 MHz, $CDCl_3$) δ 215.2, 173.9, 171.2, 78.7, 77.2, 76.9, 76.7, 71.8, 49.2, 47.3, 40.0, 37.9, 37.4, 36.7, 33.2, 31.8, 31.0, 29.9, 29.6, 24.9, 21.5, 21.2, 21.2, 17.9, 12.6. HRMS-ESI Calcd for $C_{21}H_{30}O_5Na$ $[M + Na]^+$: 385.1991; Found: 385.1989.

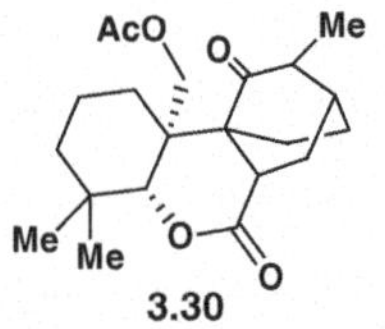

3.30

Synthesis and NMR data of compound 3.30:

Under the protection of nitrogen, the compound 3.28 (50 mg, 0.138 mmol) was dissolved in methanol (10 mL), and then, potassium carbonate (36 mg, 0.272 mmol) in methanol (5 mL) was added at room temperature. The reaction was stirred for 5 h at room temperature. The reaction mixture was filtered through silica gel and washed with ethyl acetate (20 mL). The solvent was removed by rotary evaporator, and the resulting crude product was purified by flash column chromatography (PE/EA = 5:1) to obtain 8 mg product as white solid ($R_f = 0.6$, PE/EA = 4:1), yield 16 %.

^{1}H NMR (500 MHz, $CDCl_3$) δ 5.11 (s, 1H), 4.25 (d, $J = 9.1$ Hz, 1H), 3.89 (d, $J = 9.1$ Hz, 1H), 3.80 (d, $J = 3.7$ Hz, 1H), 3.12 (d, $J = 9.3$ Hz, 1H), 2.39 (dd, $J = 6.7, 3.3$ Hz, 1H), 2.17 (d, $J = 11.7$ Hz, 1H), 2.07 (s, 3H), 2.01–1.97 (m, 1H), 1.95–1.84 (m, 4H), 1.02 (dd, $J = 9.4, 5.6$ Hz, 6H), 0.83 (s, 4H). HRMS-ESI Calcd for $C_{21}H_{31}O_5$ $[M + H]^+$: 362.2171; Found: 362.2168.

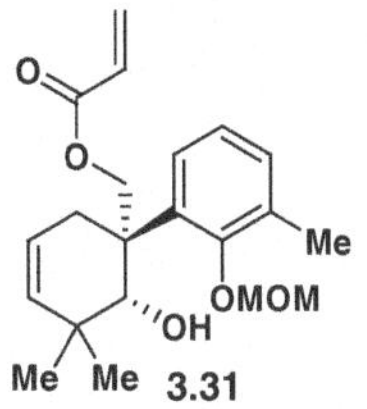

Synthesis and NMR data of compound 3.31:

Under the protection of nitrogen, the compound 3.5A (306 mg, 1.0 mmol) was dissolved in dichloromethane (20 mL) and cooled to 0 °C. DCC (618 mg, 3.0 mmol); DMAP (427 mg, 3.5 mmol) and acrylic acid (0.24 mL, 3.5 mmol) were added, heated to room temperature, and stirred for 24 h. TLC showed that the reaction was completed. The reaction was quenched by adding saturated ammonium chloride solution (10 mL). DCM (10 mL) was added for liquid separation. The aqueous phase was extracted with ether (3 × 10 mL). The organic phases were combined, washed with saturated brine (10 mL), dried over anhydrous sodium sulfate, and then filtered. The filtrate was concentrated by rotary evaporator under reduced pressure, and the resulting crude product was purified by flash column chromatography (PE/EA = 5:1) to give a hydroxyl group esterified product as 210 mg colorless liquid ($R_f = 0.7$, PE/EA = 2:1), yield 58 %. 60 mg starting material was recovered.

^{1}H NMR (500 MHz, $CDCl_3$) δ 7.10 (dd, $J = 12.1, 7.7$ Hz, 2H), 6.94 (t, $J = 7.7$ Hz, 1H), 6.12 (dd, $J = 17.3, 1.5$ Hz, 1H), 5.95 (dd, $J = 17.3, 10.4$ Hz, 1H), 5.77–5.65 (m, 2H), 5.35 (d, $J = 10.1$ Hz, 1H), 5.03 (dt, $J = 22.0, 8.2$ Hz, 3H), 4.73 (d, $J = 11.1$ Hz, 1H), 4.53 (d, $J = 7.4$ Hz, 1H), 3.64 (s, 3H), 2.87 (dd, $J = 18.3, 3.9$ Hz, 1H), 2.43 (dt, $J = 18.3, 2.7$ Hz, 1H), 2.29 (s, 3H), 2.05 (d, $J = 7.4$ Hz, 1H), 1.05 (s, 3H), 0.51 (s, 3H). ^{13}C NMR (125 MHz, $CDCl_3$) δ 166.0, 156.1, 135.2, 133.9, 130.9, 130.7, 130.1, 128.5, 127.6, 123.4, 121.7, 99.3, 77.2, 77.2, 77.1, 77.0, 76.7, 70.0, 57.3, 47.0, 37.9, 30.7, 27.8, 25.7, 18.4. HRMS-ESI Calcd for $C_{21}H_{28}O_5Na$ $[M + Na]^+$: 383.1834; Found: 383.1824.

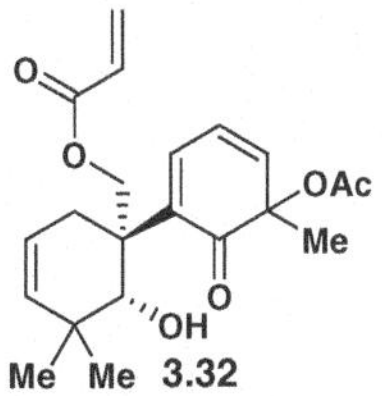

Synthesis and NMR data of compound 3.32:

Under the protection of nitrogen, the compound 3.31 (1.37 g, 3.8 mmol) was dissolved in dichloromethane (100 mL) and cooled to −78 °C. TMSBr (0.77 mL, 5.7 mmol) was then slowly added dropwise. The reaction was stirred at −78 °C for 3 h. TLC showed that the reaction was completed. Saturated sodium bicarbonate solution (50 mL) was added to quench the reaction. Dichloromethane (100 mL) was added for liquid separation, and the aqueous phase was extracted with DCM (3 × 50 mL). The organic phases were combined, washed with saturated brine (50 mL), dried over anhydrous sodium sulfate, and filtered. Filtrate was concentrated by rotary evaporator under reduced pressure, and 1.0 g resulting crude product was obtained, which could be used directly in the next step.

Under the protection of nitrogen, the MOM-deprotected crude product (1.0 g, 3.2 mmol) was dissolved in AcOH (10 mL), and then, $Pb(OAc)_4$ (4.2 g, 9.5 mmol) was added at 0 °C. The reaction was stirred for 15 min at 0 °C. TLC showed that the reaction was completed. Ethylene glycol (5 mL) was added to quench the reaction. The solid was filtered off and washed with ethyl acetate (50 mL). The organic phase was retained and washed with saturated sodium bicarbonate (3 × 10 mL). The water phase was washed with ethyl acetate (3 × 50 mL) and extracted, and the combined organic phase was dried over anhydrous sodium sulfate. After filtration, the solvent was removed by rotary evaporator, and the resulting crude product was separated by flash column chromatography purification (PE/EA = 2:1) giving 1.0 g white solid product with a proportion of 3:1 (R_f = 0.5, PE/EA = 2:1). Overall yield was 84 % in two steps.

^{1}H NMR (500 MHz, $CDCl_3$) δ 6.98 (dd, J = 6.5, 1.5 Hz, 1H), 6.85 (dd, J = 6.3, 1.6 Hz, 1H), 6.50 (dt, J = 20.3, 10.2 Hz, 1H), 6.37–6.13 (m, 4H), 6.13–6.03 (m, 1H), 6.03–5.95 (m, 1H), 4.73 (dd, J = 11.2, 7.8 Hz, 1H), 4.56 (d, J = 11.3 Hz, 1H), 4.52 (d, J = 11.0 Hz, 1H), 4.30 (s, 1H), 4.23 (s, 1H), 2.72 (dt, J = 17.9, 2.3 Hz, 1H), 2.46–2.41 (m, 1H), 2.35–2.24 (m, 2H), 2.06 (s, 1H), 2.03 (d, J = 3.3 Hz, 3H), 1.34 (d, J = 3.7 Hz, 5H), 1.07–0.98 (m, 8H), 0.93 (s, 1H). ^{13}C NMR (125 MHz, $CDCl_3$) δ 198.6, 169.4, 165.9, 142.2, 140.6, 139.7, 139.0, 137.0, 135.8, 130.7, 130.3, 128.4, 128.2, 122.1, 120.9, 120.7, 120.3, 81.5, 79.1, 77.2, 77.0, 76.7, 76.3, 68.5, 65.9, 47.3, 46.6, 37.9, 37.3, 30.3, 30.0, 29.5, 27.9, 25.4, 24.0, 23.5, 20.4, 20.3. HRMS-ESI Calcd for $C_{21}H_{27}O_6$ $[M + H]^+$: 375.1808; Found: 375.1802.

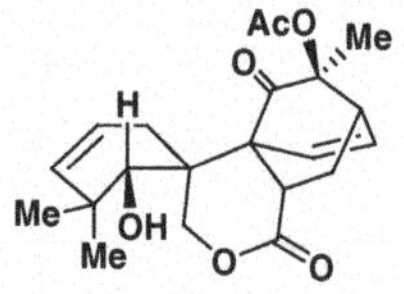

3.33

Synthesis and NMR data of compound 3.33:

Under the protection of nitrogen, the compound 3.32 (1.0 g, 2.67 mmol) was dissolved in toluene (100 mL) in a sealed tube, and then, the reaction was heated to 135 °C and stirred for 24 h. TLC showed that the reaction was completed. The reaction was cooled to room temperature, the solvent was removed by rotary evaporator, and the resulting crude product was purified by flash column chromatography (PE/EA = 5:1) to give 900 mg white solid with a ratio of 2:1 (R_f = 0.5, PE,/EA = 2:1), yield 90 %.

^{1}H NMR (500 MHz, $CDCl_3$) δ 6.44 (dd, J = 8.2, 7.0 Hz, 1H), 6.19 (d, J = 8.3 Hz, 1H), 5.53 (dd, J = 10.0, 1.5 Hz, 1H), 5.42 (ddd, J = 10.0, 5.3, 2.3 Hz, 1H), 5.13 (d, J = 5.9 Hz, 1H), 4.66 (dd, J = 11.9, 0.8 Hz, 1H), 4.12 (t, J = 9.5 Hz, 1H), 3.90 (dd, J = 9.2, 3.5 Hz, 1H), 3.26 (d, J = 5.9 Hz, 1H), 3.24–3.16 (m, 1H), 2.48–2.25 (m, 3H), 2.10 (d, J = 6.6 Hz, 3H), 2.07–1.90 (m, 1H), 1.45 (s, 3H), 1.14 (s, 3H), 1.04 (s, 3H). ^{13}C NMR (125 MHz, $CDCl_3$) δ 201.5, 174.4, 170.6, 137.6, 137.1, 129.5, 119.5, 79.4, 77.2, 77.0, 76.7, 74.5, 69.4, 56.3, 42.2, 42.1, 40.8, 37.9, 33.1, 31.3, 25.0, 23.6, 22.1, 21.0. HRMS-ESI Calcd for $C_{23}H_{28}O_7Na$ [M + Na]$^+$: 439.1733; Found: 439.1729.

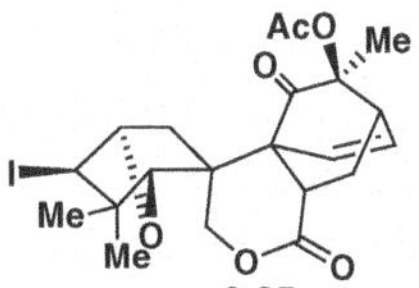

3.35

Synthesis and NMR data of compound 3.35:

Under the protection of nitrogen, the compound 3.33 (75 mg, 0.2 mmol) was dissolved in toluene (100 mL); lead tetraacetate (265 mg, 0.6 mmol) and iodine (102 mg, 0.4 mmol) were then added at room temperature. The reaction was heated to 100 °C and stirred for 2 h. After cooled to room temperature and filtered, the solvent was removed by rotary evaporator, and the resulting crude product was purified by flash column chromatography (PE/EA = 4:1) to give 30 mg white solid (R_f = 0.6, of PE/EA = 2:1), yield 35 %. 35 mg starting material was recovered.

^{1}H NMR (500 MHz, $CDCl_3$) δ 6.72–6.62 (m, 1H), 6.13 (d, J = 8.1 Hz, 1H), 4.75 (d, J = 6.6 Hz, 1H), 4.34 (d, J = 8.2 Hz, 1H), 4.28 (d, J = 1.7 Hz, 1H), 4.21–4.08 (m, 3H), 3.49 (d, J = 5.3 Hz, 1H), 3.00 (ddd, J = 15.4, 11.0, 6.0 Hz, 1H), 2.24–2.15 (m, 2H), 2.06 (d, J = 10.0 Hz, 6H), 1.51–1.43 (m, 6H), 1.27 (d, J = 7.2 Hz, 4H), 1.22–1.15 (m, 4H). ^{13}C NMR (125 MHz, $CDCl_3$) δ 140.4, 126.7, 83.3, 83.0, 66.0, 45.3, 40.8, 40.2, 37.3, 31.8, 25.8, 24.0. HRMS-ESI Calcd for $C_{21}H_{26}O_6I$ [M + H]$^+$: 501.0774; Found: 501.0760.

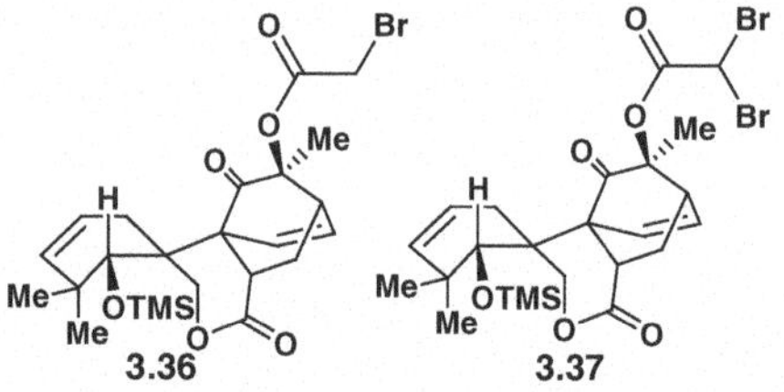

3.36 3.37

Synthesis and NMR data of compounds 3.36 and 3.37:

Under the protection of nitrogen, the compound 3.33 (80 mg, 0.21 mmol) and triethylamine (0.6 mL, 4.28 mmol) were dissolved in dichloromethane (6 mL), and then, TMSOTf (0.31 mL, 1.71 mmol) was added at 0 °C. The reaction was stirred at 0 °C for 1.5 h. NBS (153 mg, 0.86 mmol) in dichloromethane (6 mL) was added to the reaction. The reaction was stirred for 1.5 h at 0 °C. TLC showed that the reaction was completed. Saturated brine (2 mL) was added to quench the reaction. Dichloromethane was added (20 mL) for liquid separation. The aqueous phase was extracted with ethyl acetate (3 × 20 mL), and the combined organic phase was dried over anhydrous sodium sulfate. After filtration, the solvent was removed by rotary evaporator, the resulting crude product was isolated and purified by flash column chromatography (PE/EA = 20:1) to give compound 3.36 (36 mg, $R_f = 0.8$, PE/EA = 5:1), yield 32 %; compound 3.37 (45 mg, $R_f = 0.9$, PE/EA = 5:1), yield 35 %.

Compound 3.36, colorless liquid, 1H NMR (500 MHz, $CDCl_3$) δ 6.39–6.32 (m, 1H), 6.29 (d, $J = 7.9$ Hz, 1H), 5.56 (ddd, $J = 9.9, 5.9, 1.7$ Hz, 1H), 5.48 (dd, $J = 10.0, 2.3$ Hz, 1H), 4.20 (s, 1H), 4.02 (d, $J = 10.2$ Hz, 1H), 3.86–3.74 (m, 3H), 3.48 (dd, $J = 8.9, 3.0$ Hz, 1H), 3.41–3.29 (m, 2H), 2.55–2.43 (m, 2H), 1.97–1.87 (m, 1H), 1.57 (s, 3H), 1.48 (s, 3H), 1.14 (s, 3H), 1.11 (s, 3H), 0.04 (s, 9H). ^{13}C NMR (75 MHz, $CDCl_3$) δ 199.5, 173.9, 166.4, 135.0, 133.4, 131.8, 123.3, 85.0, 81.6, 77.4, 77.0, 76.5, 60.8, 54.5, 45.9, 40.7, 39.7, 36.8, 31.9, 31.2, 25.8, 24.3, 21.2, 21.1, −0.7. HRMS-ESI Calcd for $C_{24}H_{34}O_6SiBr$ $[M + H]^+$: 525.1308; Found: 525.1313.

Compound 3.37, colorless liquid, 1H NMR (500 MHz, $CDCl_3$) δ 6.42–6.34 (m, 1H), 6.30 (d, $J = 8.2$ Hz, 1H), 5.80 (s, 1H), 5.57 (ddd, $J = 9.9, 5.8, 1.7$ Hz, 1H), 5.49 (dd, $J = 10.0, 2.3$ Hz, 1H), 4.20 (s, 1H), 4.02 (d, $J = 10.2$ Hz, 1H), 3.85–3.77 (m, 1H), 3.47 (dd, $J = 8.9, 3.1$ Hz, 1H), 3.44–3.31 (m, 2H), 2.60–2.40 (m, 2H), 1.99 (ddd, $J = 13.7, 8.8, 1.9$ Hz, 1H), 1.57 (s, 2H), 1.51 (s, 3H), 1.12 (d, $J = 15.4$ Hz, 7H), 0.04 (s, 9H). ^{13}C NMR (125 MHz, $CDCl_3$) δ 198.8, 173.5, 163.5, 135.1, 133.4, 131.9, 123.3, 105.0, 85.0, 82.9, 77.2, 77.0, 76.7, 60.9, 54.4, 46.0, 40.4, 39.7, 36.9, 32.4, 31.9, 31.3, 23.6, 21.3, 21.2, −0.7. HRMS-ESI Calcd for $C_{24}H_{33}O_6SiBr_2$ $[M + H]^+$: 603.0413; Found: 603.0408.

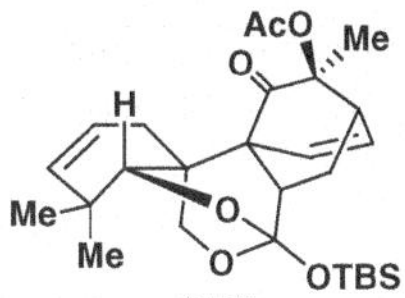

AcO Me O H Me Me O O OTBS 3.73

Synthesis and NMR data of compound 3.73:

Under the protection of nitrogen, the compound 3.33 (of 100 mg, 0.27 mmol) and triethylamine (0.93 mL, 6.68 mmol) were dissolved in DCM (4 mL). TBSOTf (0.615 mL, 2.67 mmol) was then added at 0 °C and stirred for 6 h. TLC showed that the reaction was completed. Saturated sodium bicarbonate solution (2 mL) was added to quench the reaction. Dichloromethane (20 mL) was added for liquid separation. The aqueous phase was extracted with ethyl acetate (3 × 20 mL) and the combined organic phase was washed with anhydrous sodium sulfate. After filtration, the solvent was removed by rotary evaporator, and the resulting crude product was purified by flash column chromatography (PE/EA = 5:1) to give 1.1 g colorless liquid (R_f = 0.8, PE/EA = 5:1), yield 82 %.

^{1}H NMR (500 MHz, $CDCl_3$) δ 6.66 (dd, J = 8.1, 7.2 Hz, 1H), 5.98 (d, J = 8.2 Hz, 1H), 5.55 (d, J = 3.5 Hz, 2H), 4.30 (d, J = 9.5 Hz, 1H), 4.17 (d, J = 2.1 Hz, 1H), 3.90 (dd, J = 6.3, 5.2 Hz, 1H), 3.61 (dd, J = 9.6, 2.1 Hz, 1H), 2.83 (t, J = 10.0 Hz, 1H), 2.80–2.69 (m, 1H), 2.17–2.03 (m, 3H), 1.94 (ddd, J = 13.4, 9.1, 4.4 Hz, 1H), 1.84–1.71 (m, 1H), 1.54 (s, 3H), 1.50–1.40 (m, 1H), 1.25 (s, 3H), 1.19 (s, 3H), 0.89 (s, 9H), 0.18 (d, J = 2.4 Hz, 7H), 0.04 (s, 6H). ^{13}C NMR (125 MHz, $CDCl_3$) δ 198.9, 169.7, 138.9, 136.2, 123.4, 121.4, 111.5, 82.1, 80.0, 77.2, 77.0, 76.7, 68.9, 54.6, 42.5, 39.9, 35.6, 34.7, 30.7, 29.7, 26.2, 26.0, 25.7, 25.7, 25.7, 25.6, 25.6, 25.6, 25.6, 25.6, 25.6, 25.1, 24.6, 22.0, 20.5, 18.1, 17.8, −2.9. HRMS-ESI Calcd for $C_{27}H_{41}O_6Si$ $[M + H]^+$: 489.2672; Found: 489.2665.

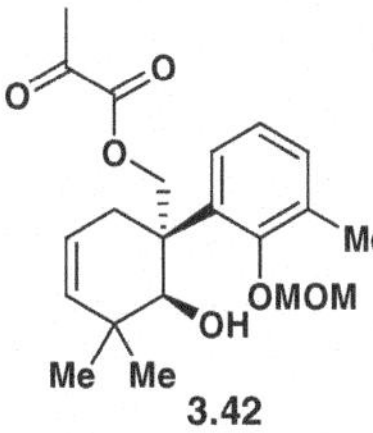

O O O Me OMOM OH Me Me 3.42

Synthesis and NMR data of compound 3.42:

Under the protection of nitrogen, the compound 3.5b (306 mg, 1.0 mmol) was dissolved in dichloromethane (20 mL), and then, pyridine (5 mL) and the freshly prepared solution of pyruvic acid chloride (0.12 mL, 1.2 mmol) were slowly added at 0 °C, and the reaction was stirred for 0.5 h at 0 °C. TLC detection showed that the reaction was completed. Saturated ammonium chloride solution (20 mL) was slowly added at 0 °C to quench the reaction. The reaction system was filtered, diluted with dichloromethane (100 mL), and then washed with saturated sodium bicarbonate (3 × 50 mL), and the aqueous phase was extracted with dichloromethane (100 mL); the combined organic phases were dried over Na_2SO_4 and then filtered. The solvent was removed by rotary evaporator. The resulting crude product was purified by flash silica gel column chromatography (EA/HA = 1:6) to give 256 mg colorless liquid (R_f = 0.5, EA/HA = 1:2), yield 68 %.

^{1}H NMR (500 MHz, $CDCl_3$) δ 7.12 (d, J = 7.7 Hz, 2H), 6.97 (t, J = 7.7 Hz, 1H), 5.63 (ddd, J = 9.9, 5.3, 2.4 Hz, 1H), 5.34 (dd, J = 10.0, 2.6 Hz, 1H), 5.18–5.03 (m, 2H), 4.77 (d, J = 11.1 Hz, 1H), 4.72 (d, J = 8.5 Hz, 1H), 4.62 (d, J = 11.1 Hz, 1H), 3.97 (t, J = 14.0 Hz, 1H), 3.67 (d, J = 9.3 Hz, 3H), 2.78 (dd, J = 17.8, 5.3 Hz, 1H), 2.46 (dt, J = 17.7, 2.6 Hz, 1H), 2.34 (s, 3H), 1.95 (s, 3H), 1.06 (s, 4H), 0.25 (s, 3H). ^{13}C NMR (125 MHz, $CDCl_3$) δ 191.4, 160.6, 155.0, 137.5, 131., 130.8, 129.4, 124.2, 120.6, 100.3, 100.1, 79.7, 77.2, 77.0, 76.7, 71.1, 69.4, 58.0, 47.5, 38.3, 35.2, 33.8, 30.8, 29.7, 29.4, 22.4, 19.9, 18.4. HRMS-ESI Calcd for $C_{21}H_{29}O_6$ $[M + H]^+$: 377.1964; Found: 377.1976.

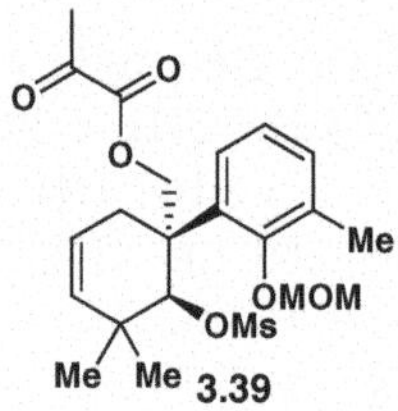

Me OMOM OMs Me Me 3.39

The synthesis and data of compound 3.39:

Under the protection of nitrogen, the compound 3.42 (30 mg, 0.08 mmol) was dissolved in dichloromethane (10 mL), and then, pyridine (3 mL) and methanesulfonyl chloride (0.08 mL of 1.0 mmol) were slowly added at 0 °C. The reaction was stirred at 0 °C for 0.5 h. TLC showed that the reaction was completed. Saturated ammonium chloride solution (20 mL) was slowly added at 0 °C to quench the reaction. The reaction system was filtered, diluted with dichloromethane (100 mL), and washed with saturated sodium bicarbonate (3 × 50 mL), and the aqueous phase was extracted with dichloromethane (100 mL). The combined organic phases were dried over Na_2SO_4 and then filtered. The solvent was removed by rotary evaporator. The resulting crude product was purified by flash silica gel column chromatography (EA/HA = 1:3), (R_f = 0.5, EA/HA = 1:2) to give 31 mg colorless liquid, yield 86 %.

^{1}H NMR (500 MHz, $CDCl_3$) δ 7.14 (dd, J = 7.7, 1.8 Hz, 2H), 6.99 (t, J = 7.7 Hz, 1H), 5.80–5.74 (m, 1H), 5.75–5.68 (m, 1H), 5.57–5.50 (m, 1H), 5.26 (d, J = 5.0 Hz, 1H), 5.11 (d, J = 5.1 Hz, 1H), 4.61 (d, J = 9.9 Hz, 1H), 3.70–3.61 (m, 3H), 2.81 (dd, J = 16.6, 2.1 Hz, 1H), 2.47–2.39 (m, 1H), 2.35–2.30

(m, 4H), 2.11–2.02 (m, 3H), 1.96–1.86 (m, 2H), 1.26 (s, 4H), 1.20 (s, 3H). ^{13}C NMR (125 MHz, $CDCl_3$) δ 160.02, 155.97, 134.46, 133.20, 131.74, 130.85, 127.30, 123.47, 121.43, 99.45, 88.71, 77.25, 77.00, 76.74, 67.15, 57.59, 47.16, 37.91, 37.44, 29.66, 28.96, 27.82, 26.53, 26.03, 18.55. HRMS-ESI Calcd for $C_{22}H_{20}O_8Na$ $[M + Na]^+$: 477.1559; Found: 477.1544.

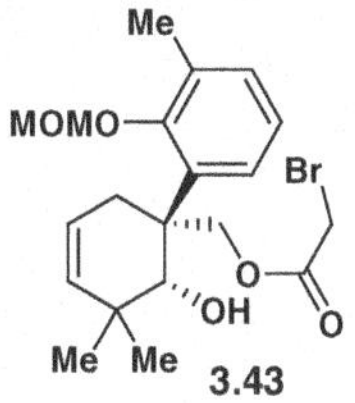

3.43

Synthesis and NMR data of compound 3.43:

Under the protection of nitrogen, the compound 3.5A (250 mg, 0.82 mmol) was dissolved in dichloromethane (15 mL), and then, pyridine (0.5 mL) and bromoacetyl bromine (0.083 mL, 0.94 mmol) were added at 0 °C. The reaction was carried out at 0 °C and then stirred for 0.5 h. TLC showed that the reaction was completed. Saturated ammonium chloride solution (20 mL) was slowly added at 0 °C to quench the reaction. The reaction system was filtered, diluted with dichloromethane (50 mL), and washed with saturated sodium bicarbonate (3 × 50 mL), and the aqueous phase was extracted with dichloromethane (100 mL). The combined organic phase was dried over Na_2SO_4 and then filtered. The solvent was removed by rotary evaporator. The resulting crude product was purified by flash silica gel column chromatography (EA/HA = 1:3) to give 226 mg colorless liquid ($R_f = 0.5$, EA/HA = 1:4), yield 65 %.

^{1}H NMR (500 MHz, $CDCl_3$) δ 7.09 (d, J = 7.6 Hz, 2H), 6.95 (t, J = 7.7 Hz, 1H), 5.80–5.63 (m, 1H), 5.35 (d, J = 10.1 Hz, 1H), 5.11 (d, J = 11.0 Hz, 1H), 5.10–5.03 (m, 2H), 4.73 (d, J = 10.9 Hz, 1H), 4.50 (d, J = 7.5 Hz, 1H), 3.65 (s, 4H), 2.87 (dd, J = 18.3, 4.2 Hz, 1H), 2.44 (d, J = 18.3 Hz, 1H), 2.29 (s, 3H), 1.95 (d, J = 7.6 Hz, 1H), 1.05 (s, 3H), 0.50 (s, 3H). ^{13}C NMR (125 MHz, $CDCl_3$) δ 167.0, 156.2, 135.3, 131.1, 130.7, 127.7, 123.5, 121.6, 105.0, 99.4, 77.2, 76.9, 76.7, 71.7, 57.4, 47.1, 38.0, 30.6, 27.7, 25.8, 18.4. HRMS-ESI Calcd for $C_{20}H_{27}O_5NaBr$ $[M + Na]^+$: 449.0940; Found: 449.0935.

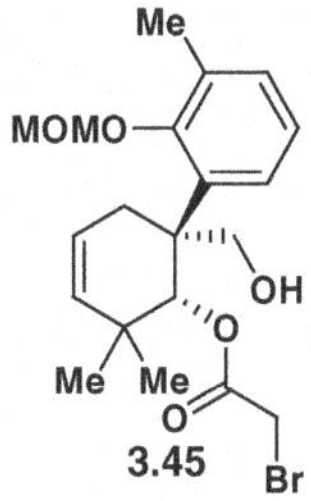

3.45

Synthesis and NMR data of compound 3.45:

Under the protection of nitrogen, the compound 3.43 (60 mg, 0.14 mmol) was dissolved in tetrahydrofuran (10 mL), and sodium hydride (60 %, 11.3 g, 0.28 mmol) was added at 0 °C. The reaction mixture was stirred for 2 h. TLC showed that the reaction was completed. Saturated ammonium chloride solution (20 mL) was slowly added at 0 °C to quench the reaction. The reaction system was filtered, diluted with ethyl acetate (50 mL), and washed with saturated sodium bicarbonate (3 × 10 mL), and the aqueous phase was extracted with ethyl acetate (20 mL). The combined organic phases dried over Na_2SO_4 and then filtered, and the solvent was removed by rotary evaporator. The resulting crude product was purified by flash silica gel column chromatography (EA/HA = 1:20) to give 25 mg colorless liquid ($R_f = 0.5$, EA/HA = 1:5), yield 40 %. Compound 3.5A (12 mg) was obtained.

^{1}H NMR (500 MHz, $CDCl_3$) δ 7.14–7.07 (m, 1H), 7.07–6.96 (m, 1H), 6.92 (t, $J = 7.7$ Hz, 1H), 6.20 (s, 1H), 5.79 (ddd, $J = 10.1, 5.6, 2.2$ Hz, 1H), 5.29–5.24 (m, 1H), 5.22 (d, $J = 5.4$ Hz, 1H), 5.07 (d, $J = 5.4$ Hz, 1H), 5.03 (d, $J = 10.6$ Hz, 1H), 4.36 (d, $J = 10.6$ Hz, 1H), 3.89 (q, $J = 12.2$ Hz, 2H), 3.71 (s, 3H), 3.61 (s, 2H), 2.89 (dd, $J = 18.0, 5.0$ Hz, 1H), 2.54 (dt, $J = 18.0, 2.5$ Hz, 1H), 2.32 (d, $J = 9.6$ Hz, 3H), 0.93 (s, 3H), 0.35 (s, 3H). ^{13}C NMR (125 MHz, $CDCl_3$) δ 166.8, 156.5, 134.3, 131.7, 130.4, 127.9, 123.1, 121.6, 99.5, 79.1, 77.2, 76.9, 76.7, 71.1, 57.7, 46.1, 37.3, 29.3, 26.5, 25.6, 25.5, 18.4. HRMS-ESI Calcd for $C_{20}H_{27}O_5NaBr$ $[M + Na]^+$: 449.0940; Found: 449.0932.

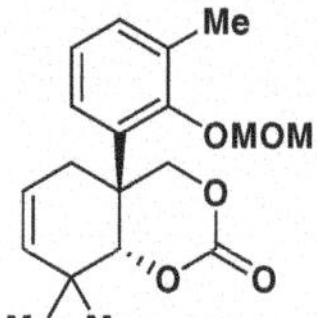

Synthesis and NMR data of compound 3.48:

Compound 3.5a (5.0 g, 16.3 mmol) was dissolved in dichloromethane (150 mL) under nitrogen protection. Pyridine (30 mL) and the solid triphosgene gas (4.8 g, 16.3 mmol) were added at −40 °C. The reaction was stirred at 0 °C for 15 min. TLC showed that the reaction was completed. Saturated sodium bicarbonate solution (30 mL) was slowly added at 0 °C to quench the reaction. The reaction system was filtered, diluted with dichloromethane (100 mL), and washed with saturated sodium bicarbonate (3 × 50 mL), and the aqueous phase was extracted with dichloromethane (100 mL). The combined organic phases were dried over Na_2SO_4 and then filtered. The solvent was removed by rotary evaporator, the resulting crude product was purified by flash silica gel column chromatography (EA/HA = 1:5). 4.8 g white solid product was obtained ($R_f = 0.7$, EA/HA = 1:2), yield 88 %.

^{1}H NMR (500 MHz, $CDCl_3$) δ 7.20 (d, $J = 8.0$ Hz, 1H), 7.15 (d, $J = 7.2$ Hz, 1H), 6.99 (t, $J = 7.7$ Hz, 1H), 5.68 (ddd, $J = 10.1, 4.7, 2.7$ Hz, 1H), 5.47 (s, 1H),

5.35 (dd, $J = 10.2, 1.0$ Hz, 1H), 5.29 (d, $J = 11.1$ Hz, 1H), 5.15 (d, $J = 5.4$ Hz, 1H), 5.09 (d, $J = 5.4$ Hz, 1H), 4.04 (d, $J = 11.1$ Hz, 1H), 3.63 (s, 3H), 2.64 (dd, $J = 18.7, 4.6$ Hz, 1H), 2.50 (dt, $J = 18.7, 2.5$ Hz, 1H), 2.27 (s, 3H), 1.16 (s, 3H), 0.56 (s, 3H). ^{13}C NMR (125 MHz, $CDCl_3$) δ 156.2, 149.8, 149.0, 134.2, 132.3, 131.0, 130.2, 127.1, 124.0, 120.2, 99.7, 83.7, 77.2, 77.0, 76.7, 73.4, 57.5, 38.6, 37.2, 28.6, 27.0, 25.9, 18.6, 14.1. HRMS-ESI Calcd for $C_{19}H_{24}O_5Na$ $[M + Na]^+$: 335.1521; Found: 335.1519.

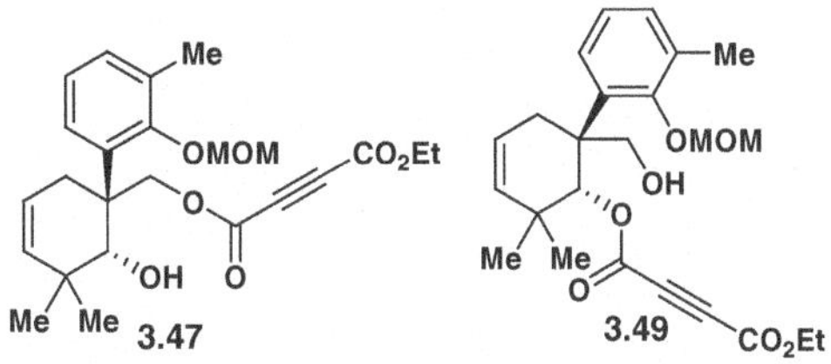

Me OMOM CO2Et O OH O Me Me 3.47

Me OMOM OH O Me Me O 3.49 CO2Et

Synthesis and NMR data of compounds 3.47 and 3.49:

Under the protection of nitrogen, ethyl propiolate (0.61 mL, 6.0 mmol) was dissolved in tetrahydrofuran (15 mL). Then, butyl lithium solution (2.6 mL, 6.0 mmol) was slowly added at −78 °C. The reaction was carried out at −78 °C and stirred for 30 min. The compound 3.48 (332 mg, 1.0 mmol) was dissolved in tetrahydrofuran (10 mL), introduced into the reaction system, and stirred for 1 h at −78 °C. TLC showed that the reaction was completed. Saturated ammonium chloride solution (20 mL) was added slowly at 0 °C to quench the reaction. The reaction was diluted with ethyl acetate (100 mL) and washed with saturated sodium bicarbonate (3 × 50 mL). The aqueous phase was extracted with ethyl acetate (100 mL), the combined organic phases were dried over Na_2SO_4 and then filtered. The solvent was removed by rotary evaporator, and the resulting crude product was purified by column chromatography on silica gel (EA/HA = 1:5) to give 249 mg compound 3.47 ($R_f = 0.6$, EA/HA = 1:2), yield 58 %; 146 mg compound 3.49 ($R_f = 0.5$, EA/HA = 1:2), yield 34 %.

Compound 3.47, white solid; ^{1}H NMR (500 MHz, $CDCl_3$) δ 7.10 (dd, $J = 7.5, 6.9$ Hz, 2H), 6.96 (t, $J = 7.7$ Hz, 1H), 5.72 (ddd, $J = 10.1, 4.6, 3.0$ Hz, 1H), 5.34 (d, $J = 10.2$ Hz, 1H), 5.24 (d, $J = 10.9$ Hz, 1H), 5.06 (q, $J = 5.3$ Hz, 2H), 4.78 (d, $J = 10.9$ Hz, 1H), 4.46 (d, $J = 7.4$ Hz, 1H), 4.25 (q, $J = 7.1$ Hz, 2H), 3.64 (s, 3H), 2.86 (dd, $J = 18.3, 4.6$ Hz, 1H), 2.44 (dt, $J = 18.3, 2.7$ Hz, 1H), 2.29 (s, 3H), 1.89 (d, $J = 7.4$ Hz, 1H), 1.30 (t, $J = 7.1$ Hz, 3H), 1.04 (s, 3H), 0.44 (s, 3H). ^{13}C NMR (125 MHz, $CDCl_3$) δ 175.1, 169.1, 156.2, 151.9, 151.8, 135.1, 132.7, 131.2, 130.6, 127.7, 123.5, 121.5, 99.4, 88.9, 77.2, 77.1, 76.9, 76.7, 76.7, 74.7, 74.5, 72.5, 62.8, 57.3, 46.9, 37.9, 30.1, 27.4, 25.9, 18.4, 13.7. HRMS-ESI Calcd for $C_{24}H_{30}O_7Na$ $[M + Na]^+$: 453.1889; Found: 453.1880.

Compound 3.49, white solid; ^{1}H NMR (500 MHz, $CDCl_3$) δ 7.17–7.06 (m, 3H), 6.97 (t, $J = 7.6$ Hz, 1H), 6.18 (s, 1H), 5.82 (ddd, $J = 10.0, 5.5, 2.1$ Hz, 1H), 5.71 (ddd, $J = 10.2, 8.7, 3.3$ Hz, 1H), 5.21 (d, $J = 5.3$ Hz, 2H), 5.07 (dd, $J = 4.1,$

2.8 Hz, 2H), 4.78 (d, $J = 10.9$ Hz, 1H), 4.45 (d, $J = 10.4$ Hz, 1H), 4.32 (q, $J = 7.1$ Hz, 2H), 3.67 (s, 3H), 3.64 (d, $J = 1.8$ Hz, 2H), 2.93 (dd, $J = 18.2$, 5.4 Hz, 1H), 2.50 (d, $J = 18.2$ Hz, 1H), 2.37–2.26 (m, 4H), 1.35 (t, $J = 7.1$ Hz, 3H), 1.33–1.24 (m, 3H), 0.94 (s, 3H), 0.33 (s, 3H).

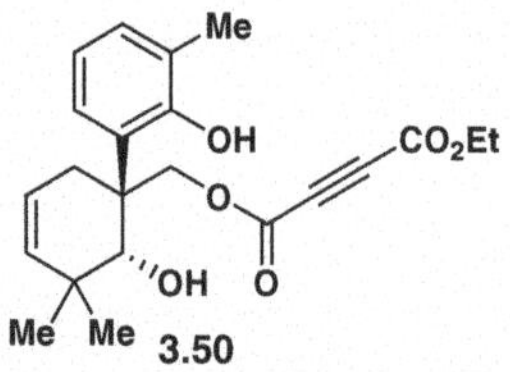

Me OH CO2Et O OH O Me Me 3.50

Synthesis and NMR data of compound 3.50:

Under the protection of nitrogen, compound 3.47 (110 mg, 0.256 mmol) was dissolved in tetrahydrofuran (10 mL), and then, 3N sulfuric acid solution (3 mL) was slowly added at 0 °C. The reaction was stirred at room temperature for 4 h. TLC showed that the reaction was completed. Saturated sodium bicarbonate solution (20 mL) was slowly added at 0 °C to quench the reaction. The mixture was diluted with ethyl acetate (100 mL) and washed with saturated sodium bicarbonate (3 × 50 mL). The aqueous phase was extracted with ethyl acetate (100 mL), the combined organic phases were dried over Na_2SO_4 and then filtered. The solvent was removed by rotary evaporator, and the resulting crude product was purified by flash column chromatography (EA/HA = 1:3) to give 92 mg colorless liquid ($R_f = 0.5$, EA/HA = 1:2), yield 93 %.

^{1}H NMR (500 MHz, $CDCl_3$) δ 7.05 (dd, $J = 7.6$, 1.5 Hz, 2H), 6.81 (t, $J = 7.7$ Hz, 1H), 6.04 (s, 1H), 5.72 (ddd, $J = 10.0$, 4.3, 3.5 Hz, 1H), 5.47–5.33 (m, 2H), 4.69 (d, $J = 10.7$ Hz, 1H), 4.50 (d, $J = 4.2$ Hz, 1H), 4.25 (q, $J = 7.1$ Hz, 2H), 2.81 (dd, $J = 18.0$, 3.8 Hz, 1H), 2.49–2.41 (m, 1H), 2.29–2.16 (m, 4H), 1.30 (t, $J = 7.1$ Hz, 5H), 1.06 (s, 3H), 0.53 (s, 3H). ^{13}C NMR (125 MHz, $CDCl_3$) δ 153.1, 151.9, 151.8, 135.2, 129.9, 127.6, 126.8, 124.2, 121.3, 120.4, 77.2, 76.9, 76.7, 74.7, 74.7, 70.8, 62.8, 46.6, 38.2, 29.7, 27.4, 25.8, 16.0, 13.8. HRMS-ESI Calcd for $C_{22}H_{26}O_6Na$ $[M + Na]^+$: 409.1627; Found: 409.1629.

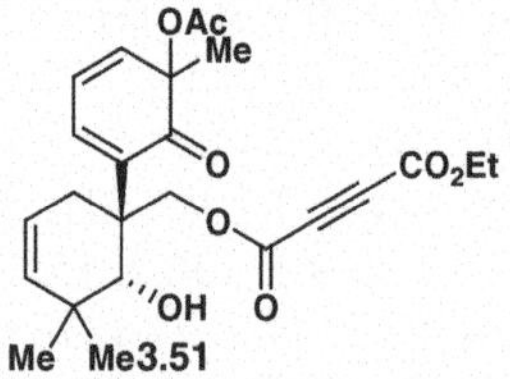

OAc Me O CO2Et O OH O Me Me3.51

Synthesis and NMR data of compound 3.51:

Under the protection of nitrogen, the compound 3.50 (90 mg, 0.23 mmol) was dissolved in AcOH (5 mL), and then, $Pb(OAc)_4$ (516 mg, 1.2 mmol) was added at

0 °C. The reaction was stirred at room temperature for 1 h. TLC showed that the reaction was completed. Ethylene glycol (5 mL) was added to quench the reaction. The solid was filtered off and washed with ethyl acetate (50 mL). The organic phase was reserved and washed with saturated sodium bicarbonate (3 × 10 mL). The water phase was extracted with ethyl acetate (3 × 50 mL). The combined organic phase was dried over anhydrous sodium sulfate. After filtration, the solvent was removed by a rotary evaporator. The resulting crude product was isolated by flash column chromatography (PE/EA = 3:1), giving 88 mg white solid with a ratio of 3:1 (R_f = 0.5, PE/EA = 2:1), yield 86 %.

^{1}H NMR (500 MHz, $CDCl_3$) δ 7.08 (dd, J = 16.0, 8.0 Hz, 1H), 6.95 (dd, J = 6.6, 1.3 Hz, 1H), 6.32 (td, J = 9.2, 4.0 Hz, 1H), 6.26–6.19 (m, 1H), 5.74–5.68 (m, 1H), 5.63 (td, J = 10.1, 5.3 Hz, 1H), 5.58–5.48 (m, 1H), 5.42 (d, J = 10.1 Hz, 1H), 5.34 (d, J = 10.3 Hz, 1H), 5.24 (d, J = 10.9 Hz, 1H), 5.07 (dd, J = 9.0, 3.8 Hz, 1H), 4.93 (d, J = 11.2 Hz, 1H), 4.78 (dd, J = 11.0, 8.1 Hz, 1H), 4.68 (d, J = 11.3 Hz, 1H), 4.65–4.60 (m, 1H), 4.32–4.24 (m, 4H), 4.24–4.13 (m, 1H), 3.64 (s, 1H), 2.86 (d, J = 17.9 Hz, 1H), 2.76 (s, 1H), 2.43 (d, J = 3.4 Hz, 1H), 2.32–2.24 (m, 2H), 2.08–2.02 (m, 3H), 1.38 (s, 3H), 1.04 (d, J = 7.3 Hz, 7H). ^{13}C NMR (125 MHz, $CDCl_3$) δ 198.5, 169.6, 151.9, 140.5, 140.0, 135.9, 122.4, 120.6, 78.7, 77.2, 77.0, 76.7, 75.9, 74.7, 68.1, 62.9, 47.3, 37.2, 30.3, 28.8, 23.9, 23.6, 20.3, 13.8. HRMS-ESI Calcd for $C_{24}H_{26}O_8Na$ $[M + Na]^+$: 467.1682; Found: 467.1677.

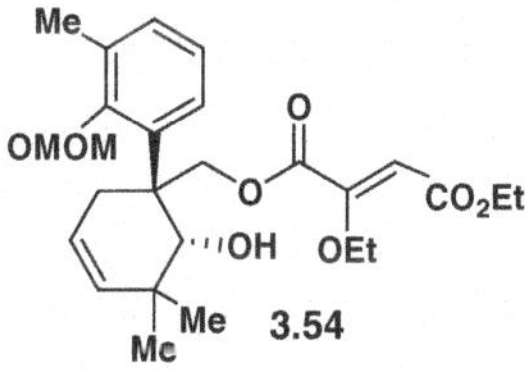

Me OMOM O O CO₂Et ''OH OEt Me Me 3.54

Synthesis and NMR data of compound 3.54:

Under the protection of nitrogen, ethyl propiolate (4.25 mL, 42 mmol) was dissolved in tetrahydrofuran (45 mL) and then, butyl lithium solution (18.7 mL, 42 mmol) was slowly added at −78 °C. The reaction was carried out at −78 °C and stirred for 1 h. Compound 3.48 (2.32 g, 7.0 mmol) dissolved in tetrahydrofuran (60 mL) was then introduced into the reaction system, and stirred for 1 h at −78 °C, heated to 0 °C, and then stirred overnight. TLC showed that the reaction was completed. Saturated ammonium chloride solution (50 mL) was slowly added at 0 °C to quench the reaction. The mixture was diluted with ethyl acetate (100 mL) and washed with saturated sodium bicarbonate (3 × 30 mL). The aqueous phase was extracted with ethyl acetate (100 mL), and the combined organic phase was dried over Na_2SO_4, then filtered, and the solvent was removed by a rotary evaporator, and the resulting crude product using flash column chromatography on silica gel (EA/HA = 1:5), to give 0.50 g colorless liquid (R_f = 0.6, EA/HA = 1:2), yield 30 %.

^{1}H NMR (500 MHz, $CDCl_3$) δ 7.19–7.12 (m, 1H), 7.12–7.01 (m, 1H), 6.92 (t, J = 7.7 Hz, 1H), 5.68 (dt, J = 10.1, 3.8 Hz, 1H), 5.36 (d, J = 10.1 Hz, 1H), 5.09 (d, J = 5.3 Hz, 1H), 5.08–5.00 (m, 3H), 4.88 (d, J = 11.2 Hz, 1H), 4.57 (d, J = 7.5 Hz, 1H), 3.80 (q, J = 7.0 Hz, 2H), 3.65 (s, 3H), 2.90 (dd, J = 18.3, 3.0 Hz, 1H), 2.52–2.40 (m, 1H), 2.15–2.00 (m, 1H), 1.29 (t, J = 7.0 Hz, 3H), 1.06 (s, 3H), 0.57 (s, 3H). ^{13}C NMR (125 MHz, $CDCl_3$) δ 165.7, 163.5, 161.7, 156.1, 135.3, 133.8, 130.9, 130.7, 127.9, 123.4, 121.7, 99.3, 93.4, 77.2, 77.2, 77.0, 76.7, 71.2, 65.6, 60.2, 57.3, 46.9, 37.9, 30.6, 28.2, 25.4, 18.4, 14.1, 13.8. HRMS-ESI Calcd for $C_{26}H_{36}O_8Na$ $[M + Na]^+$: 499.2306; Found: 499.2308.

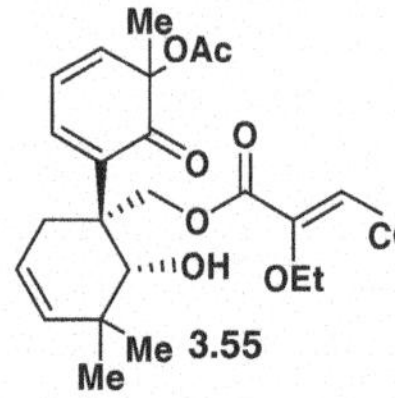

Me OAc O O O ''''OH OEt CO$_2$Et Me Me 3.55

Synthesis and NMR data of compound 3.55:

Under the protection of nitrogen, the compound 3.54 (100 mg, 0.256 mmol) was dissolved in tetrahydrofuran (10 mL), and then, 3N sulfuric acid solution (3 mL) was slowly added at 0 °C. The reaction was stirred at room temperature for 14 h. TLC showed that the reaction was completed. Saturated sodium bicarbonate solution (20 mL) was slowly added at 0 °C to quench the reaction. The mixture was diluted with ethyl acetate (100 mL) and washed with saturated sodium bicarbonate (3 × 50 mL). The aqueous phase was extracted with ethyl acetate (100 mL), the combined organic phases were dried over Na_2SO_4. After filtration and removing the solvent, the resulting crude product was purified using silica gel flash column chromatography (EA/HA = 1:3) to get MOM-deprotected product as 100 mg colorless liquid (R_f = 0.8, EA/HA = 1:2), yield 93 %.

^{1}H NMR (500 MHz, $CDCl_3$) δ 7.06 (d, J = 7.8 Hz, 1H), 7.00 (d, J = 7.2 Hz, 1H), 6.76 (dd, J = 13.5, 5.8 Hz, 2H), 5.69 (dt, J = 9.8, 3.9 Hz, 1H), 5.38 (d, J = 10.0 Hz, 1H), 5.24 (d, J = 10.9 Hz, 1H), 5.05 (s, 1H), 4.70 (d, J = 10.9 Hz, 1H), 4.48 (d, J = 6.5 Hz, 1H), 4.21–4.02 (m, 2H), 3.78 (q, J = 7.0 Hz, 2H), 2.93 (d, J = 6.9 Hz, 1H), 2.75 (dd, J = 17.9, 3.7 Hz, 1H), 2.59–2.41 (m, 1H), 2.21 (s, 3H), 1.38–1.19 (m, 7H), 1.07 (s, 3H), 0.62 (s, 3H). ^{13}C NMR (125 MHz, $CDCl_3$) δ 166.0, 163.3, 161.6, 153.5, 135.6, 129.5, 128.3, 127.1, 125.5, 121.4, 120.1, 93.5, 77.3, 77.2, 77.0, 76.7, 70.4, 65.7, 60.3, 46.6, 38.1, 30.4, 28.0, 25.2, 16.3, 14.1, 13.8. HRMS-ESI Calcd for $C_{24}H_{32}O_7Na$ $[M + Na]^+$: 455.2046; Found: 455.2032.

Under the protection of nitrogen, the MOM-deprotected product (92 mg, 0.213 mmol) was dissolved in AcOH (5 mL), and then, $Pb(OAc)_4$ (186 mg, 0.42 mmol) was added at 0 °C. The reaction was stirred at 0 °C for 30 min. TLC showed that the reaction was completed. Ethylene glycol (2 mL) was added to quench the reaction; the solid was filtered off and washed with ethyl acetate

(30 mL). The organic phase was reserved and washed with a saturated aqueous sodium bicarbonate (10 mL). The water phase was extracted with ethyl acetate (3 × 20 mL) and the combined organic phase was dried over anhydrous sodium sulfate. After filtration, the solvent was removed by rotary evaporator, the resulting crude product was isolated and purified by flash column chromatography (PE/EA = 4:1), to give an isomer with weak polarity 32 mg ($R_f = 0.6$, of PE/EA = 2 of the small polar isomer: 1), and an isomer with strong polarity 59 mg ($R_f = 0.5$, PE/EA = 2:1), total yield 87 %.

Isomer with weak polarity, colorless liquid, 1H NMR (500 MHz, $CDCl_3$) δ 7.20 (dd, $J = 6.5$, 1.5 Hz, 1H), 6.28 (dd, $J = 9.5$, 6.5 Hz, 1H), 6.19 (dd, $J = 9.5$, 1.5 Hz, 1H), 5.46 (s, 2H), 5.12 (s, 1H), 4.88 (d, $J = 11.5$ Hz, 1H), 4.70 (d, $J = 11.5$ Hz, 1H), 4.21 (d, $J = 6.0$ Hz, 1H), 4.14 (qd, $J = 7.1$, 3.5 Hz, 2H), 3.89 (q, $J = 7.0$ Hz, 2H), 2.80 (d, $J = 17.9$ Hz, 1H), 2.51 (d, $J = 6.9$ Hz, 1H), 2.06 (d, $J = 12.8$ Hz, 4H), 1.36 (dd, $J = 9.0$, 4.9 Hz, 7H), 1.26 (t, $J = 7.1$ Hz, 4H), 1.12 (s, 3H), 1.09 (s, 3H). ^{13}C NMR (125 MHz, $CDCl_3$) δ 198.4, 169.7, 165.9, 161.8, 140.6, 140.3, 136.3, 122.4, 120.7, 93.3, 79.3, 77.2, 77.0, 76.7, 66.4, 65.8, 60.3, 47.0, 37.1, 31.6, 30.5, 23.7, 22.6, 20.5, 14.2, 13.9. HRMS-ESI Calcd for $C_{26}H_{34}O_9Na$ $[M + Na]^+$: 513.2101; Found: 513.2101.

Isomer with strong polarity, colorless liquid, 1H NMR (500 MHz, $CDCl_3$) δ 6.90 (dd, $J = 6.3$, 1.6 Hz, 1H), 6.23 (dd, $J = 9.5$, 1.6 Hz, 1H), 6.16 (dd, $J = 9.5$, 6.3 Hz, 1H), 5.58 (dt, $J = 10.0$, 3.9 Hz, 1H), 5.39 (d, $J = 10.2$ Hz, 1H), 5.09 (s, 1H), 4.78 (d, $J = 11.1$ Hz, 1H), 4.70 (s, 1H), 4.36 (s, 1H), 4.13 (qd, $J = 7.1$, 2.3 Hz, 3H), 3.85 (dt, $J = 14.0$, 5.1 Hz, 3H), 2.57 (dd, $J = 18.1$, 2.7 Hz, 1H), 2.27 (td, $J = 5.1$, 3.1 Hz, 1H), 2.12–2.04 (m, 4H), 1.35 (s, 3H), 1.31 (t, $J = 7.0$ Hz, 4H), 1.25 (t, $J = 7.1$ Hz, 4H), 1.01 (s, 3H), 0.96 (s, 3H). ^{13}C NMR (125 MHz, $CDCl_3$) δ 199.9, 172.5, 170.3, 169.6, 165.8, 163.1, 161.5, 142.1, 139.5, 138.1, 135.7, 121.0, 120.5, 93.4, 81.7, 77.5, 77.2, 77.2, 77.0, 76.7, 69.7, 65.7, 60.5, 60.2, 46.5, 37.8, 30.3, 28.3, 24.9, 23.8, 20.4, 20.2, 14.1, 13.8. HRMS-ESI Calcd for $C_{26}H_{34}O_9Na$ $[M + Na]^+$: 513.2101; Found: 513.2105.

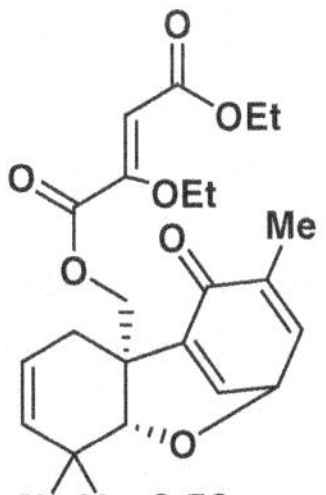

O OEt O OEt O Me O O Me Me **3.56**

Synthesis and NMR data of compound 3.56:

Under the protection of nitrogen, the compound 3.55 (isomer with strong polarity, 59 mg, 0.120 mmol) was dissolved in toluene (30 mL) in a sealed tube, and then, the reaction was heated to 115° and stirred for 15 h. TLC showed that the reaction was completed. The reaction was cooled to room temperature, and the solvent was removed by rotary evaporator, the resulting crude product was purified by flash column chromatography (PE/EA = 4:1) to give 38 mg white solid with a ratio of 2:1 ($R_f = 0.7$, PE/EA = 2:1), yield 73 %.

Under the protection of nitrogen, the compound 3.55 (less polar isomer, 32 mg, 0.065 mmol) was dissolved in toluene (20 mL) in a sealed tube, and then, the reaction was heated to 115 °C and stirred for 15 h. TLC showed that the reaction was completed. The reaction was cooled to room temperature, the solvent was removed by rotary evaporator, and the resulting crude product was purified by flash column chromatography (PE/EA = 4:1) to give 20 mg white solid with a ratio of 2:1 ($R_f = 0.7$, PE/EA = 2:1), yield 72 %.

^{1}H NMR (500 MHz, $CDCl_3$) δ 6.85 (dd, $J = 10.0$, 5.2 Hz, 1H), 5.87–5.75 (m, 2H), 5.55–5.43 (m, 2H), 5.15 (s, 1H), 4.60 (d, $J = 10.6$ Hz, 1H), 4.51 (dd, $J = 10.6$, 2.1 Hz, 1H), 4.13 (dt, $J = 7.1$, 5.5 Hz, 2H), 3.93 (q, $J = 7.0$ Hz, 2H), 3.52 (s, 1H), 2.59 (dd, $J = 17.0$, 4.4 Hz, 1H), 2.13–2.02 (m, 1H), 2.03–1.92 (m, 1H), 1.70 (s, 3H), 1.39 (t, $J = 7.0$ Hz, 3H), 1.26 (t, $J = 7.1$ Hz, 5H), 1.17 (d, $J = 12.2$ Hz, 6H). ^{13}C NMR (125 MHz, $CDCl_3$) δ 207.3, 165.6, 163.6, 161.7, 161.3, 140.0, 137.5, 123.1, 120.9, 115.4, 93.4, 91.6, 88.3, 77.2, 77.2, 77.0, 76.7, 65.8, 63.9, 60.2, 48.1, 36.8, 32.0, 30.6, 25.3, 21.0, 14.2, 13.9. HRMS-ESI Calcd for $C_{24}H_{30}O_7Na$ $[M + Na]^+$: 453.1889; Found: 453.1886.

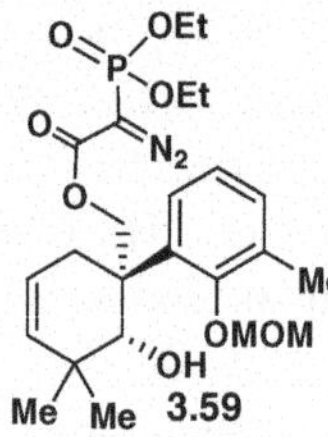

Synthesis and NMR data of compound 3.59:

Under the protection of nitrogen, the compound 3.5a (1.5 g, 4.90 mmol), diethylphosphoric acid (1.92 g, 9.80 mmol) and DMAP (1.79 g, 14.7 mmol) were dissolved in dichloromethane (50 mL), and then, EDCI (1.88 g, 9.80 mmol) was added at 0 °C. The reaction was stirred at room temperature for 18 h. TLC showed that the reaction was completed. The reaction was quenched by saturated sodium bicarbonate solution (30 mL), and the aqueous phase was extracted with dichloromethane (3 × 100 mL) and then washed with saturated brine (3 × 10 mL). The combined organic phase was dried over anhydrous sodium sulfate. After filtration, the solvent was removed by reduced pressure, the resulting crude product was isolated and purified by flash column chromatography (PE/EA = 1:1) to obtain a hydroxyl esterified product as 1.95 g colorless liquid ($R_f = 0.21$, PE/EA = 1:1), yield 82 %.

^{1}H NMR (500 MHz, $CDCl_3$) δ 7.14 (d, $J = 7.9$ Hz, 1H), 7.08 (d, $J = 7.3$ Hz, 1H), 6.94 (t, $J = 7.7$ Hz, 1H), 5.67 (dt, $J = 9.8$, 3.7 Hz, 1H), 5.36 (d,

$J = 10.0$ Hz, 1H), 5.05 (q, $J = 5.3$ Hz, 2H), 4.95 (d, $J = 11.1$ Hz, 1H), 4.79 (d, $J = 11.2$ Hz, 1H), 4.51 (d, $J = 8.1$ Hz, 1H), 4.12–3.92 (m, 4H), 3.64 (s, 3H), 2.93–2.76 (m, 3H), 2.40 (d, $J = 18.4$ Hz, 1H), 2.29 (d, $J = 8.7$ Hz, 3H), 2.22 (d, $J = 8.0$ Hz, 1H), 1.25 (td, $J = 7.0$, 2.9 Hz, 7H), 1.05 (s, 3H), 0.55 (s, 3H). ^{13}C NMR (125 MHz, $CDCl_3$) δ 165.7, 156.1, 135.4, 134.0, 130.9, 130.8, 127.8, 123.5, 121.6, 77.2, 77.1, 77.0, 76.7, 70.9, 62.5, 62.5, 62.4, 57.4, 46.8, 38.0, 34.8, 33.7, 30.9, 28.2, 25.5, 18.4, 16.2, 16.2. HRMS-ESI Calcd for $C_{24}H_{38}O_8P$ $[M + H]^+$: 485.2304; Found: 485.2298.

Under the protection of nitrogen, a hydroxyl group esterified product (760 mg, 1.57 mmol) and *p*-toluenesulfonyl azide (466 mg, 2.36 mmol) were dissolved in dichloromethane (15 mL), and then, DBU (0.29 mL, 1.88 mmol) was added slowly under 0 °C and stirred for 2 h. TLC showed that the reaction was completed. Saturated sodium bicarbonate solution (10 mL) was added to quench the reaction. The aqueous phase was extracted with dichloromethane (3 × 100 mL) and washed with saturated brine (3 × 10 mL). The combined organic phase was dried over anhydrous sodium sulfate. After filtration, the solvent was removed by reduced pressure, and the resulting crude product was purified by flash column chromatography (PE/EA = 4:1) to give 652 mg colorless liquid ($R_f = 0.32$, PE/EA = 1:1), yield rate of 81 %.

^1H NMR (500 MHz, $CDCl_3$) δ 7.11 (d, $J = 7.8$ Hz, 1H), 7.06 (d, $J = 7.2$ Hz, 1H), 6.92 (t, $J = 7.6$ Hz, 1H), 5.66 (dd, $J = 6.1$, 3.8 Hz, 1H), 5.36 (d, $J = 10.1$ Hz, 1H), 5.15–4.96 (m, 3H), 4.78 (d, $J = 11.0$ Hz, 1H), 4.53 (s, 1H), 4.10–3.85 (m, 4H), 3.63 (s, 3H), 2.82 (dd, $J = 18.2$, 3.7 Hz, 1H), 2.38 (d, $J = 18.3$ Hz, 1H), 2.28 (s, 4H), 1.81 (s, 1H), 1.23 (t, $J = 6.9$ Hz, 6H), 1.04 (s, 3H), 0.57 (s, 3H). ^{13}C NMR (125 MHz, $CDCl_3$) δ 163.4, 163.3, 156.1, 135.4, 133.8, 130.9, 130.7, 127.6, 123.4, 121.5, 99.4, 77.2, 77.0, 76.7, 71.0, 63.4, 63.4, 63.3, 63.2, 57.3, 47.0, 38.0, 31.3, 28.1, 25.3, 18.3, 16.0, 15.9, 15.9, 15.9. HRMS-ESI Calcd for $C_{24}H_{36}N_2O_8P$ $[M + H]^+$: 511.2209; Found: 511.2199.

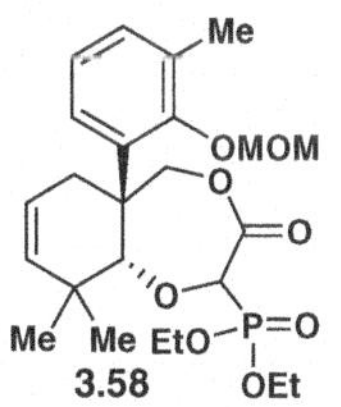

Synthesis and NMR data of compound 3.58:

Under the protection of nitrogen, the compound 3.59 (628 mg, 1.23 mmol) was dissolved in anhydrous benzene (12 mL). Rhodium (II) acetate dimer (5.5 mg, 0.0123 mmol) was then added. The reaction was heated to 80 °C and stirred for 2 h. TLC showed that the reaction was completed. The reaction was cooled to room temperature, and the solvent was removed by rotary evaporator, the resulting crude product was isolated and purified by flash column chromatography (PE/EA = 1:1) to give 360 mg white solid (R_f = 0.31, PE/EA = 1:1), yield 60 %.

^{1}H NMR (500 MHz, $CDCl_3$) δ 7.12 (dd, J = 12.2, 7.7 Hz, 2H), 6.98 (t, J = 7.7 Hz, 1H), 5.73 (dd, J = 10.0, 5.6 Hz, 1H), 5.55 (d, J = 13.2 Hz, 1H), 5.21 (d, J = 10.1 Hz, 1H), 5.11 (dd, J = 14.8, 4.7 Hz, 2H), 4.82 (d, J = 18.6 Hz, 1H), 4.75 (s, 1H), 4.38–4.22 (m, 4H), 3.82 (d, J = 13.2 Hz, 1H), 3.70 (s, 3H), 2.92 (d, J = 18.1 Hz, 1H), 2.35–2.21 (m, 4H), 1.36 (t, J = 7.0 Hz, 6H), 1.08 (s, 3H), 0.25 (s, 3H). ^{13}C NMR (125 MHz, $CDCl_3$) δ 169.4, 169.3, 155.9, 134.2, 131.8, 131.8, 131.1, 127.4, 124.3, 120.7, 99.6, 90.1, 90.0, 77.2, 77.0, 76.7, 76.5, 75.1, 73.2, 63.4, 63.3, 62.8, 62.8, 57.6, 47.1, 38.2, 27.5, 27.2, 25.5, 18.6, 16.5, 16.5, 16.4. HRMS-ESI Calcd for $C_{24}H_{36}O_8P$ $[M + H]^+$: 483.2148; Found: 483.2136.

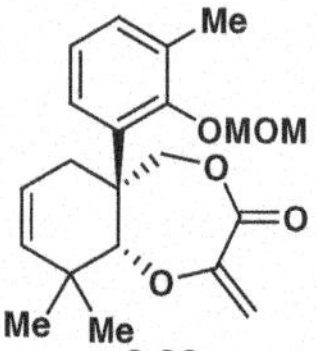

Me
OMOM
O
O
O
Me Me
3.38

Synthesis and NMR data of compound 3.38:

Under the protection of nitrogen, compound 3.58 (140 mg, 0.29 mmol) was dissolved in tetrahydrofuran (10 mL). Potassium tert-butoxide (0.29 mL, 0.29 mmol) was then added at 0 °C. The reaction was stirred at 0 °C for 30 min. Paraformaldehyde (87 mg, and 2.9 mmol) was quickly added, with continued stirring at 0 °C for 30 min. TLC showed that the reaction was completed. The reaction was quenched by saturated ammonium chloride solution (10 mL). The water phase was extracted with ethyl acetate (3 × 10 mL), and the organic phase was washed with saturated brine (2 × 10 mL). The combined organic phase was dried over anhydrous sodium sulfate. After filtration, the solvent was removed by reduced pressure. The resulting crude product was separated by flash column chromatography (PE/EA = 3:1) to give 99 mg colorless liquid (R_f = 0.85, PE/EA = 1:1), yield 95 %.

^{1}H NMR (500 MHz, $CDCl_3$) δ 7.13 (dd, J = 10.5, 8.4 Hz, 2H), 6.95 (t, J = 7.7 Hz, 1H), 5.78 (ddd, J = 10.0, 5.8, 2.1 Hz, 1H), 5.48 (s, 1H), 5.30 (d, J = 10.0 Hz, 1H), 5.18 (dd, J = 6.2, 3.2 Hz, 2H), 4.99 (d, J = 5.4 Hz, 1H), 4.86 (d, J = 12.6 Hz, 1H), 4.76 (s, 1H), 4.13 (d, J = 12.6 Hz, 1H), 3.60 (s, 3H), 2.78 (d, J = 17.7 Hz, 1H), 2.57 (dd, J = 17.6, 5.2 Hz, 1H), 2.31 (s, 3H), 1.12 (s, 3H), 0.31 (s, 3H). ^{13}C NMR (125 MHz, $CDCl_3$) δ167.2, 156.3, 153.8, 134.3, 132.6, 131.8, 131.2, 127.2, 123.7, 121.2, 106.2, 99.7, 87.6, 75.8, 57.6, 47.2, 37.3, 27.6, 27.4, 26.9, 18.5. HRMS-ESI Calcd for $C_{21}H_{26}O_5Na$ $[M + Na]^+$: 381.1678; Found: 381.1674.

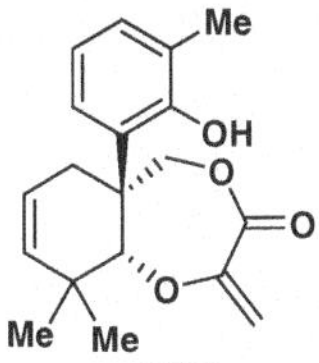

3.60

The synthesis and data of compound 3.60:

Under the protection of nitrogen, compound 3.38 (99 mg, 0.27 mmol) was dissolved in dichloromethane (15 mL). Trifluoroacetic acid (0.09 mL, 1.20 mmol) was then added at 0 °C. The reaction was stirred at 0 °C for 30 min. TLC showed that the reaction was completed. The reaction was quenched by adding triethylamine (1 mL). After filtration and washed with ethyl acetate (30 mL), the solvent was removed by rotary evaporator, and the resulting crude product was purified by flash column chromatography (PE/EA = 1:1) to give 78 mg colorless liquid (R_f = 0.82, PE/EA = 1:1), yield 90 %.

^{1}H NMR (500 MHz, $CDCl_3$) δ 7.06 (d, J = 7.3 Hz, 1H), 7.01 (d, J = 8.1 Hz, 1H), 6.78 (t, J = 7.7 Hz, 1H), 6.28 (s, 1H), 5.79 (dt, J = 10.0, 3.8 Hz, 1H), 5.38 (d, J = 1.4 Hz, 1H), 5.33 (d, J = 10.1 Hz, 1H), 5.10 (d, J = 1.4 Hz, 1H), 4.72 (s, 1H), 4.62 (d, J = 12.5 Hz, 1H), 4.39 (d, J = 12.5 Hz, 1H), 2.65–2.51 (m, 2H), 2.23 (s, 3H), 1.10 (s, 3H), 0.34 (s, 3H). ^{13}C NMR (125 MHz, $CDCl_3$) δ 165.4, 153.5, 152.7, 134.5, 130.4, 126.7, 126.4, 126.3, 120.4, 120.4, 104.7, 83.7, 77.6, 77.2, 77.0, 76.7, 46.6, 36.9, 28.4, 26.9, 26.3, 16.4. HRMS-ESI Calcd for $C_{19}H_{22}O_4Na$ $[M + Na]^+$: 337.1416; Found: 337.1412.

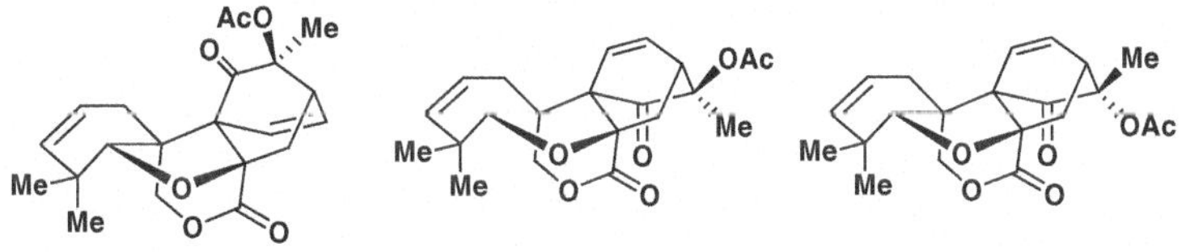

2 **3.61** **3.62**

Synthesis and NMR data of compound 2, compound 3.61, and compound 3.62:

Under the protection of nitrogen, the compound 3.60 (460 mg, 1.46 mmol) was dissolved in AcOH (10 mL), and then, $Pb(OAc)_4$ (3.90 g, 8.80 mmol) was added at 0 °C. The reaction was stirred at 0 °C for 5 min. TLC showed that the reaction was completed. Ethylene glycol (5 mL) was added to quench the reaction. The solid was filtered off and washed with ethyl acetate (250 mL). The obtained organic phase was washed with saturated sodium bicarbonate (3 × 100 mL). The aqueous phase was extracted with ethyl acetate (350 mL), and the combined organic phase was dried over anhydrous sodium sulfate. After filtration, the solvent was removed by rotary evaporator to give the crude product as a yellow solid (480 mg). This crude product can be used directly in the next reaction without further purification.

Under the protection of nitrogen, the resulting crude product was dissolved in toluene (60 mL) in a sealed tube, and then, the reaction was heated to 145 °C and stirred for 24 h. TLC showed that the reaction was completed. The reaction was cooled to room temperature, and the solvent was removed by rotary evaporator, the resulting crude product was purified by flash column chromatography (PE/EA = 10:1) to give the DA product compound 3.61 (150 mg), compound 3.62 (65 mg) and compound 2 (198 mg), with a total yield of 76 %.

Compound 3.61 (yield 28 %), white solid, $R_f = 0.85$ (silica gel, EtOAc/hexanes = 1/2); ^{1}H NMR (500 MHz, $CDCl_3$): δ 6.81 (t, $J = 7.1$ Hz, 1H), 6.04 (d, $J = 8.0$ Hz, 1H), 5.55–5.48 (m, 2H), 4.83 (dd, $J = 11.8$ Hz, $J = 1.4$ Hz, 1H), 4.63 (d, $J = 11.2$ Hz, 1H), 3.96 (t, $J = 2.8$ Hz, 1H), 3.90 (s, 1H), 3.00 (dd, $J = 14.6$ Hz, $J = 3.2$ Hz, 1H), 2.50 (d, $J = 17.5$ Hz, 1H), 2.26 (dd, $J = 17.8$ Hz, $J = 4.7$ Hz, 1H), 2.00 (s, 3H), 1.77 (d, $J = 14.6$ Hz, 1H), 1.58 (s, 3H), 1.14 (s, 3H), 1.12 (s, 3H); ^{13}C NMR (125 MHz, $CDCl_3$) δ: 197.1, 170.0, 168.0, 140.7, 136.7, 123.6, 120.9, 89.1, 83.9, 80.0, 68.6, 60.7, 41.2, 40.7, 36.3, 31.3, 31.0, 28.1, 21.7, 20.1, 19.9; HRMS-ESI Calcd for $C_{21}H_{25}O_6$ $[M + H]^+$: 373.1651; Found: 373.1641.

Compound 3.62 (yield 12 %), white solid, $R_f = 0.80$ (silica gel, EtOAc/hexanes = 1/2); ^{1}H NMR (500 MHz, $CDCl_3$): δ 6.78 (t, $J = 7.2$ Hz, 1H), 6.06 (d, $J = 8.0$ Hz, 1H), 5.55–5.48 (m, 2H), 4.90 (d, $J = 11.8$ Hz, 1H), 4.64 (d, $J = 11.7$ Hz, 1H), 3.99 (t, $J = 1.7$ Hz, 1H), 3.93 (s, 1H), 3.19 (dd, $J = 15.2$ Hz, $J = 3.2$ Hz, 1H), 2.54 (d, $J = 17.7$ Hz, 1H), 2.25 (dd, $J = 17.8$ Hz, $J = 5.0$ Hz, 1H), 1.99 (s, 3H), 1.90 (d, $J = 15.2$ Hz, $J = 2.7$ Hz, 1H), 1.52 (s, 3H), 1.13 (s, 3H), 1.12 (s, 3H); ^{13}C NMR (125 MHz, $CDCl_3$) δ: 201.0, 169.5, 168.8, 139.7, 136.5, 122.4, 120.9, 89.7, 83.7, 81.5, 68.7, 61.3, 41.8, 39.4, 36.4, 31.3, 31.1, 28.0, 21.9, 20.1, 18.8; HRMS-ESI Calcd for $C_{21}H_{25}O_6$ $[M + H]^+$: 373.1651; Found: 373.1648.

Compound 2 (yield 36 %), white solid, $R_f = 0.76$ (silica gel, EtOAc/hexanes = 1/2); ^{1}H NMR (500 MHz, $CDCl_3$): δ 6.66 (dd, $J = 8.2$ Hz, $J = 7.0$ Hz, 1H), 6.31 (dd, $J = 8.3$ Hz, $J = 0.8$ Hz, 1H), 5.58–5.55 (m, 1H), 5.48 (dd, $J = 10.0$ Hz, $J = 2.1$ Hz, 1H), 4.72 (d, $J = 12.3$ Hz, 1H), 4.46 (s, 1H), 4.13 (dd, $J = 12.3$ Hz, $J = 1.2$ Hz, 1H), 4.03 (t, $J = 6.0$ Hz, 1H), 3.77–3.73 (m, 1H), 2.98 (dd, $J = 14.5$ Hz, $J = 4.7$ Hz, 1H), 2.13 (s, 3H), 2.09 (d, $J = 15.0$ Hz, 1H), 1.87 (dd, $J = 17.6$ Hz, $J = 5.3$ Hz, 1H), 1.62 (s, 3H), 1.15 (s, 3H), 1.11 (s, 3H); ^{13}C NMR (125 MHz, $CDCl_3$) δ: 203.9, 169.8, 168.4, 141.7, 135.8, 123.2, 121.8, 89.4, 89.2, 81.2, 69.0, 59.5, 41.6, 40.0, 36.7, 31.4, 26.9, 24.8, 21.8, 20.0; HRMS-ESI Calcd for $C_{21}H_{25}O_6$ $[M + H]^+$: 373.1651; Found: 373.1650.

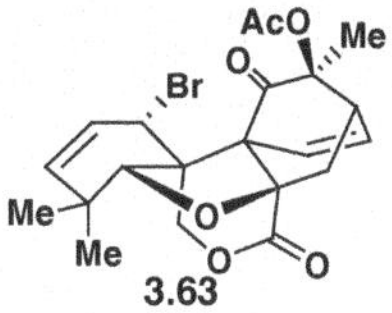

Synthesis and NMR data of compound 3.63:

Under the protection of nitrogen, compound 2 (80 mg, 0.21 mmol) was dissolved in carbon tetrachloride (10 mL). NBS (58 mg, 0.32 mmol) and benzoyl peroxide (5 mg, 0.02 mmol) were added at room temperature. The reaction was refluxed at 80 °C for 2 h. The solvent was removed by rotary evaporator, and the resulting crude product was isolated and purified by flash column chromatography (PE/EA = 15:1) to give 88 mg colorless liquid (R_f = 0.55, PE/EA = 5:1), yield 90 %.

^{1}H NMR (500 MHz, $CDCl_3$): δ 6.66 (t, J = 8.0 Hz, 1H), 6.50 (s, 1H), 6.48 (d, J = 8.1 Hz, 1H), 5.75 (t, J = 8.7 Hz, 1H), 5.53 (dd, J = 10.1 Hz, J = 2.2 Hz, 1H), 4.85 (d, J = 12.6 Hz, 1H), 4.70 (d, J = 12.6 Hz, 1H), 4.44 (s, 1H), 4.02 (s, 1H), 2.95 (dd, J = 14.5 Hz, J = 3.9 Hz, 1H), 2.13 (s, 3H), 2.06 (d, J = 14.0 Hz, 1H), 1.65 (s, 3H), 1.16 (s, 3H), 1.15 (s, 3H); ^{13}C NMR (125 MHz, $CDCl_3$) δ: 204.1, 169.8, 167.5, 141.5, 137.7, 126.7, 123.5, 89.5, 88.6, 81.3, 68.5, 59.2, 46.3, 45.4, 39.9, 37.1, 31.3, 24.6, 22.1, 21.9, 19.9; HRMS-ESI Calcd for $C_{21}H_{24}BrO_6$ $[M + H]^+$: 451.0756; Found: 451.0755.

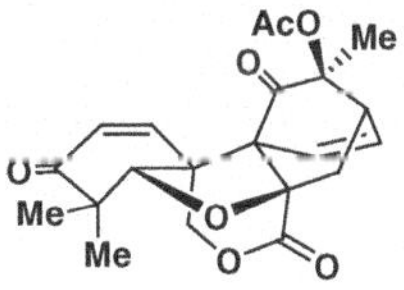

Synthesis and NMR data of compound 3.64:

Under the protection of nitrogen, compound 3.63 (40 mg, 0.089 mmol) was dissolved in toluene (3 mL) at room temperature, and then, 4-methoxy-pyridine *N*-oxide (100 mg, 0.80 mmol) and sodium bicarbonate (89 mg, 0.89 mmol) were added. The reaction was kept refluxed at 125 °C for 8 h. After filtration, the solvent was removed by rotary evaporator, and the resulting crude product was separated by flash column chromatography (PE/EA = 2:1) to give 27 mg colorless liquid (R_f = 0.40, PE/EA = 2:1), yield 80 %.

^{1}H NMR (500 MHz, $CDCl_3$) δ 7.18 (d, J = 9.7 Hz, 1H), 6.70 (t, J = 7.2 Hz, 1H), 6.37 (d, J = 8.0 Hz, 1H), 6.16 (d, J = 9.7 Hz, 1H), 4.62 (s, 1H), 4.33 (dd, J = 35.4, 12.6 Hz, 2H), 4.03 (s, 1H), 2.94 (dd, J = 14.5, 4.3 Hz, 1H), 2.11 (s, 4H), 1.64 (s, 5H), 1.42–1.15 (m, 10H). ^{13}C NMR (125 MHz, $CDCl_3$) δ 202.7,

201.3, 169.3, 167.1, 142.6, 142.0, 131.7, 122.0, 89.7, 88.5, 79.5, 77.0, 76.8, 76.5, 69.7, 61.5, 46.7, 43.5, 40.5, 28.3, 24.6, 21.9, 21.4, 18.3. HRMS-ESI Calcd for $C_{21}H_{23}O_7$ $[M + H]^+$: 387.1444; Found: 387.1437.

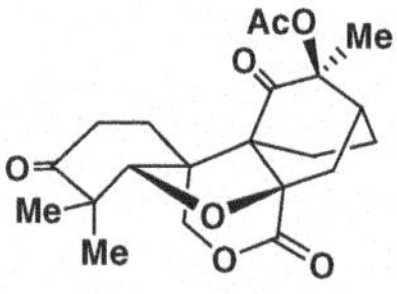

3.65

Synthesis and NMR data of compound 3.65:

The Pd/C catalyst (5 mg) was added (2 mL) to ethyl acetate, and then, compound 3.64 (25 mg, 0.064 mmol) in ethyl acetate (2 mL) was added at room temperature. The reaction was placed to H_2 atmosphere and stirred for 2 h at room temperature. The reaction was filtered by silica gel and washed with ethyl acetate (20 mL). The solvent was removed by rotary evaporator, and the resulting crude product was purified by flash column chromatography (PE/EA = 2:1) to give 23 mg white solid (R_f = 0.4, PE/EA = 2:1), yield 90 %.

^{1}H NMR (500 MHz, $CDCl_3$) δ 4.85 (d, J = 1.7 Hz, 1H), 4.23 (t, J = 13.3 Hz, 1H), 3.97 (dd, J = 12.8, 1.6 Hz, 1H), 3.24–3.16 (m, 1H), 3.12 (t, J = 4.3 Hz, 1H), 2.98 (dd, J = 14.8, 4.7 Hz, 1H), 2.75 (ddd, J = 15.5, 10.7, 7.6 Hz, 1H), 2.32 (ddd, J = 15.5, 8.6, 4.0 Hz, 1H), 2.12 (s, 3H), 2.02–1.96 (m, 2H), 1.95–1.88 (m, 1H), 1.77 (ddd, J = 13.2, 8.1, 1.9 Hz, 2H), 1.70 (s, 3H), 1.25 (s, 7H), 1.20 (s, 4H). ^{13}C NMR (125 MHz, $CDCl_3$) δ 213.8, 208.0, 169.6, 168.4, 86.9, 85.5, 83.1, 77.0, 76.8, 76.5, 69.7, 53.5, 48.7, 42.7, 33.6, 33.2, 29.4, 28.3, 27.3, 21.7, 19.9, 18.9, 18.3, 17.4, 16.8. HRMS-ESI Calcd for $C_{21}H_{27}O_7$ $[M + H]^+$: 391.1757; Found: 391.1748.

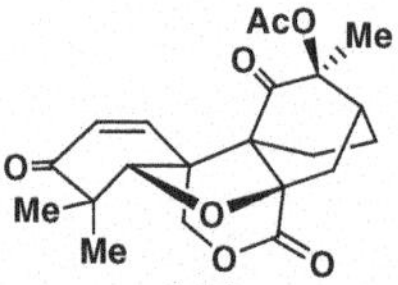

3.66

Synthesis and NMR data of compound 3.66:

Compound 3.65 (26 mg, 0.067 mmol) was dissolved in DMSO (1 mL), and then, IBX (76 mg, 0.27 mmol) solution was added at room temperature. The temperature was raised to 85 °C. The reaction was stirred for 8 h. The reaction solution was filtered by silica gel and washed with ethyl acetate (20 mL). The solvent was removed by rotary evaporator, and the resulting crude product was purified by flash column chromatography (PE/EA = 2:1) to give 18 mg white solid (R_f = 0.4, PE/EA = 2:1), yield 70 %.

^{1}H NMR (500 MHz, $CDCl_3$) δ 7.06 (d, J = 9.8 Hz, 1H), 6.13 (d, J = 9.8 Hz, 1H), 4.57 (d, J = 1.3 Hz, 1H), 4.26 (d, J = 12.7 Hz, 1H), 4.20 (d, J = 1.3 Hz, 1H), 3.11–2.96 (m, 2H), 2.10 (s, 3H), 2.08–2.00 (m, 3H), 1.94 (s, 1H), 1.90–1.80 (m, 2H), 1.69 (s, 4H), 1.30 (t, J = 9.7 Hz, 8H). ^{13}C NMR (125 MHz, $CDCl_3$) δ 206.6, 202.6, 168.3, 141.5, 131.5, 87.2, 84.8, 81.8, 77.0, 76.7, 76.5, 70.0, 55.7, 46.5, 44.6, 34.5, 28.6, 27.3, 21.4, 20.1, 19.1, 18.5, 17.9. HRMS-ESI Calcd for $C_{21}H_{25}O_7$ $[M + H]^+$: 389.1600; Found: 389.1593.

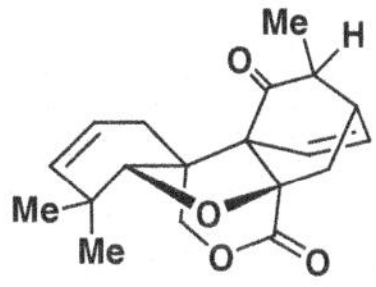

Me H O O O O Me Me

3.68

Synthesis and NMR data of compound 3.68:

Under the protection of nitrogen, compound **2** (20 mg, 0.053 mmol) was dissolved in tetrahydrofuran (1 mL) and methanol (1 mL), and then, SmI_2 (0.1M in of THF, 1 mL, 1 mmol) was added at room temperature. The reaction was stirred at room temperature for 15 min. TLC detected that the reaction was completed. The reaction was quenched with saturated NH_4Cl (5 mL). Dichloromethane (10 mL) was added for liquid separation. The water phase was extracted with dichloromethane (10 mL), and the combined organic phase was dried over Na_2SO_4; the solvent was removed by rotary evaporator and the residue was purified by flash column chromatography (PE/EA = 2:1) to give 15 mg white solid (R_f = 0.60, PE/EA = 4:1), yield 90 %.

^{1}H NMR (500 MHz, $CDCl_3$) δ 6.82 (dd, J = 8.2, 6.3 Hz, 1H), 6.26 (dd, J = 8.3, 1.3 Hz, 1H), 5.55 (ddd, J = 9.8, 5.3, 2.1 Hz, 1H), 5.45 (d, J = 10.0 Hz, 1H), 4.69 (dd, J = 12.2, 2.4 Hz, 1H), 4.49 (d, J = 1.6 Hz, 1H), 4.12 (dd, J = 12.2, 1.7 Hz, 1H), 3.73 (dd, J = 17.6, 2.1 Hz, 1H), 2.97 (ddd, J = 14.3, 4.5, 2.2 Hz, 1H), 2.90 (s, 1H), 2.36–2.26 (m, 1H), 2.01 (d, J = 14.2 Hz, 1H), 1.82 (dd, J = 17.6, 5.1 Hz, 1H), 1.21 (dd, J = 7.2, 2.5 Hz, 3H), 1.11 (dd, J = 11.1, 2.3 Hz, 6H). ^{13}C NMR (125 MHz, $CDCl_3$) δ 211.9, 168.9, 144.1, 135.9, 122.7, 122.1, 105.0, 90.3, 89.3, 77.2, 77.0, 76.7, 70.1, 60.1, 45.3, 41.5, 38.0, 36.7, 31.5, 27.0, 25.2, 20.1, 13.1. HRMS-ESI Calcd for $C_{19}H_{23}O_4$ $[M + H]^+$: 315.1596; Found: 315.1593.

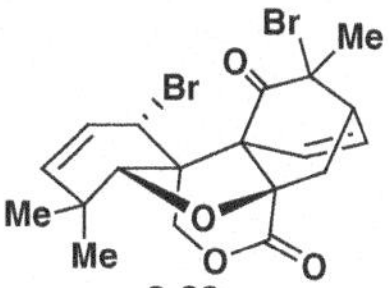

Br Me O Br O O O Me Me

3.69

Synthesis and NMR data of compound 3.69:

Under the protection of nitrogen, compound 3.68 (15 mg, 0.048 mmol) was dissolved in carbon tetrachloride (5 mL) at room temperature. NBS (10 mg, 0.056 mmol) and benzoyl peroxide (1 mg, 0.004 mmol) were then added. The reaction was refluxed for 2 h at 80 °C. The solvent was removed by rotary evaporator under reduced pressure, and the resulting crude product was isolated by flash column chromatography (PE/EA = 15:1) to give 10 mg colorless liquid (R_f = 0.75, PE/EA = 4:1), yield 44 %.

^{1}H NMR (500 MHz, $CDCl_3$) δ 6.72 (dd, J = 8.2, 6.1 Hz, 1H), 6.58 (d, J = 8.2 Hz, 1H), 6.50 (d, J = 1.7 Hz, 1H), 5.75 (dd, J = 10.2, 1.6 Hz, 1H), 5.51 (dd, J = 10.2, 2.3 Hz, 1H), 4.88 (d, J = 12.6 Hz, 1H), 4.67 (d, J = 12.6 Hz, 1H), 4.37 (s, 1H), 3.41 (t, J = 4.7 Hz, 1H), 3.06 (dd, J = 15.4, 4.7 Hz, 1H), 2.20 (d, J = 15.4 Hz, 1H), 1.98 (s, 3H), 1.55 (s, 4H), 1.13 (d, J = 6.3 Hz, 7H). ^{13}C NMR (125 MHz, $CDCl_3$) δ 206.3, 167.8, 143.8, 137.5, 128.8, 126.9, 123.4, 88.9, 88.7, 77.2, 76.9, 76.7, 68.5, 60.1, 58.2, 45.9, 45.5, 37.1, 31.3, 27.2, 26.0, 19.7. HRMS-ESI Calcd for $C_{19}H_{21}O_4Br_2$ [M + H]$^+$: 470.9807; Found: 470.9791.

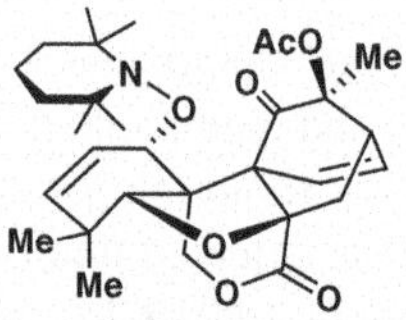

3.70

Synthesis and NMR data of compound 3.70:

Under the protection of nitrogen, compound 3.63 (88 mg, 0.19 mmol) was dissolved in benzene (10 mL) and heated to 80 °C, TEMPO (304 mg, 1.95 mmol), and tributyltin hydrogen peroxide (0.434 mL, 1.56 mmol) were introduced slowly within 30 min to the solution. The reaction was kept refluxing for 2 h. TLC showed that the reaction was completed. After cooled to room temperature, the mixture was filtered by silica gel, the solvent was removed by rotary evaporator, and the resulting crude product was purified by flash column chromatography separation (PE/EA = 20:1), to give 77 mg white solid (R_f = 0.65, PE/EA = 5:1), yield 75 %.

^{1}H NMR (500 MHz, $CDCl_3$): δ 6.67 (t, J = 8.0 Hz, 1H), 6.49 (d, J = 7.7 Hz, 1H), 6.23 (dd, J = 10.5 Hz, J = 1.2 Hz, 1H), 6.05 (s, 1H), 5.47 (dd, J = 10.5 Hz, J = 1.9 Hz, 1H), 4.78 (d, J = 12.5 Hz, 1H), 4.74 (d, J = 12.8 Hz, 1H), 4.32 (s, 1H), 4.03 (t, J = 6.0 Hz, 1H), 2.97 (dd, J = 14.5 Hz, J = 4.7 Hz, 1H), 2.13 (s, 3H), 2.07 (d, J = 14.5 Hz, 1H), 1.64 (s, 3H), 1.56 (s, 3H), 1.51–1.26 (m, 8H), 1.17 (s, 3H), 1.13 (s, 6H), 1.06 (s, 6H), 1.04 (s, 3H); ^{13}C NMR (125 MHz, $CDCl_3$) δ: 204.5, 169.9, 168.2, 141.1, 134.5, 125.5, 124.7, 89.9, 88.5, 81.7, 76.2, 67.2, 60.6, 59.7, 59.1, 46.2, 40.8, 40.4, 39.9, 37.2, 34.1, 33.8, 31.5, 24.8, 23.6, 21.9, 21.84, 21.83, 20.4, 20.1, 17.1; HRMS-ESI Calcd for $C_{30}H_{42}NO_7$ [M + H]$^+$: 528.2961; Found: 528.2951.

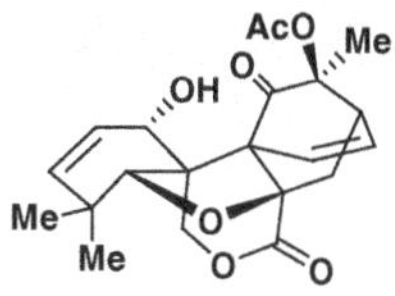

3.71

Synthesis and NMR data of compound 3.71:

Under the protection of nitrogen, compound 3.70 (60 mg, 0.113 mmol) was dissolved in tetrahydrofuran (2 mL) and water (2 mL), and then, acetic acid (6 mL) and zinc powder (145 mg, 2.26 mmol) were added. The mixture was heated to 70 °C for 2 h. TLC showed that the reaction was completed. The reaction was cooled to room temperature, diluted with dichloromethane (20 mL), and then again diluted with sodium hydroxide solution until neutral. The reaction was extracted with dichloromethane, and the combined organic phase was washed with saturated brine and dried over anhydrous sodium sulfate. The solution was filtered, and the solvent was removed by rotary evaporator, and the resulting crude product was isolated and purified by flash column chromatography (PE/EA = 3:1), to give 38 mg white solid (R_f = 0.45, PE/EA = 2:1), yield 85 %.

^{1}H NMR (500 MHz, $CDCl_3$): δ 6.65 (t, J = 7.2 Hz, 1H), 6.49 (d, J = 8.2 Hz, 1H), 6.03 (s, 1H), 5.56 (dd, J = 10.1 Hz, J = 1.9 Hz, 1H), 5.49 (d, J = 10.2 Hz, 1H), 4.73 (d, J = 12.6 Hz, 1H), 4.68 (d, J = 12.7 Hz, 1H), 4.28 (s, 1H), 4.02 (t, J = 5.3 Hz, 1H), 2.96 (dd, J = 14.5 Hz, J = 4.7 Hz, 1H), 2.13 (s, 3H), 2.07 (d, J = 14.5 Hz, 1H), 1.64 (s, 3H), 1.14 (s, 3H), 1.13 (s, 3H); ^{13}C NMR (125 MHz, $CDCl_3$) δ: 204.5, 169.8, 168.2, 141.4, 136.8, 127.8, 124.4, 89.6, 88.0, 81.3, 67.0, 66.9, 59.0, 46.4, 40.0, 36.9, 31.2, 24.8, 22.0, 21.8, 20.0; HRMS-ESI Calcd for $C_{21}H_{25}O_7$ $[M + H]^+$: 389.1600; Found: 389.1592.

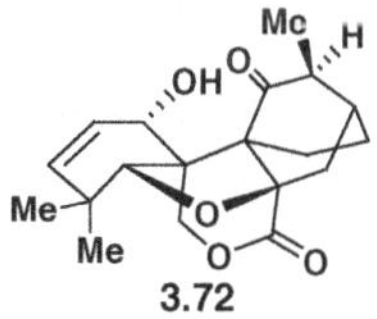

3.72

Synthesis and NMR data of compound 3.72:

Under the protection of nitrogen, compound 3.71 (35 mg, 0.09 mmol) was dissolved in tetrahydrofuran (2 mL), and methanol (0.008 mL, 0.18 mmol) and samarium diiodide (0.1M in of THF, 1.8 mL, 0.18 mmol) were added at room temperature. The reaction was stirred at room temperature for 10 min. TLC showed that the reaction was completed. The reaction was quenched with saturated ammonium chloride solution (5 mL), diluted with dichloromethane (10 mL). The aqueous phase was extracted with dichloromethane. The combined organic phase was washed with saturated brine and dried over anhydrous sodium sulfate. After filtration, the solvent was removed by rotary evaporator, and the resulting crude product was isolated and purified by flash column chromatography (PE/EA = 5:1), to obtain the reduction product as 27 mg white solid ($R_f = 0.5$, PE/EA = 2:1), yield 88 %.

^{1}H NMR (500 MHz, $CDCl_3$): δ 6.81 (t, J = 6.6 Hz, 1H), 6.41 (d, J = 8.2 Hz, 1H), 6.00 (s, 1H), 5.53 (d, J = 10.2 Hz, 1H), 5.47 (d, J = 10.8 Hz, 1H), 4.70 (t, J = 13.0 Hz, 2H), 4.30 (s, 1H), 2.96 (d, J = 14.2 Hz, 1H), 2.92 (d,J = 12.6 Hz, 1H), 2.00 (d, J = 14.1 Hz, 1H), 1.21 (d, J = 7.2 Hz, 3H), 1.11 (s, 3H), 1.10 (s, 3H); ^{13}C NMR (125 MHz, $CDCl_3$) δ: 212.7, 168.7, 143.7, 136.7, 128.0, 123.8, 90.5, 87.9, 67.04, 67.02, 59.5, 46.3, 45.5, 37.9, 36.8, 31.3, 25.3, 19.9, 13.2; HRMS-ESI Calcd for $C_{19}H_{23}O_5$ $[M + H]^+$: 331.1545; Found: 331.1535.

Lindlar catalyst (5 mg) was added to methanol (2 mL), and then, the reduction product (25 mg, 0.08 mmol) dissolved in tetrahydrofuran (2 mL) was added at room temperature. The nitrogen atmosphere was changed to H_2 atmosphere, and the reaction was stirred for 2 h. TLC detection showed that the reaction was completed. The reaction solution was filtered with silica gel, and the solvent was removed by rotary evaporator to obtain 24 mg white solid ($R_f = 0.5$, PE/EA = 2:1), yield 92 %.

^{1}H NMR (500 MHz, $CDCl_3$): δ 5.92 (s, 1H), 5.50 (d, J = 10.1 Hz, 1H), 5.42 (d, J = 10.2 Hz, 1H), 4.68 (d, J = 12.7 Hz, 1H), 4.55 (d, J = 12.7 Hz, 1H), 4.25 (s, 1H), 2.99 (d, J = 14.3 Hz, 1H), 2.42 (d, J = 6.9 Hz, 1H), 2.14–1.79 (m, 7H), 1.22 (d, J = 7.1 Hz, 3H), 1.11 (s, 3H), 1.08 (s, 3H); ^{13}C NMR (125 MHz, $CDCl_3$) δ: 215.6, 169.8, 136.8, 128.0, 86.4, 85.2, 67.4, 67.0, 60.4, 52.8, 47.4, 6.9, 36.6, 33.1, 31.5, 29.7, 28.2, 23.5, 21.0, 20.1, 18.7, 14.2, 12.5; HRMS-ESI Calcd for $C_{19}H_{23}O_5$ $[M + H]^+$: 333.1702; Found: 333.1690.

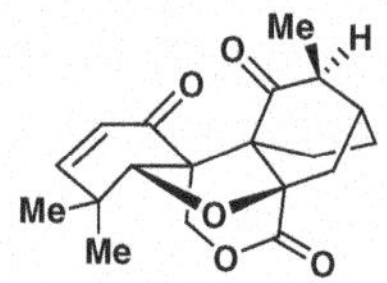

C_{16}-epi-Maoecrystal V

Synthesis and NMR data of C16-epi-Maoecrystal V:

Under the protection of nitrogen, compound 3.72 (20 mg, 0.06 mmol) was dissolved in dichloromethane (6 mL), and then, DMP (51 mg, 0.12 mmol) was added at 0 °C. The reaction was stirred for 1 h at room temperature. TLC detection showed that the reaction was completed. After being diluted by DCM (20 mL), quenched by saturated sodium thiosulfate solution (5 mL) and saturated sodium bicarbonate solution (5 mL), the mixture was filtered by silica gel and washed with dichloromethane (20 mL). The solvent was removed by rotary evaporator, and the resulting crude product was separated by flash column chromatography purification (PE/EA = 5:1) to give the product **C_{16}-epi-Maoecrystal V** as 27 mg white solid ($R_f = 0.25$ PE/EA = 5:1), yield 88 %.

^{1}H NMR (500 MHz, $CDCl_3$): δ 6.67 (d, J = 10.2 Hz, 1H), 5.95 (d, J = 10.1 Hz, 1H), 4.65 (d, J = 12.2 Hz, 1H), 4.53 (s, 1H), 4.14 (d, J = 12.2 Hz, 1H), 2.96 (dd, J = 14.8, 2.8 Hz, 1H), 2.58–2.38 (m, 1H), 2.33–2.15 (m, 1H), 2.15–2.05 (m, 2H), 2.03 (s, 1H), 1.94–1.74 (m, 3H), 1.31 (s, 3H), 1.25 (s, 3H), 1.22 (d, J = 7.2 Hz, 3H). ^{1}H NMR (500 MHz, Pyridine-D5): δ 6.62–6.49 (m, 1H), 5.99 (d, J = 10.1 Hz, 1H), 4.79 (s, 1H), 4.73 (d, J = 12.3 Hz, 1H), 4.31 (d, J = 12.2 Hz, 1H), 3.13–2.96 (m, 1H), 2.39 (d, J = 7.1 Hz, 1H), 2.31–2.09 (m, 2H), 1.95 (d, J = 14.7 Hz, 1H), 1.86 (s, 1H), 1.64 (m, 2H), 1.22 (s, 3H), 1.07 (s, 5H), 1.05 (s, 1H). ^{13}C NMR (125 MHz, Pyr) δ 211.8, 194.8, 169.4, 156.8, 127.1, 85.9, 85.6, 69.6, 55.8, 52.7, 46.1, 38.5, 33.6, 30.7, 28.2, 23.5, 18.4, 18.4, 12.6. HRMS-ESI Calcd for $C_{19}H_{23}O_5$ $[M + H]^+$: 331.1545; Found: 331.1542.

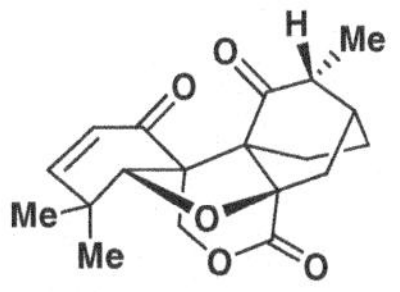

Maoecrystal V

Synthesis and NMR data of Maoecrystal V:

Under the protection of nitrogen, **C_{16}-the epi-Maoecrystal V** (4 mg, 0.012 mmol) was dissolved in toluene (1 mL) at room temperature, and then, DBU (0.004 mL, 0.028 mmol) was added and heated to 100 °C for 1 h. The reaction was cooled to room temperature, and the solvent was removed by rotary evaporator. The resulting crude product was isolated and purified by flash column chromatography (PE/EA = 5:1), to give the product as 3.8 mg white solid, which was a mixture of **C_{16}-epi-Maoecrystal V** and Maoecrystal V with the proportion of 1:1.1. The mixture was dissolved in hot hexane (5 mL) and cooled to room temperature, and the precipitated white solid was collected after 30 min to obtain a natural product of 0.7 mg (R_f = 0.25 PE/EA = 5:1). Repeat crystallization for several times, 1.9 mg **Maoecrystal V** could be obtained, total yield 48 %.

^{1}H NMR (500 MHz, $CDCl_3$) δ 6.66 (d, J = 10.2 Hz, 1H), 5.96 (d, J = 10.1 Hz, 1H), 4.64 (d, J = 12.2 Hz, 1H), 4.45 (s, 1H), 4.14 (d, J = 12.2 Hz, 1H), 3.20 (dd, J = 14.6, 4.7 Hz, 1H), 2.41–2.29 (m, 1H), 2.26–2.19 (m, 1H), 2.19–1.92 (m, 3H), 1.71 (d, J = 14.7 Hz, 1H), 1.68–1.60 (m, 1H), 1.32 (s, 3H), 1.27 (d, J = 7.4 Hz, 3H), 1.24 (s, 3H). ^{1}H NMR (400 MHz, Pyridine-D5) δ 6.54 (d, J = 10.1 Hz, 1H), 5.99 (d, J = 10.1 Hz, 1H), 4.73 (d, J = 12.3 Hz, 1H), 4.66 (s, 1H), 4.32 (d, J = 12.3 Hz, 1H), 3.28 (dd, J = 14.4, 4.7 Hz, 1H), 2.35–2.25 (m, 1H), 2.22–2.04 (m, 3H), 1.88 (s, 1H), 1.80–1.68 (m, 2H), 1.21 (s, 5H), 1.08 (d, J = 7.5 Hz, 3H), 1.06 (s, 2H). ^{1}H NMR (500 MHz, Pyridine-D5): δ 6.54 (d, J = 10.1 Hz, 1H), 5.99 (d, J = 10.1 Hz, 1H), 4.73 (d, J = 12.3 Hz, 1H), 4.66 (s, 1H), 4.31 (d, J = 12.3 Hz, 1H), 3.29 (dd, J = 14.4, 4.7 Hz, 1H), 2.36–2.25 (m, 1H), 2.25–2.02 (m, 3H), 1.89 (s, 1H), 1.77 (d, J = 14.1 Hz, 2H), 1.49 (dd, J = 23.3, 9.7 Hz, 1H), 1.22 (s, 3H), 1.09 (d, J = 7.4 Hz, 3H), 1.06 (d,

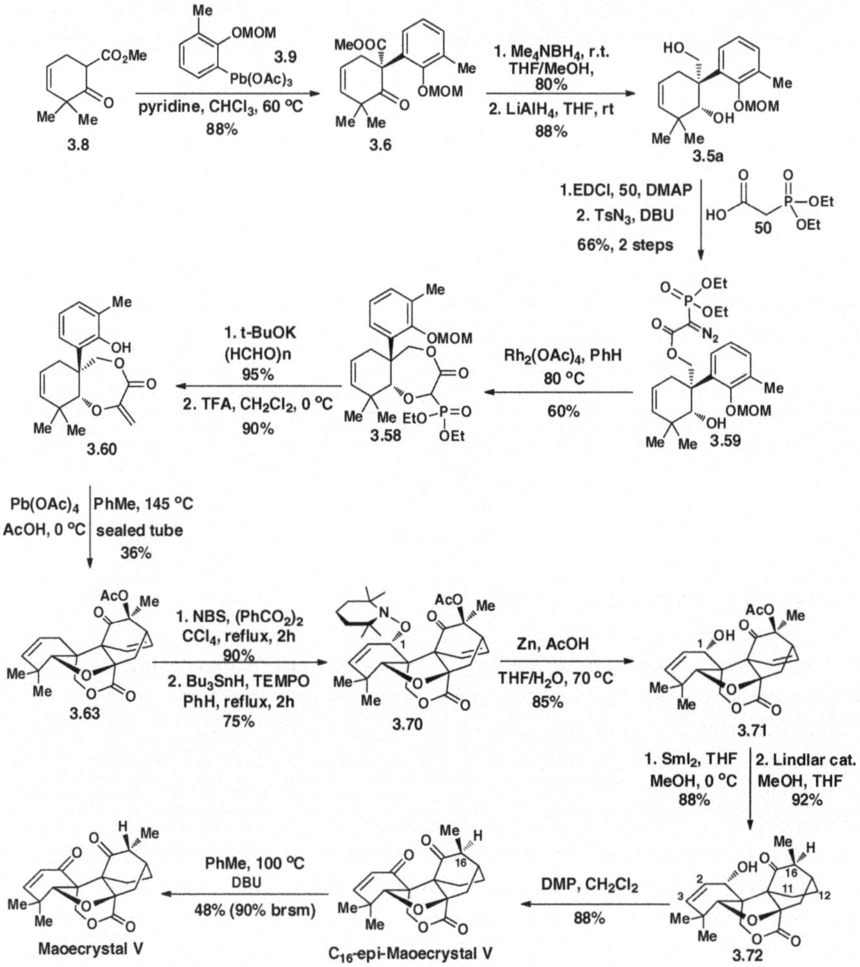

Fig. 3.35 The general route of total synthesis of natural product Maoecrystal V

$J = 7.3$ Hz, 3H). ^{13}C NMR (125 MHz, Pyridine-D5) δ 211.6, 194.7,169.5, 156.6, 127.3, 85.6, 84.7, 69.5, 57.0, 52.5, 48.4, 38.3, 34.9, 33.0, 30.5, 18.8, 18.4, 18.3, 15.0. HRMS-ESI Calcd for $C_{19}H_{23}O_5$ [M + H]$^+$: 331.1545; Found: 331.1541.

3.7 Summary

The general route of total synthesis of natural product Maoecrystal V is shown in Fig. 3.35. Starting from the known compound 3.13, utilizing the rhodium-catalyzed intramolecular O–H bond insertion reaction, a high-tension seven-membered ring was constructed. Wessely oxidative dearomatization/IMDA reaction was used in the late stages to construct the key pentacyclo structure in natural product Maoecrystal V. After 17 steps, we completed the total synthesis of Maoecrystal V with the total yield 1.2 %.

References

1. Fraga CAM, Teixeira LHP, Menezes CMDS et al (2004) Studies on diastereoselective reduction of cyclic β-keto esters with boron hydrides. Part 4: the reductive profile of functionalized cyclohexanone derivatives. Tetrahedron 60:2745–2755
2. Ma JC, Dougherty DA (1997) The cation-π interaction. Chem Rev (Washington, D.C.) 97:1303–1324
3. Yamada S, Morita C (2002) Face-selective addition to a cation-π complex of a pyridinium salt: synthesis of chiral 1,4-dihydropyridines. J Am Chem Soc 124:8184–8185
4. Ye T, Mckervey MA (1994) Organic synthesis with α-diazo carbonyl compounds. Chem Rev (Washington, D.C.) 94:1091–1160
5. Miller DJ, Moody CJ (1995) Synthetic applications of the O–H insertion reactions of carbenes and carbenoids derived from diazocarbonyl and related diazo compounds. Tetrahedron 51:10811–10843
6. Doyle MP, McKervey MA, Ye T (1998) Modern catalytic methods for organic synthesis with diazo compounds, 1st edn. Wiley, New York, pp 99–197
7. WikiPedia (2012) Carbene. http://www.wikipedia.org. Accessed 28 April 2012
8. Liang Y, Zhou H, Yu Z-X (2009) Why is copper (I) complex more competent than dirhodium(ii) complex in catalytic asymmetric O-H insertion reactions? A computational study of the metal carbenoid O–H insertion into water. J Am Chem Soc 131:17783–17785
9. Davies MJ, Heslin JC, Moody CJ (1989) Rhodium carbenoid mediated cyclizations. Part 4. Synthetic approaches to oxepanes related to zoapatanol. J Chem Soc Perkin Trans. 1:2473–2484
10. Zhu S-F, Song X-G, Li Y et al (2010) Enantioselective copper-catalyzed intramolecular O–H insertion: an efficient approach to chiral 2-carboxy cyclic ethers. J Am Chem Soc 132:16374–16376
11. Payne RJ, Bulloch EMM, Toscano MM et al (2009) Synthesis and evaluation of 2,5-dihydrochorismate analogues as inhibitors of the chorismate-utilizing enzymes. Org Biomol Chem 7:2421–2429
12. Zhang W, Romo D (2007) Transformation of fused bicyclic and tricyclic β-Lactones to fused γ-Lactones and 3(2H)-Furanones via ring expansions and O-H insertions. J Org Chem 72:8939–8942
13. Xu C, Zhang Y, Yuan C (2004) A new and convenient route to optically active 2-phosphoryl-3-oxo-5-alkyl/-aryltetrahydrofurans and their reactions. Eur J Org Chem 2253–2262
14. Lesuisse D, Berchtold GA (1988) Uncatalyzed and chorismate mutase-catalyzed Claisen rearrangement of (Z)-9-methylchorismic acid. J Org Chem 53:4992–4997
15. Horner L, Hoffmann H, Wippel HG (1958) Phosphorus organic compounds. XII. Phosphine oxides as reagents for the olefin formation. Chem Ber 91:61–63
16. Wadsworth WS Jr, Emmons WD (1961) The utility of phosphonate carbanions in olefin synthesis. J Am Chem Soc 83:1733–1738
17. Zielkiewicz J (1997) Liquid-vapor equilibrium. N,N-Dimethylmethanamide-1-propanol system. Int DATA Ser, Sel Data Mixtures, Ser A 25:73

Chapter 4
Summary

The total synthesis of natural product Maoecrystal V was completed by an efficient convergent strategy. In the model study of Maoecrystal V, Wessly oxidative dearomatization and IMDA reaction were considered as the key reactions to rapidly construct the tetracyclic structure of Maoecrystal V, which established the foundation for total synthesis of Maoecrystal V. Through an eight-step route with a total yield of 20 %, the model study was completed with high efficiency.

In the total synthesis of Maoecrystal V, various synthetic strategies were tried for the construction of oxa-bridge on the basis of the model research. Eventually, from the known compound 3.13, which is very simple, the *cis*-diol was successfully constructed after Pinhey arylation and selective reduction of ketone groups. Divalent rhodium was utilized to catalyze intramolecular O–H bond insertion to construct a high-tension seven-membered ring structure. Then, Wessly oxidative dearomatization/IMDA strategy was utilized to construct the key pentacyclic structure of Maoecrystal V. After 17 steps, the total synthesis of Maoecrystal V was completed with a total yield of 1.2 %.

The problem that still exists in the total synthesis of Maoecrystal V is the selectivity of intramolecular Diels–Alder reaction. In the study of the total synthesis, the intramolecular Diels–Alder reaction is carried out in 36 % yield to obtain the expected product, along with the other two by-products whose structures are different from the natural product. The way to improve the selectivity of IMDA reaction will be an issue in the follow-up research.

After completing the total synthesis of racemic natural product Maoecrystal V, the asymmetric total synthesis of (-)-Maoecrystal V was carried out in our group. At this moment, the asymmetric total synthesis of (-)-Maoecrystal V has been completed, and this part of work will be introduced by other members of our group.

J. Gong, *Total Synthesis of (±)-Maoecrystal V*, Springer Theses,
DOI: 10.1007/978-3-642-54304-3_4,

The manufacturer's authorised representative in the EU is Springer Nature Customer Service Centre GmbH, Europaplatz 3, 69115 Heidelberg, Germany. If you have any concerns regarding our products, please contact ProductSafety@springernature.com

Printed and bound by CPI Group (UK) Ltd, Croydon, CR0 4YY
15/07/2026
02167645-0007